KNAUR

Im Knaur Taschenbuch Verlag sind bereits folgende Bücher der Autorin erschienen:
Eine Nacht im November
Irgendwann in Marrakesch
Melodie der Erinnerung
Die Stunde der Schwestern
Das Haus unter den Zypressen

Über die Autorin:
Katja Maybach lebte viele Jahre in Paris und arbeitete in der Modebranche. Ihre Arbeiten wurden in zahlreichen Zeitschriften, unter anderem der italienischen *Vogue*, veröffentlicht. Nach einer schweren Krankheit begann sie erfolgreich, Romane zu schreiben. Die Autorin hat zwei erwachsene Kinder und lebt heute in München.

Katja Maybach

Das Haus ihrer Kindheit

Roman

KNAUR

Besuchen Sie uns im Internet:
www.knaur.de

FSC
www.fsc.org
MIX
Papier aus verantwortungsvollen Quellen
FSC® C083411

Wenn Ihnen dieser Roman gefallen hat und Sie auf der Suche sind nach ähnlichen Büchern, schreiben Sie uns unter Angabe des Titels »Das Haus ihrer Kindheit« an: frauen@droemer-knaur.de

Originalausgabe März 2014
Knaur Taschenbuch

Redaktion: Gisela Klemt, lüra: Klemt & Mues GbR
Umschlaggestaltung: ZERO Werbeagentur, München
Umschlagabbildung: plainpicture/Folio Images;
Alfred Buellesbach/VISUM creativ; FinePic®, München
Satz: Adobe InDesign im Verlag
Druck und Bindung: CPI books GmbH, Leck
ISBN 978-3-426-51371-2

2 4 5 3 1

Für Mirjam und David

Prolog

Hongkong, 2001

Jede Nacht stehe ich hier und warte, bis die Sonne über den Hügeln von Hongkong aufgeht, verschwommen im Dunst der Stadt. Ich beuge mich vor und presse mein Gesicht an das kühle Glas des Fensters, während ich die Yachten beobachte, die weit unter mir in der Deep Water Bay vor Anker liegen. Eine von ihnen löst sich aus dem Kreis und nimmt langsam Kurs auf den Hafen von Hongkong. Ein nächtliches Schauspiel, das ich seit Jahren kenne. Ich starre auf das dunkle Meer hinunter, auf das kurze Aufblitzen der Lichter an Bord der Yachten. Was fasziniert mich daran so sehr? Eigentlich nichts. Ich warte nur auf den Morgen, wehre mich gegen den Schlaf, der mir quälende Alpträume bringt, ich will nicht an die Vergangenheit denken, und doch drehen sich meine Gedanken darum, Tag für Tag, Nacht für Nacht.

Viele Jahre dachte ich an sie und das, was ich ihr angetan habe. Doch dann drängte sich stets das Bild des Mannes in meine Gedanken, den ich so sehr geliebt hatte, und ich fühle nur noch den eigenen Schmerz.

Diesen Mann zu lieben bedeutete Verzweiflung, Schwäche, auch Hass. Es dauerte lange, bis ich das Scheitern zugeben konnte und ihn gehen ließ, obwohl wir geglaubt hatten, unlösbar miteinander verbunden zu sein. Wenn ich die Augen schließe, sehe ich ihn immer noch vor mir, sein ungläubiges Lächeln, das Aufblitzen eines kurzen Bedauerns auf seinem Gesicht und seine Erleichterung in dem Moment, als er ging. Er konnte nicht schnell genug von mir wegkommen.

Nicht daran denken, nicht jetzt, nicht in diesem Moment, in dem ich die Grausamkeit des Alters erkenne, wie so oft, wenn ich nachts hier stehe. Ich bin in diesem Haus nicht glücklich geworden. Vielleicht, weil es nach Norden geht und von Norden die bösen Geister kommen, also ein schlechtes Feng Shui. Ich lebe schon zu lange in China, um nicht längst der Philosophie dieses Landes verfallen zu sein.

Das ist sicher der Grund, warum ich täglich hinunter zum Tempel von Kuan-yin gehe, der Göttin des Mitleides und des Erbarmens, um zu ihr zu beten.

»Kuan-yin«, sage ich jetzt beschwörend in die stille Dunkelheit hinein, »Kuan-yin, du hast mir nicht geholfen. Kuan-yin, hast du mich nicht verstehen können? Alles, was ich vor vielen Jahren tat, tat ich aus Liebe.«

Ich habe gelernt, Abstand zu meinem Leben zu gewinnen, versucht, die Vergangenheit zu vergessen, doch die Gefühle sind geblieben, und sie haben nichts von ihrer Intensität verloren.

Warum sind die Nächte so lang und quälend? Das liegt sicher am Alter, an der Angst vor dem Tod. Er wäre eine Wohltat, und doch möchte ich nicht sterben, obwohl ich lange genug gelebt habe.

Ich kann nicht mehr atmen, ich ringe nach Luft, wo ist Chang? Unruhig drehe ich mich um. Soll ich sie wecken? Den einzigen Menschen, der mich liebt, der mich versteht und dem ich mich anvertraut habe. Ich brauche sie.

Wir lebten noch keine drei Monate hier oben in den Hügeln über Hongkong, als sie zu mir kam. Ein Kind noch, verängstigt, schmächtig, gerade zwölf Jahre alt geworden. Sie stammt aus dem Hinterland und wurde damals von ihrem Vater an einen vorbeireisenden Händler verkauft. Eine Tochter ist in diesem Land nichts wert, es sind die Söhne, die zählen.

Lange blieb sie stumm, und wenn ich nur die Hand hob, warf sie sich vor mir auf den Boden aus Angst, ich würde sie aus dem Haus jagen. Irgendwann brachte ich ihr die englische Sprache bei. Chang ist gescheit, sie lernte schnell. Ich dagegen habe ihre Sprache, Kantonesisch, niemals lernen können. Die vielen Zeichen mit den verschiedenen Bedeutungen verwirrten mich von Anfang an, bis ich meinen Lehrer schließlich entließ. Er war es auch, der Chang dem Händler abgekauft und sie mir als Dienstmädchen angeboten hatte. Ich gab ihr ein eigenes Zimmer, doch als ich einmal vorsichtig am späten Abend die Tür öffnete, lag Chang zusammengerollt in einer Decke auf dem Fußboden vor dem Bett. Ganz langsam nur begann sie zu glauben, dass es tatsächlich ihr Zimmer war. Dass ich ihr die Möbel geschenkt hatte, wie auch die Kleider, die sie nie trug. Chang kleidete sich zeit ihres Lebens in weite Hosen und in die Jacke der Arbeiterklasse. Und erst allmählich, wenn sie die Augen hob und mich ansah, erkannte ich ihre bedingungslose Liebe zu mir. Sie tat mir gut, da ich mich von *ihm* ständig abgelehnt fühlte, überfordert durch die Ansprüche, die er an mich stellte.

Als wir älter wurden, Chang und ich, eng verbunden durch die Einsamkeit, hängte ich mich an sie wie an eine Mutter, obwohl sie zwölf Jahre jünger ist als ich. Wo wir auch lebten – Macao, Singapur, Shanghai – überallhin nahm ich Chang mit. Ich brauchte ihre Gegenwart, ihre hohe, melodische Stimme, ihre Hand auf meiner Stirn.

Es gibt noch einen zweiten Menschen, der mich in meiner Einsamkeit besucht, Wang Tao, mein Arzt, ein *zhong yi,* ausgebildet in der traditionellen chinesischen Medizin. Wang Tao behandelt meine unerträglichen Kopfschmerzen mit Akupunktur, doch schon vor Jahren sagte er mir, dass es die Schmerzen meiner Seele seien, die durch den Körper sprächen.

Ich lachte ihn aus, zutiefst getroffen durch seine Worte. Heute ist auch er alt, noch kleiner geworden, noch zierlicher, und er trägt einen dünnen Kinnbart, den Bart des weisen alten Mannes. Ganz so abgeklärt ist er allerdings nicht, denn Tao hat eine junge Geliebte, die ihn nachts wärme, wie er mir erzählt, während mich seine dunklen, schmalen Augen listig anlächeln.

Diese beiden Menschen gehören zu mir, sind längst meine Familie geworden, die einzige, die ich habe.

Chang sagte neulich, ich solle die Geschichte meines Lebens aufschreiben, das würde mir helfen, die Vergangenheit zu überwinden, mich zu lösen, bevor ich zu den Ahnen gehe, wie sie sich ausdrückte.

»Meine Ahnen werden mich nicht freundlich empfangen«, hatte ich ihr spöttisch geantwortet.

Wieder schaue ich hinunter aufs Meer und in den Himmel, immer noch ist es dunkel und der Tag weit entfernt.

Warum ist unsere Liebe gescheitert?

Langsam drehe ich mich um. Ich habe Zeit, alle Zeit der Welt, und so setze ich mich an meinen Schreibtisch aus schwerem, geschnitztem Sandelholz, den *er* mir einmal geschenkt hat, und öffne meinen Laptop.

Wo soll ich beginnen?

Bei der Ankunft in Hongkong?

In der Morgendämmerung liefen wir im Hafen ein und fuhren langsam an einem englischen Kriegsschiff vorbei, daran erinnere ich mich noch. Auf der langen Reise war die Immunität der Kronkolonie ein unerschöpfliches Gesprächsthema der Passagiere gewesen. Die meisten hatten Europa verlassen, um den Angriffen der Deutschen, um Adolf Hitler zu entkommen, der bereits Frankreich besiegt hatte und aus der Luft einen Blitzkrieg gegen England führte.

Alle Passagiere standen an Deck und stießen entzückte Rufe aus, als wir bei unserer Ankunft auf die bunten chinesischen Schiffe hinuntersahen. Staunend folgten unsere Blicke den Dschunken und den kleinen Booten, auf denen Wäscheleinen gespannt waren, Kinder spielten und an niedrigen Tischen alte Männer saßen, die, über ein Mahjong-Brett gebeugt, nicht einmal hochsahen. Damals wusste ich noch nicht, dass dieses Spiel die große Leidenschaft der Chinesen ist, von der Frauen und Männer gleichermaßen besessen sind.

Ich stand an der Reling und hörte das laute Rufen und Jubeln der Menschen, die weit unter mir auf dem Quai standen und uns Europäern zuwinkten, die wir nach wochenlanger Fahrt in den frühen Morgenstunden in den Hafen einliefen. Ich sah hinunter auf das Gewühl der Menschen, die vielen Rikschas, die sich hindurchdrängelten, mir wurde schwindlig, und ich rang in der schwülen Luft nach Atem.

Als ich endlich wieder Boden unter den Füßen spürte und mich auf dem Quai umsah, erfasste mich Panik, bis ich *ihn* endlich im Gewühl entdeckte. Er lief mir entgegen und umarmte mich. Lange standen wir fest umschlungen zwischen den Rikschas, zwischen Menschen, die sich lachend und weinend in den Armen lagen.

»Ich werde dich niemals wieder loslassen«, flüsterte er mir ins Ohr.

Niemals?

Ich habe alles getan, um die Liebe dieses Mannes zu gewinnen, aber ich konnte sie nicht halten. Vielleicht konnten wir auch nicht damit umgehen, ein Verbrechen begangen zu haben. Aus Liebe, aus Egoismus, aus der Überzeugung heraus, das Schicksal nach unseren Vorstellungen ändern zu können. Wir sprachen niemals darüber, die Kluft zwischen uns wurde breiter, und irgendwann fanden wir keinen Weg mehr zueinander. Was blieb, waren Vorwürfe, Enttäuschung und auf meiner Seite bittere Reue, meiner Freundin so großes Leid angetan zu haben. Manchmal war ich nahe daran, ihr zu schreiben, doch es war Krieg, und irgendwann erzählte er mir, sie habe längst mit der Vergangenheit abgeschlossen, denke nicht mehr daran.

»Woher weißt du das?«, wollte ich wissen.

»Ich weiß es eben«, war seine kurze Antwort, und ich schwieg. Ich wollte es glauben, wollte mich endlich befreit fühlen.

Manchmal lasse ich die Erinnerung an die glücklichen ersten Monate zu, daran, wie wir zusammen durch die Stadt liefen, mit der bunten Straßenbahn hinauf auf den Peak fuhren und von dort, eng umschlungen, auf die Stadt hinuntersahen.

Doch die Illusion einer ewigen Liebe zerbrach. Sein »Ich werde dich niemals wieder loslassen« reichte nur für knapp zehn Jahre.

Seit er gegangen ist, lebe ich allein in diesem Haus. Ich habe eine Haushälterin von den Philippinen, einen Chauffeur, der auch Gärtner ist, und natürlich Chang. Das Haus hat *er* mir zum Abschied geschenkt. Auch Geld habe ich genug.

Ich werde nicht lange brauchen, ich werde nur das Wesentliche schreiben. Worüber ich berichten will, ist schnell erzählt. Danach werde ich auf »Senden« drücken, und es wird wie eine Befreiung sein.

Eins

London, 2001

Sir Alistair Flythe machte sich sorgfältig zurecht und steckte zum Schluss die Perlennadel in die Krawatte.

Er fühlte sich müder als sonst und stellte resigniert fest, dass sich seine Gedanken unablässig mit der Vergangenheit beschäftigten. Im Alter von neunundachtzig Jahren suchte er häufiger denn je nach Zusammenhängen, die den Kreis seiner Erinnerungen schließen konnten.

Er straffte seinen mageren Oberkörper, verließ das Ankleidezimmer und stieg vorsichtig die breite Treppe hinunter. Im Erdgeschoss erwartete ihn seine langjährige Haushälterin Glenda Hunt.

»Welchen Tee möchten Sie heute, Sir?«, fragte sie, nachdem sich beide förmlich einen guten Morgen gewünscht hatten und Sir Flythe auf das Esszimmer zusteuerte.

»Heute bitte den Darjeeling First Flush, aber nicht zu lange ziehen lassen, Mrs Hunt«, wies er sie an, »sonst wird er bitter.«

»Sir, habe ich Ihnen jemals bitteren Tee serviert?«

»Nein, nein«, antwortete Alistair Flythe zerstreut und setzte sich an den Kopf des langen Esstisches, an dem er täglich seine einsamen Mahlzeiten einnahm.

Während des Frühstücks verschanzte er sich hinter der *Times,* und wie jeden Morgen respektierte Glenda Hunt diese Geste. Sie signalisierte, dass er nicht angesprochen werden wollte. So schob sie noch die gerösteten Toastscheiben und die silberne Platte mit dem Rührei in Alistair Flythes Reichweite, drehte sich um und ging in die Küche. Sir Flythe würde in exakt einer Stunde sein Frühstück beendet haben, also Zeit genug für Glenda, ihren Kaffee zu trinken.

Als sie schließlich durch die geöffnete Tür hörte, wie Sir Flythe seinen Stuhl vom Tisch abrückte, trank sie gemächlich ihre dritte Tasse Kaffee aus, denn von dem Moment an dauerte es noch weitere fünf Minuten, bis Alistair Flythe das Haus verlassen würde. Jeden Morgen führte ihn sein Weg vom Esszimmer aus zunächst in die Bibliothek. Ein letzter Schluck, dann erhob sie sich. Jetzt wurde es Zeit – damit sie rechtzeitig an der Haustür auf ihn warten und ihm in seinen Mantel helfen konnte. Seit dem Tod seines Butlers Singh vor einem Jahr gehörte dies ebenfalls zu ihren Pflichten.

Mit dem Mantel in der Hand stand sie bereit, doch heute blieb Alistair länger als sonst in der Bibliothek. Glenda lächelte in sich hinein. Glaubte Sir Flythe wirklich, dass sie seine liebenswürdige kleine Marotte nicht kannte?

Jeden Tag nach dem Frühstück verharrte er einige Minuten vor einem kleinen Gemälde, das über dem Kamin in der Bibliothek hing. Manchmal rückte er es zurecht, als habe es sich über Nacht verschoben, dann lächelte er zu dem Bildnis hoch, als grüße er die Frau, die darauf zu sehen war. Aber wer war sie? Die Lady auf dem Gemälde war sehr schön, und das Grau ihrer großen Augen harmonierte mit der Farbe des zarten Spitzenschleiers, der ihr Gesicht umspielte. Glenda hatte schon oft darüber nachgedacht, doch sie wagte nicht, Sir Flythe danach zu fragen. Er konnte die Frau unmöglich gekannt haben, auch wenn Alistair bereits neunundachtzig Jahre alt war. Das Bild hatte ein Künstler mit dem Namen Thomas Galsworthy gemalt, und es stammte aus dem Jahr 1881. Sir Flythe war erst im Jahr 1912 geboren.

Aber was fesselte ihn an dieser Frau auf dem kleinen Bild? Oder erwies er vielmehr dem Maler seine morgendliche Reverenz? Vielleicht hatte er auch nur eine Gewohnheit daraus werden lassen, ebenso, wie er regelmäßig die *Times* las?

Glenda wurde allmählich ungeduldig. Sie schlich zur Bibliothek und sah durch den Türspalt, dass Sir Flythe immer noch versunken vor dem Bild stand. Er murmelte etwas, und so zog sich Glenda diskret wieder zurück.

Sir Flythe bemerkte seine Haushälterin nicht, er dachte an die Frau, mit der ihn dieses Bild verband.

»Isla …«, flüsterte er. »Isla.«

Isla Jones, Frau von Sebastian Jones. Ein charmanter Bursche, wie er zugeben musste, und ein Protegé des exzentrischen Lords Jeremiah Chester. Wie sonst hätten Sebastian und Isla Jones in Londons erster Gesellschaft verkehren können? Von Geburt an stand ihnen dieses Vorrecht nicht zu, doch niemand wagte es, einen Schützling Lord Chesters zu übergehen. Im Gegenteil, schon nach kurzer Zeit wurde das Ehepaar zum Mittelpunkt jeder Einladung. Oft dachte Sir Alistair an diese Zeit zurück, als Isla Jones zur bewunderten Ikone der Eleganz und des Charmes wurde. Kein Tag verging, an dem die Gesellschaftszeitung *Tatler* nicht über sie berichtete. Niemand hätte damals erwartet, dass eines Tages eine Tragödie passieren und ausgerechnet Isla Jones zur Ausgestoßenen der Gesellschaft werden würde. Noch ganz gefangen in seinen Erinnerungen ging Alistair Flythe auf Mrs Hunt zu und zog seinen Mantel an, den sie ihm entgegenhielt.

*

Seit fünfundsechzig Jahren besaß Sir Alistair Flythe eine Galerie in der King Street, in unmittelbarer Nähe des Auktionshauses Christie's. Er hatte sie im Laufe der Jahrzehnte zu einer der ersten Adressen in ganz Europa gemacht. Auch heute noch war er jeden Tag dort, kaufte und verkaufte, veranstaltete Vernissagen, und bis vor einem Jahr war er sogar noch zu Versteigerungen nach New York und Paris geflogen. Er liebte seine Galerie, sie war sein Lebenswerk. Doch wie lange noch konnte er jeden Tag dort sein?

Wie lange hatte er noch die Kraft dazu?

Er wusste, dass sein Neffe Timothy, selbst schon Anfang sechzig, ungeduldig darauf wartete, sie endlich übernehmen zu können. Alistair mochte seinen Neffen nicht besonders, aber er war seine Familie, und es gehörte sich, sein Vermögen an einen Angehörigen weiterzugeben. Doch Timothy wusste nicht, dass Alistair ihm ein Schnippchen geschlagen hatte, wie Sir Flythe es in Gedanken nannte. Denn Timothy erbte nur fünfzig Prozent der Galerie, die anderen fünfzig Prozent bekam Alistairs langjährige Mitarbeiterin Alberta Beck. Beide hatten davon keine Ahnung, und dieser Gedanke gefiel ihm.

Als er vor der Galerie stand, spürte er, dass der Weg ihn angestrengt hatte.

»Guten Morgen, Sir.« Alberta Beck erwartete ihn bereits ungeduldig.

»Und? Hat sich jemand gemeldet, Miss Beck?«, fragte er gespielt gleichmütig, während er aus seinem hellen Mantel schlüpfte und ihn Alberta übergab. Er zeigte nicht gern Gefühle und wollte keinesfalls zu erkennen geben, wie angespannt er war.

Alberta Beck, eine Frau von vierundsechzig, die sich gern noch mit Miss anreden ließ, schüttelte bedauernd den Kopf.

»Leider nein. Aber Ihr Artikel ist ja erst gestern in *Art and Architecture* erschienen.«

Stumm sahen sie sich an, und Alberta bemerkte seine Enttäuschung, auch wenn er sich noch so viel Mühe gab, sie zu verbergen. Dazu kannte sie ihn lange genug.

»Es tut mir leid«, sagte Alberta bedauernd. »Wirklich.«

»Ist schon gut, warten wir es einfach ab.«

Alberta hatte das Magazin aufgeschlagen auf den Schreibtisch gelegt. Alistair nestelte seine Brille aus der Brusttasche des Jacketts und beugte sich über die Zeitung.

»Mein Artikel ist jedenfalls gut plaziert«, stellte er fest, »und die Fotos kommen schön zur Geltung.«

»Ja«, pflichtete ihm Alberta bei. Sie beobachtete genau, wie er mit einer schnellen Handbewegung über die Seite des Hochglanzmagazins fuhr.

»Wer war Thomas Galsworthy?« Die Überschrift des Artikels sprang jedem Leser sofort ins Auge, auch wenn er das Magazin nur durchblätterte.

Alberta kannte das Geheimnis des alten Mannes, zumindest teilweise. In der Zeit vor dem Zweiten Weltkrieg musste etwas geschehen sein, das für ihn von großer Bedeutung gewesen war und ihn mit dem Gemälde *Frau mit Spitzenschleier* verband. Jeder in der Kunstszene wusste es. Auch, dass im Haus des spleenigen Sirs eine Fälschung des Bildes hing. Sir Flythe hatte nie ein Hehl daraus gemacht, dass es eine Fälschung war, auch nicht daraus, dass er seit Jahrzehnten nach dem Original suchte.

»Sie sollten nicht zu viel erwarten«, warnte Miss Alberta ihn jetzt vorsichtig, »sonst sind Sie nur enttäuscht.«

»Ja, ja«, antwortete Alistair knapp und runzelte kaum merklich die Stirn. »Ja, ja, Miss Beck, wir werden sehen.«

Zwei

Aiden Connors fuhr langsam die Fulham Road entlang und versuchte, im strömenden Regen die Häuser zu erkennen.

Er bremste scharf, als er durch die beschlagene Fensterscheibe vage Georgia ausmachen konnte, die vor der Tür eines Hauses stand.

Er sprang aus dem Wagen und lief die Stufen nach oben.

»Georgia!« Sie hörte ihn erst, als er direkt hinter ihr stand. »Es tut mir so leid, ich bin zu spät gekommen, und du warst schon weg. Mein Handy liegt vermutlich noch in der Kantine der Oper.«

Bevor Georgia erklären konnte, dass sie in diesem Moment erst mit dem Taxi vom Bahnhof St. Pancras gekommen war und der Fahrer ihr mit dem Gepäck geholfen hatte, zog Aiden sie an sich. Er küsste sie, und eng umschlungen standen sie im Regen und spürten ihn doch nicht.

Endlich löste sich Georgia aus der Umarmung, und sie betraten das elegante kleine Haus ihrer Freundin Jessica. Hier würde sie die nächste Zeit leben und am Opernhaus in Covent Garden mit Aiden zusammenarbeiten. Er war Regisseur und inszenierte *Tosca* von Giacomo Puccini, und sie sollte die Kostüme dafür entwerfen. Georgia war außer sich vor Freude gewesen, als sie das Angebot erhielt. Zum ersten Mal durfte sie an einem weltberühmten Opernhaus die Kostümausstattung übernehmen und dazu noch mit Aiden zusammen sein. Trotz der gemeinsamen Arbeit würden sie in den kommenden Wochen das haben, was sich Georgia immer gewünscht hatte: Zeit, Zeit füreinander, Zeit, aus einer zweijährigen Affäre eine Beziehung entstehen zu lassen. Jessica verbrachte einige Monate bei ihrem Freund in Dubai, und so hatte sie Georgia ihr Haus in London zur Verfügung stellen können. Während die Tür hinter ihnen zufiel, küssten sie sich immer noch, bis sich Georgia aus der Umarmung löste.

»Aiden, ich bin völlig durchnässt, ich muss mich rasch umziehen«, erklärte sie lachend und griff nach ihrer Reisetasche. Aiden folgte ihr mit dem Koffer die Treppe hinauf in Jessicas Gästeappartement.

»Lass dir Zeit«, schlug er vor. »Ich habe eingekauft und etwas zu essen mitgebracht.«

Georgia hörte, wie Aiden leichtfüßig die Treppe wieder hinunterlief. »Ich dusche noch schnell!«, rief sie ihm nach und lauschte nach unten.

»Ist gut«, war seine Antwort, während er nach draußen ging, um die Einkäufe aus dem Auto zu holen. Georgia wartete, bis er wieder zurückkam und die Eingangstür hinter ihm zufiel. Auch Aiden kannte sich hier bestens aus. Jessica war eine gemeinsame Freundin, und durch sie hatten sie sich kennengelernt.

Nach dem Duschen schlüpfte Georgia in einen weißen, flauschigen Bademantel, band den Gürtel zu, während Aiden sie bereits von unten aus der Küche rief.

Georgia lächelte, als sie seine Stimme hörte. Sie freute sich auf lange Abende mit ihm, an denen sie Gespräche führen und ohne Zeitdruck zusammen sein konnten, und natürlich freute sie sich auch auf die gemeinsamen Nächte. Schnell kämmte sie sich die nassen Haare aus dem Gesicht und lief die Treppe hinunter.

Als sie das Speisezimmer betrat, blieb sie überrascht stehen. Aiden hatte den Tisch festlich in den Farben Weiß und Grün gedeckt. Alles passte zusammen, das Tischtuch, die Kerzen, die Servietten. Am hübschesten waren die Maiglöckchen, verteilt in kleine, runde Vasen, passend zu Jessicas zartem Porzellan. Aiden lächelte ihr erwartungsvoll entgegen und öffnete bereits eine Flasche Wein.

»Ich habe einen Sancerre gekauft, deinen Lieblingswein.«

»Danke, Aiden. Und wie schön du gedeckt hast! Ich glaube, ich laufe noch mal schnell nach oben und ziehe mir etwas Passendes an«, schlug Georgia vor, zupfte an ihrem Bademantel und strich sich durch die kurzen dunklen Haare.

»Du siehst hinreißend aus«, erklärte Aiden und schenkte den Weißwein ein, während sie noch zögerte, dann aber doch Platz nahm.

»Die Tomatensuppe und auch das Hühnchen mit der Minzsauce habe ich schon zu Hause gekocht und in Töpfen mitgebracht«, sagte er, setzte sich ebenfalls und hob sein Glas. »Auf uns, auf unsere gemeinsame Zeit hier und auf eine gute Zusammenarbeit.« Nachdem sie einen Schluck getrunken hatten und Aiden gerade die Tomatensuppe auf die Teller verteilte, läutete Georgias Handy.

»Bitte, geh nicht dran, nicht jetzt!«, bat Aiden sie.

Georgia sah die Nummer auf dem Display, lächelte ihm entschuldigend zu, sprang auf und lief durch die Diele hinüber ins Wohnzimmer.

»Es ist meine Mutter!«, rief sie Aiden zu. »Ich muss drangehen.«

Erst nach einer Viertelstunde kam sie zurück und setzte sich Aiden wieder gegenüber.

»Entschuldige, dass es so lange gedauert hat«, murmelte sie.

Sie spürte, wie Aiden versuchte, seinen Ärger zu verbergen. Er wünschte ihr einen guten Appetit. Für einen Moment aßen sie schweigend, dann lobte Georgia die Suppe, doch er bemerkte kurz angebunden, sie habe durch das lange Warmhalten viel von ihrem Geschmack verloren. Schließlich erhob er sich, nahm die leeren Teller und ging damit in die Küche.

Durch die offene Tür beobachtete Georgia, wie er das Geschirr abstellte und das Huhn aus dem Backofen zog. Während er sich konzentriert über die Kasserolle beugte, fielen ihm die blonden Haare in die Stirn. Alles, was Aiden tat, geschah mit äußerster Konzentration, so als gäbe es in dem Moment nichts Wichtigeres.

Georgia lächelte, weil ihr unvermittelt der Abend einfiel, an dem sie sich kennengelernt hatten. Georgia lebte und arbeitete in Paris und war damals zu Jessicas Geburtstagsparty nach London gekommen. Sie war von Raum zu Raum gewandert, hatte sich mit Jessicas Freunden unterhalten und war dann an der offenen Küchentür stehen geblieben. Ein Gast tauschte sich intensiv und lautstark mit dem Koch über die Zubereitung von Soufflés aus. Der Gast war Aiden gewesen, und er gefiel Georgia vom ersten Moment an. Sie lehnte sich gegen den Türpfosten, bis er sein Gespräch beendete, zu ihr kam und sie mit einem Lächeln fragte, ob er für sie auch einmal ein Soufflé zubereiten dürfe.

»Wann?«, hatte sie ihn direkt gefragt. »Morgen?«

Doch Aiden schüttelte bedauernd den Kopf. »In ungefähr zwei Monaten.« Georgia verwünschte sich schon für ihre schnelle Frage und glaubte, er wolle sie abweisen, doch dann erklärte er ihr, er müsse am nächsten Morgen nach San Francisco, um dort die Oper *La Cenerentola* von Rossini zu inszenieren. Er fügte hinzu, dass er in London lebe, aber als Regisseur an großen Opernhäusern wie in Wien, San Francisco oder auch Houston inszeniere.

Während seiner Abwesenheit schrieben sie sich E-Mails, bis sie sich wiedersahen. Er machte auf dem Rückweg von San Francisco nach London kurz halt, um sie zu besuchen, doch dann blieb er über das ganze Wochenende bei ihr in Paris. Es folgten unzählige dieser flüchtigen Begegnungen. Manchmal kam Aiden für eine Nacht zu ihr, oder sie fuhr zu ihm nach London, aber auch nur für höchstens zwei Tage. Aiden teilte sich seine Wohnung mit einem Schriftsteller, und so waren sie selten allein.

Aber jetzt würden sie endlich Zeit für sich haben und sogar noch miteinander arbeiten. Als Aiden mit dem Zitronenhühnchen und dem Reis ins Speisezimmer zurückkam, lächelte Georgia ihn an.

»Danke für die Mühe, die du dir gemacht hast«, sagte sie. »Es tut mir leid, dass ich dich habe warten lassen.«

Die Spannung, die nach dem Telefonat aufgekommen war, löste sich.

»Wie geht es deiner Mutter?«, fragte er, während er den Reis auf die Teller verteilte. Aiden wusste, dass Hannah Atwell, Georgias Mutter, an einer schweren Herzinsuffizienz litt.

»Ihr Zustand hat sich in den letzten Wochen dramatisch verschlechtert«, antwortete Georgia. »Sie hat Atemnot, und das löst bei ihr Panik aus, gerade abends oder während der Nacht.«

Georgias Stimme klang so besorgt, dass Aiden nach ihrer Hand griff und sie fest drückte. »Versuch trotzdem, abzuschalten. Du hast gesagt, dass eine Pflegerin sie betreut, die auch nachts zu ihr kommen kann. Da ist sie doch in besten Händen.«

»Aber sie ist einsam«, antwortete Georgia. War es richtig gewesen, nach London zu gehen, während es ihrer Mutter so schlechtging? Sie schreckte aus ihren Gedanken erst hoch, als Aiden ihr erklärte, sie sei für die Einsamkeit ihrer Mutter nicht verantwortlich.

»Vielleicht hast du recht, Aiden. Aber ich kann nicht anders, sie ist schließlich meine Mutter.«

»Ja, schon. Allerdings hast du auch gesagt, dass die Beziehung zu deiner Mutter nie wirklich gut gewesen ist, im Gegensatz zu deiner engen Bindung zu deinem Vater.«

»Das ist richtig«, gab Georgia zögernd zu. »Sie war nicht unbedingt eine Mutter, wie man sie sich wünscht. Sehr kühl und ablehnend. Meine Beziehung zu ihr wurde erst nach dem Tod meines Vaters vor vier Jahren enger, als sie herzkrank wurde und mich brauchte.«

»Trotzdem musst du an dein eigenes Leben denken. Ich sehe doch, wie dich das quält. Als wir hier ankamen, warst du guter Laune, und seit dem Telefonat bist du deprimiert und würdest am liebsten den nächsten Zug nach Paris nehmen, habe ich recht?«

»Nein, das stimmt nicht«, widersprach Georgia.

Doch Aiden hatte sie durchschaut. Ihr erster Impuls war tatsächlich gewesen, sofort zurückzufahren.

Wieder läutete ihr Handy. Sie nahm das Gespräch an, aber dieses Mal blieb sie sitzen.

Während Georgia beruhigend auf ihre Mutter einsprach und ihr vorschlug, die Pflegerin für die Nacht zu holen, beobachtete sie, wie Aiden nach einem Magazin griff, das auf dem Beistelltisch lag. Lustlos blätterte er es durch, bis er offenbar an einem Artikel hängenblieb.

»Pass auf, Maman, wenn es irgend geht, komme ich nächstes Wochenende zu dir. Aber ich kann es nicht versprechen. Ansonsten kannst du mich jederzeit anrufen.«

Aiden sah kurz von dem Magazin hoch und schüttelte den Kopf.

»Also, gute Nacht, Maman, und bis bald.« Langsam ließ Georgia die Hand mit dem Handy sinken.

»Steht etwas Interessantes darin?«, fragte sie und zeigte mit dem Kopf auf das Magazin.

»Ein Artikel über einen Maler aus dem neunzehnten Jahrhundert, dessen Bilder vor dem Zweiten Weltkrieg Höchstpreise erzielten. Sein Name ist Thomas Galsworthy.«

Doch Georgia hörte nicht richtig zu, ihre Gedanken beschäftigten sich noch mit ihrer Mutter.

»Sie braucht mich«, murmelte sie leise, während sie mit ihrem Handy spielte, als erwarte sie bereits den nächsten Anruf. Sie hörte, wie sich Aiden erhob und um den Tisch herumging, sah jedoch erst auf, als er sie vom Stuhl hochzog.

»Entschuldige, Georgia, das weiß ich ja. Aber nicht nur sie, auch ich brauche dich. Wir, wir brauchen uns. Vergiss das nicht!«

Er nahm ihr Gesicht in beide Hände und küsste sie zart auf ihre geschlossenen Augenlider.

»Ich habe dich so vermisst«, flüsterte Georgia. Aiden zog sie noch näher zu sich heran, und in ihrer Umarmung fanden sie sich wieder. Aidens Verärgerung und Georgias Anspannung lösten sich auf in dem Glück dieser Nähe und der Freude, einander endlich wieder zu spüren.

Drei

Eine Woche später

Langsam legte Georgia ihre Entwürfe zusammen und schob sie in die Mappe zurück. Vor einer Stunde war sie von der ersten großen Besprechung nach Hause gekommen, und schon war die Euphorie darüber, mit Aiden zusammenarbeiten zu können, verflogen. Einen Monat lang hatte sie in Paris bereits an den Entwürfen gearbeitet mit dem Ziel, Aidens Vorgaben gerecht zu werden. Sein Konzept basierte auf Opulenz und Sinnlichkeit, wie er ihr erklärt hatte. Bei der heutigen ersten Besprechung kritisierte der japanische Starbühnenbildner Makoto Matsuka jedoch ihre Entwürfe, nannte sie *old-fashioned* und verlangte, dass sie sich seinen Vorgaben von Purismus und Schlichtheit anpasse. Und Aiden als Regisseur gab Matsuka recht. So musste Georgia jetzt innerhalb der nächsten zwei Wochen komplett neue Entwürfe erarbeiten.

Wütend knallte sie ihre Mappe auf den Tisch. Wütend auf Aiden – und wütend auf sich selbst, weil sie gegenüber Makoto Matsuka nichts von Aidens Absprachen mit ihr erwähnt hatte. Durch ihr Schweigen hatte sie Aiden geschützt und die vernichtende Kritik auf sich genommen. Warum eigentlich?

Immer noch voller Wut ging Georgia die Treppe nach oben, zog im Bad den bequemen warmen Bademantel an und beugte sich dem goldgerahmten Spiegel über dem Waschbecken entgegen. Sie war neununddreißig Jahre alt, hatte kurze dunkle Haare, die in einem reizvollen Gegensatz zu ihrem hellen, klaren Teint standen. Mit dem Zeigefinger fuhr sie sich nachdenklich über die dunklen Augenbrauen. Wie sollte ihr Leben weitergehen? Am dreiundzwanzigsten Juni war die Premiere von *Tosca,* doch was dann? Es gab kein nächstes Jobangebot, und ihre Wohnung in Paris hatte sie bis zum ersten September vermietet. Aiden und sie wollten die Zeit bis dahin gemeinsam verbringen, eventuell zusammen verreisen. Doch bei der heutigen Besprechung hatte es gravierende Irritationen zwischen ihnen gegeben. Würde die gemeinsame Arbeit sie voneinander entfernen?

Im Moment war Georgia nur enttäuscht und ausgelaugt. Ausgelaugt auch von den vielen Telefonaten mit ihrer Mutter, ausgelaugt von ihren Versuchen zu trösten, von den Versprechen, die sie ihrer Mutter gegeben hatte. Hannahs Anrufe häuften sich, sie hörte kaum zu, wenn Georgia von ihrer Arbeit erzählen wollte, sie klagte nur über ihre Atemnot und ihre Schmerzen. Würde Georgia überhaupt konzentriert weiterarbeiten können, wenn ihre Zeit in London so belastet war?

Seufzend stieg sie die Treppe hinunter, und als sie ins Esszimmer kam, sah sie, dass Aiden ihr eine SMS geschickt hatte.

Ich bin jetzt auf dem Heimweg. Schlafe heute bei mir zu Hause. Hab morgen früh eine erste Probe. Kuss, Aiden.

Georgia legte ihr Handy zurück auf den Tisch. Offenbar ging er einem Gespräch aus dem Weg. Nun ja, es war wohl besser so.

Sie brühte sich in der Küche einen Tee auf, nahm ihn mit in Jessicas Bibliothek, die gleichzeitig das Fernsehzimmer war, und legte sich dort auf das breite Designersofa.

Wie jeder Raum war auch die Bibliothek von einem berühmten Stararchitekten eingerichtet worden. Hier durfte wie überall im Haus nichts verändert oder umgestellt werden, und in den Regalen standen die Bücher nach Themen geordnet. Jessicas philippinische Haushälterin Izzy brachte jeden dritten Tag frische Blumen mit, die sie in hohen Vasen arrangierte. Designerblumen nannte Georgia sie in Gedanken, aus einem exklusiven Geschäft, farblich auf die makellos weiße und beigefarbene Einrichtung abgestimmt. Georgia schob sich mit einem müden Seufzer die weichen Kissen unter den Kopf und schloss für einen Moment die Augen. Sie dachte an ihr Appartement in Paris, eine kleine Zweizimmerwohnung, in deren Schlafzimmer auf dem großen Bett sich fast ihr ganzes Leben abspielte. Dort zeichnete sie, auf dem Boden lagen ihre Bücher, und ihr Laptop stand in Reichweite.

Georgia war erschöpft und schlief irgendwann ein. Sie wachte erst wieder auf, als ihr Handy läutete. Benommen sprang sie auf und suchte in den Kissen hektisch nach dem Mobiltelefon, bis sie sich erinnerte, dass es noch in der Küche lag. Sie erschrak. Sicher war es ihre Mutter, wahrscheinlich hatte sie schon am Abend zuvor angerufen, und sie hatte es nicht gehört. Wie spät war es überhaupt? Sie konnte doch nicht die ganze Nacht auf dem Sofa gelegen haben? Georgia rannte in die Küche, als es bereits wieder läutete, doch es war nicht ihre Mutter, sondern Hannahs Pflegerin Tamara. Sie habe vor drei Stunden den Notarzt rufen müssen, klagte sie, der habe ihre Mutter ins Krankenhaus eingewiesen. Sie sollte sagen, ob Madame Atwell eine Patientenverfügung habe, aber das wisse sie doch nicht und …

»In welches? Tamara, in welches Krankenhaus?«

»Ich bin mitgefahren und habe gewartet. Aber jetzt reicht es mir. Es ist ja schon acht Uhr morgens! Der Professor wird Sie gleich anrufen.«

»In welches Krankenhaus?«, schrie Georgia ins Handy, um den Redefluss der Pflegerin zu unterbrechen.

»Dort, wo sie schon oft gewesen ist. Also, ich gehe jetzt nach Hause, das ist alles zu viel für mich«, erklärte Tamara und hängte ein.

*

»Madame Atwell?« Kurz nach ihrem Telefonat mit Tamara rief Professor Laiguillon sie an. »Es tut mir leid, wir mussten Ihre Mutter auf die Intensivstation verlegen.«

»Was bedeutet das? Die Pflegerin meiner Mutter sagte mir gerade, Sie brauchen die Patientenverfügung.« Ruhig, bleib ruhig, sie wird es schon schaffen, redete sich Georgia in Gedanken gut zu. Schon ein paarmal schien es so weit zu sein, und dann hatte sich ihre Mutter doch wieder erholt.

»Madame Atwell …« Der Arzt sprach nicht sofort weiter. Georgia ließ sich auf einen Hocker fallen, jetzt, jetzt kamen die Worte, vor denen sie sich immer gefürchtet hatte: Es sei zu spät für lebensverlängernde Maßnahmen. »Es ist nur noch eine Frage von ein paar Tagen«, hörte sie Professor Laiguillon sagen. »Wir werden natürlich alles tun, um ihre Atemnot und ihre Schmerzen zu lindern. Es tut mir wirklich sehr leid.«

»Sie wird sterben?«, flüsterte Georgia. Ihre Stimme versagte, Tränen stiegen ihr in die Augen und ließen sich nicht mehr zurückhalten. Der gefürchtete Moment war da, ihre Mutter starb, und Georgia war in den letzten Tagen nicht bei ihr gewesen.

»Ich fürchte, ja. Ihre Mutter hat jahrelang sehr tapfer gegen die Krankheit gekämpft, doch jetzt versagen allmählich alle Organe. Ich denke, Sie sollten so schnell wie möglich kommen.«

»Ja, natürlich, ich bin in London, aber ich beeile mich, ich nehme den nächsten Zug …«

Vier Stunden später saß sie im Eurostar. Auf der Fahrt zum Bahnhof St. Pancras hatte sie vom Taxi aus Aiden angerufen. »Bleib, solange … solange du möchtest«, beendete er den Satz schließlich. »Und mach dir keine Sorgen. Ich denke an dich. Bitte melde dich, wenn du mich brauchst.«

»Ich brauche dich *jetzt,* Aiden«, wollte sie schon sagen, doch sie sprach es nicht aus, sondern beendete mit einem »Salut« das Gespräch. Aiden konnte nicht aus London weg, das musste sie verstehen.

In Paris fuhr sie vom Gare du Nord aus direkt in die Klinik und ließ sich dort den Weg zur Intensivstation zeigen.

Georgia war zutiefst betroffen, als sie an das Bett ihrer Mutter trat. Durch eine Maske auf dem Gesicht bekam Hannah Atwell Sauerstoff zugeführt, sie hing an der Herz-Lungen-Maschine und gleichzeitig an der Maschine zur Blutwäsche, da ihre Nieren versagt hatten.

Georgia konnte das Gesicht ihrer Mutter unter der Maske nicht erkennen, doch als sie sich vorsichtig auf das Bett setzte und nach ihrer Hand griff, spürte sie einen zarten Gegendruck. Hannah Atwell wusste, dass Georgia da war.

Lange saß Georgia auf dem Bett, bis sie vom Stationsarzt um zehn Uhr abends höflich aufgefordert wurde, zu gehen.

»Kann ich nicht hierbleiben?«, wollte sie wissen, doch er schüttelte den Kopf.

»Nein, wir haben unsere strengen Anweisungen, es gibt auf der Intensivstation nur bestimmte Besuchszeiten.«

»Ich komme wieder.« Georgia beugte sich über ihre Mutter und drückte zart ihre Hand. »Bis morgen«, flüsterte sie ihr zu. Mit einem letzten Blick auf die Kranke verließ Georgia die Station, fuhr mit dem Aufzug nach unten und ging den langen Flur des Klinikums entlang zum Ausgang.

Wie betäubt ließ sie sich von der Metro bis zum Place Saint-Germain bringen und ging zu Fuß zur Wohnung ihrer Mutter am Boulevard Raspail.

Die nächsten Stunden lief Georgia unruhig durch die Wohnung, von der Küche ins Wohnzimmer, in ihr altes Kinderzimmer, in dem sie aufgewachsen war, und von dort in das Schlafzimmer ihrer Mutter. Hier stand auch Hannah Atwells kleiner Sekretär. Georgia hielt davor inne und griff nach dem gerahmten Hochzeitsfoto ihrer Eltern. Die beiden hatten sich auf einem Ball im Waldorf Astoria in New York kennengelernt. Georgias Vater John war bereits auf dem Sprung nach Paris, um dort als angestellter Anwalt einer amerikanischen Kanzlei zu arbeiten. Hannah besuchte im ersten Jahr das Vassar College, die Eliteschule, hundert Kilometer von New York entfernt. Ihr Vater hatte Georgia oft erzählt, er habe sich sofort in das zierliche, ernste Mädchen verliebt und ihr bereits nach der ersten Verabredung einen Heiratsantrag gemacht, und Hannah habe angenommen. Diese Spontanität war ungewöhnlich für ihren Vater, einen Mann, der sonst so besonnen war, immer darauf bedacht, das Richtige zu tun.

John strahlte auf dem Foto Ruhe aus, und so war es auch sein Leben lang gewesen: Er hatte »seiner« Hannah stets Halt gegeben, ihr bewiesen, wie sehr er sie liebte, vom ersten Tag an bis zu seinem Tod. Hannah hingegen litt immer häufiger an Depressionen. John hatte Verständnis für sie, bedrängte sie nicht und quälte sie auch nicht mit dem Wunsch, etwas über ihre Kindheit zu erfahren. Er und Georgia wussten deshalb nur, dass Hannah von ihrem Vater mit neun Jahren in ein exklusives Internat in der Nähe von New York geschickt wurde. Das hatte sie ihm nie verziehen, so glaubte John zumindest. Hannah Atwell verweigerte darüber stets jede Auskunft. Manchmal sagte sie, sie erinnere sich nicht mehr an die Zeit, bevor sie ins Internat kam, ein anderes Mal sagte sie, sie *wolle* sich nicht mehr erinnern. So blieben ihre ersten Kinderjahre im Dunkeln, und irgendwann gaben John und auch Georgia es auf, sie danach zu fragen.

Georgia lief unruhig ins Wohnzimmer hinüber und streckte sich auf dem Sofa aus, doch sie fand keinen Schlaf, und so quälte sie sich gegen Morgen wieder hoch und lehnte sich übermüdet ans Fenster. Sie sah hinunter auf den ruhigen, fast leeren Boulevard. Paris war noch nicht erwacht.

Ihre Gedanken kreisten um ihre Mutter. Gab es etwas, das sie noch für sie tun konnte? Sollte sie jemanden verständigen, den Hannah vielleicht noch sehen wollte? Ihre Mutter sei tot, hatte Hannah behauptet, schon früh gestorben. Aber ihr Vater? Dem sie angeblich nie verziehen hatte? Wie alt mochte er sein? Georgia rechnete nach, ihre Mutter war dreiundsechzig, also müsste ihr Großvater jetzt ungefähr Ende achtzig sein, falls er noch lebte. Aber würde er an das Sterbebett seiner Tochter kommen, und konnte es noch einen Moment der Versöhnung geben? Wäre das wichtig für ihre Mutter?

Vor Jahren hatte Hannah einen Brief von ihrem Vater Lionel Gorman erhalten. Als Adresse des Absenders war das berühmte Hotel Mamounia in Marrakesch genannt gewesen. Er wolle sich mit ihr versöhnen, hatte er geschrieben und sie nach Marokko eingeladen, zusammen mit ihrem Mann und ihrer Tochter. Doch Hannah lehnte das Angebot damals rigoros ab und blieb auch unversöhnlich, als John sie überreden wollte, mit ihm und Georgia nach Marrakesch zu fliegen. Sie habe einfach kein Bedürfnis. Ihr Vater sei »kein Thema« mehr für sie.

Wie elektrisiert holte Georgia das iPad aus ihrer großen Handtasche. Doch die Versuche, ihren Großvater mit Hilfe der Suchmaschinen zu finden oder über die Auskunft eine Telefonnummer und eine Adresse zu bekommen, liefen ins Leere. Aber vielleicht hatte sie Glück, und er war ständiger Gast im Hotel Mamounia? Sie erinnerte sich vage, dass ihre Mutter einmal erzählt hatte, ihr Vater lebe in Marokko. Aber es waren inzwischen zehn Jahre vergangen, seit Hannah im Beisein ihres Mannes den Brief ihres Vaters zerriss.

Es war noch sehr früh am Morgen, und so ging Georgia unter die Dusche, kochte sich einen Kaffee und biss in ein altes Croissant, das sie in einer Tüte auf dem Küchentisch fand. Die Zeit verging nur schleppend, doch um neun Uhr rief sie im Hotel Mamounia an. Es dauerte eine Weile, dann wurde sie mehrmals verbunden, und schließlich teilte man ihr mit Bedauern mit, man kenne ihren Großvater Lionel Gorman nicht. Er sei nie Gast des Hauses gewesen. Nein, man habe keine Adresse von ihm. Aber Georgia wollte nicht aufgeben und schrieb eine E-Mail an das Hotel mit der Bitte, sie an ihren Großvater Lionel Gorman weiterzuleiten. Vielleicht hatte sie ja Glück und jemand anderes, der gerade Dienst hatte, kannte ihn doch. Das Ganze war unsinnig – und trotzdem hatte sie ein Fünkchen Hoffnung. Es tat gut, etwas zu unternehmen und nicht nur dazusitzen und auf den Anruf aus dem Krankenhaus zu warten.

Die Stille in der Wohnung wurde unerträglich, und so entschloss sie sich, in die Klinik zu fahren. Wenn sie auch noch nicht zu ihrer Mutter durfte, konnte sie zumindest im Vorraum zur Intensivstation warten. So wäre sie ihrer Mutter wenigstens nahe.

Doch als sie dort ankam, wurde ihr mitgeteilt, dass man ihre Mutter von den Geräten genommen und sie zurück auf die Station gebracht hatte. Georgia wusste, was das bedeutete.

*

Es war der Abend des nächsten Tages, und in der stillen Dämmerung hörte man nur das leise Atmen der Sterbenden. Georgia hielt die Hand ihrer Mutter fest umschlossen und sprach leise mit ihr. Banale Sätze, doch das war gleichgültig, es war nur wichtig, dass Hannah spürte, ihre Tochter war bei ihr.

Plötzlich wurde Hannah unruhig, langsam lösten sich ihre Finger aus Georgias Hand. Mit geschlossenen Augen formulierte sie ein paar Worte, die Georgia nicht verstand. Sie beugte sich ganz nahe über die Sterbende.

»Ich bin so einsam.«

»Ich weiß«, flüsterte ihre Tochter, »und es tut mir so leid, ich hätte nicht nach London gehen sollen.«

Doch Hannah hörte nicht auf sie, mit geschlossenen Augen lag sie da, ganz in sich versunken.

Wieder griff Georgia nach der Hand ihrer Mutter, doch abermals entzog Hannah sie ihr. »Ich habe so viel geweint«, fuhr sie fort, schwieg dann erschöpft, ehe ihr Mund fast lautlos die Worte formte: »Wo warst du? … Ich … ich war so einsam … Ich war doch noch ein Kind.«

Hannah rang nach Atem. Georgia beugte sich über ihre Mutter, bis sich ihre Gesichter fast berührten.

»Ich bin bei dir, Maman, ich bleibe auch bei dir, ich gehe nicht mehr fort, ich verspreche es.«

Hörte ihre Mutter sie noch?

Hannahs Augen blieben geschlossen, sie schien unerreichbar.

»Lilly ...«, flüsterte sie, »Lilly ... auf dem großen Schiff ... Sie hat so viel geweint.« Georgia horchte auf den Atem der Mutter, ein kleines Seufzen nur noch. Atmete sie überhaupt? Georgia fuhr ihr zart über die kühle, glatte Stirn.

»Maman?«, flüsterte sie mit erstickter Stimme und griff wieder scheu nach ihrer Hand. »Maman, bitte bleib noch, Maman ...«

Doch da lösten sich die Finger ihrer Mutter langsam aus ihrer Hand.

»Maman«, flüsterte Georgia immer wieder, »Maman ... bitte.« Doch sie wusste längst, was sie nicht akzeptieren wollte: Ihre Mutter war gestorben.

Mehrere Stunden hatte sie bei ihrer toten Mutter gesessen, bevor sie in die Wohnung zurückkehrte.

Sie ließ sich aufs Sofa fallen und war nicht fähig, zu denken oder etwas zu tun. Doch schließlich rief sie Aiden an.

»Meine Mutter ist vor vier Stunden gestorben.«

»Das tut mir leid, Georgia, mein herzliches Beileid, ich ...«

»Aiden«, bat Georgia, »bitte komm, und wenn es nur für einen Tag ist.«

»Das würde ich ja gern tun«, antwortete er nach einer kleinen Pause, »aber ich kann nicht weg, nicht in dieser Arbeitsphase. Die Orchesterproben fangen an. Wir proben täglich, wie soll das gehen, wenn ich nicht da bin? Das musst du verstehen.«

»Aiden, du hast drei Assistenten, einen Tag könnten sie doch auf dich verzichten. Aber du setzt deine Prioritäten, und das sollte ich dann wohl auch tun.«

»Was meinst du damit?« Aidens Stimme hörte sich unsicher an, und Georgia gab keine Antwort. Sie wusste es selbst nicht, der Satz war ihr einfach so herausgerutscht.

»Salut«, sagte sie nur und beendete das Gespräch.

Langsam legte Georgia das Handy beiseite. Sie fühlte sich einsam, verletzt auch durch Aidens Weigerung, zu ihr zu kommen. Zum ersten Mal wurde ihr bewusst, wie allein sie im Grunde war. Was sollte sie jetzt machen, wie ging es weiter? Die Mutter war ihre letzte Angehörige gewesen. Wenn sie die Augen schloss, sah sie ihr Gesicht vor sich, den Mund, der die letzten Worte formte: Lilly … Lilly … auf dem großen Schiff … Sie hat so viel geweint. Und dann der Satz in der Ich-Form: Ich war doch noch so klein.

Was bedeutete das? War es eine Erinnerung an die frühe Kindheit, von Hannah so sorgfältig gehütet? Oder war es eine Zeile aus einem Kinderbuch, mit der sich eine Erinnerung verband?

Aufschluchzend verbarg Georgia ihr Gesicht in den Händen.

Vier

Neun Tage später

Was hatte sie erwartet? Einen Zufall, ein Wunder, eine schicksalhafte Fügung, dass ihr Großvater die E-Mail im Hotel Mamounia erhielt? Er war jedenfalls nicht gekommen, und sie hatte auch nichts von ihm gehört. Sie wusste ja nicht einmal, ob er noch lebte.

Als Georgia an ihre Mutter dachte, kamen ihr sofort wieder die Tränen. Erst bei der Beerdigung war Georgia das Ausmaß von Hannahs Einsamkeit bewusst geworden. Nur Georgias Freunde waren gekommen, um sie zu begleiten.

In den hektischen Tagen davor hatte ihre Freundin Germaine ihr beigestanden. Sie hatte geholfen, Formalitäten zu erledigen, die Beisetzung zu organisieren, und es war auch Germaine gewesen, die bei dem Trauergottesdienst Georgias Hand hielt und sie stützte, als der Sarg von Hannah Atwell ins Grab gesenkt wurde. Wie allein musste sich ihre Mutter in den letzten Tagen vor ihrem Tod gefühlt haben. Und sie war nicht bei ihr gewesen.

Georgia packte ihre Reisetasche, spülte in der Küche noch Tassen und Teller ab und lief ein letztes Mal durch die Wohnung. Sie hatte kurz mit dem Vermieter gesprochen, und er war mit einer schnellen Räumung einverstanden. Georgia konnte keine weiteren Mietkosten tragen und versprach, direkt nach der Premiere am dreiundzwanzigsten Juni die Wohnung aufzulösen.

Der Gedanke daran tat weh, deshalb versuchte sie im Moment, diese Überlegungen zu verdrängen. In einer Viertelstunde wollte Germaine hier sein, um sie zum Gare du Nord zu fahren.

»Holt Aiden dich in London am Bahnhof ab?«, hatte Germaine am Tag zuvor wissen wollen.

»Aiden weiß nicht, wann ich ankomme«, hatte Georgia kurz angebunden erwidert. Germaine schwieg darauf, sie verstand, wie sehr es ihre Freundin verletzt hatte, dass Aiden nicht zur Beerdigung gekommen war.

Noch einmal betrat Georgia das Schlafzimmer ihrer Mutter. Auf dem Sekretär lagen unbezahlte Rechnungen von Online-Anbietern, bei denen Hannah in den letzten Monaten eingekauft hatte. Vier neue Seidenblusen, drei Paar Schuhe. Hannah, die nur eine kleine Firmenpension ihres Mannes erhielt, war mit einer größeren Summe bei der Bank im Soll gelandet. Aber daran wollte Georgia nicht denken, auch nicht daran, dass die hohen Kosten für die Beerdigung ihre ganzen eigenen Rücklagen verschlangen.

Sie hatte noch ein paar Minuten Zeit, und so setzte sie sich an den Sekretär ihrer Mutter. Rasch sah sie noch einmal die wenigen Beileidskarten durch und überlegte, was sie damit machen sollte. Dabei wanderte ihr Blick zu dem kleinen Gemälde, das über dem Sekretär hing. Es war ein Geschenk von Hannas Vater zur Hochzeit seiner Tochter gewesen. Georgia erinnerte sich, dass ihre Mutter oft hier saß, in Gedanken versunken, den Blick auf das Bild gerichtet. Manchmal hatte sie dabei auch geweint. War das nicht ein Zeichen, dass sie sich ihrem Vater enger verbunden fühlte, als sie jemals zugab?

Nachdenklich betrachtete Georgia das Porträt einer jungen, schönen Frau. Sie erinnerte sich, dass Hannah einmal behauptet hatte, Georgia sähe dieser Frau ähnlich. Doch ihr

Vater hatte nur gelacht und gemeint, die Phantasie gehe mit ihr durch, weil sie das Bild so oft ansehen würde.

Plötzlich fasste Georgia einen Entschluss. Sie stand auf und nahm das Gemälde von der Wand. Es war klein und nicht schwer und … es war die einzige Verbindung, die zwischen ihrer Mutter Hannah, ihrem Großvater und ihr selbst bestand. Georgia war entschlossen, diese Verbindung zu bewahren.

*

In London nahm sie am Bahnhof St. Pancras ein Taxi und fuhr zu Jessicas Haus. Sie war todmüde und froh, jetzt allein zu sein.

In dieser Nacht nahm Georgia eine Schlaftablette und wachte erst durch Izzys Rufen wieder auf. Mit Entsetzen erkannte sie, dass es bereits früher Nachmittag war. Sie schlüpfte in den Bademantel und ging, benommen von der Tablette und dem langen Schlaf, die Treppe hinunter. Izzy erwartete sie in der Küche.

»Miss Jessica hat mich angerufen. Es tut mir ja so leid, dass Ihre Mutter gestorben ist, mein herzliches Beileid. Miss Jessica hat mir aufgetragen, Sie zu verwöhnen«, erklärte Izzy. »Ich werde Ihnen jetzt Frühstück machen und für später ein Mangohühnchen zubereiten. Sie müssen etwas essen, Sie sind furchtbar blass.«

Eigentlich hatte Georgia gar keinen Appetit und wollte allein sein, doch Izzy machte schon Kaffee und holte aus der vollen Einkaufstüte Brioches und Toastbrot heraus. So stieg Georgia die Treppe langsam wieder nach oben, um zu duschen.

Als Izzy später gegangen war, saß Georgia am Tisch im Esszimmer vor ihrem Block und versuchte zu zeichnen. Ihr Gehirn war leer, und immer wieder warf sie unwillkürlich einen Blick auf ihr Handy. Es blieb still. Nie mehr würde die Nummer ihrer Mutter auf dem Display aufleuchten. Nie mehr würde Georgia ihre Stimme hören. Den ganzen Tag kämpfte sie mit einem aufsteigenden Schluchzen, und sie versuchte vergeblich, an die Arbeit zu denken und sich zu konzentrieren. Nichts wollte ihr gelingen. Immer wieder kehrten ihre Gedanken zu ihrer Mutter zurück, zu der Zeit ihrer Kindheit, als Hannah Atwell ihre Tochter bereits mit acht Jahren ins Ballett oder in die Oper mitnahm. Hannah liebte Musik, und sie freute sich, dass sie auch Georgia schon in so jungen Jahren dafür begeistern konnte. Es waren Mutter-Tochter-Abende gewesen, Stunden, in denen Georgia ihre Mutter gelöst und glücklich erlebt hatte.

Endlich gab Georgia ihrem Schluchzen nach. Sie lief in Jessicas Bibliothek, warf sich aufs Sofa und verbarg ihr Gesicht weinend in den Kissen.

In den nächsten Tagen rief Aiden mehrmals an. Er schien gekränkt, dass sie ihm ihre Ankunft in London nicht mitgeteilt hatte. Georgia sagte, sie müsse arbeiten, und das ginge am besten, wenn sie allein sei. Doch eines Abends stand er plötzlich vor ihrer Tür.

»Ich wollte nach dir sehen, und ich habe uns ein paar Kleinigkeiten zum Essen mitgebracht, einen …«

Aiden war Georgia ins Esszimmer gefolgt, und als er nicht weitersprach, drehte sie sich fragend zu ihm um. Er verharrte vor dem Kamin und starrte auf das Bildnis der jungen Frau, das Georgia dort auf dem Sims gegen die Wand gelehnt hatte.

»Woher hast du das?«, wollte er wissen.

»Es gehörte meiner Mutter, und wie ich sehe, gefällt es dir.«

»Ja …«, antwortete Aiden nachdenklich, und dann rief er

aus: »Jetzt weiß ich's! Ich glaube, davon habe ich ein Foto gesehen, und zwar in der *Art and Architecture.*« Er wandte sich zu dem Beistelltisch um, auf dem jedoch nichts lag, dann ging er in die Knie und suchte den Boden ab. »Ich erinnere mich jetzt, das Magazin ist mir runtergefallen, und ich habe vergessen, es aufzuheben. Ich bin mir ganz sicher. Hoffentlich hat Izzy es nicht weggeworfen.«

»Draußen in der Diele liegen alle Zeitschriften«, sagte Georgia. »Und pass auf, dass du ihre Ordnung nicht durcheinanderbringst!«, rief sie Aiden noch nach, der bereits hinauslief und gleich darauf wieder zurückkam.

»Da, das muss sie gewesen sein, *Art and Architecture*, hier, siehst du, ich hab's doch gewusst.« Er legte das Hochglanzmagazin aufgeschlagen vor Georgia auf den Tisch. »Sieh mal.«

Vier Gemälde waren abfotografiert. Das größte Foto aber zeigte das Bild, das jetzt auf Jessicas Kaminsims seinen Platz gefunden hatte. *Frau mit Spitzenschleier* stand darunter, und es folgte eine Erläuterung: *Von Thomas Galsworthy (1852–1884), einem großen Maler des neunzehnten Jahrhunderts, der leider bereits im Alter von fünfunddreißig Jahren starb und erst in seinen letzten Jahren Anerkennung fand. Damals lebte er in London. Die Jahre zuvor verbrachte er in der Provinz Surrey und verdiente seinen Lebensunterhalt mit dem Malen von Porträts reicher Bürgersfrauen. Nach seinem Tod erzielten seine Gemälde auf dem europäischen Kunstmarkt Höchstpreise, allerdings geriet er nach dem Zweiten Weltkrieg in Vergessenheit. Doch offenbar scheint die Zeit reif zu sein, dass die Kunstszene diesen außergewöhnlichen Maler wiederentdeckt.*

Georgia beugte sich über die aufgeschlagene Seite und betrachtete das Gemälde *Frau mit Spitzenschleier* genauer, dann sprang sie auf, ging zum Kamin und blieb vor dem Bild ihrer Mutter stehen.

»Da, lies weiter!«, forderte Aiden sie auf. »Der Verfasser des Artikels ist der berühmte Kunsthändler Sir Alistair Flythe, und er sucht dieses Gemälde – *dein* Gemälde, Georgia. Vielleicht will er es sogar kaufen, dann bekommst du womöglich viel Geld, es sei denn, das Bild ist nur eine Kopie.«

»Das glaube ich nicht«, antwortete Georgia nachdenklich. »Doch wie auch immer, ich möchte es nicht verkaufen.«

»Lass es doch wenigstens von Sir Flythe schätzen! Wenn es das Original sein sollte, kann er dir den momentanen Marktwert nennen.« Aiden ließ nicht locker. »Der Mann gilt als sehr seriös, und eine Schätzung ist doch ganz unverbindlich.«

»Bitte, bedränge mich nicht so, dieses Bild bedeutet mir sehr viel.«

Aiden zuckte mit den Schultern und ging in die Küche, um die mitgebrachten Delikatessen auf Tellern anzurichten. Georgia folgte ihm und half ihm dabei. Sie schnitt das knusprige Baguette auf und arrangierte die Feigen zusammen mit dem Käse auf einer Platte.

»Aber das Bild gehört dir doch?«, begann Aiden nach einer Weile erneut.

»Wem sonst?«

»Manchmal vermachen alte Leute ihre Sachen dem Pflegepersonal oder sonst irgendwelchen Einrichtungen«, wandte Aiden ein.

»So ein Unsinn.« Georgia schüttelte den Kopf. »Ich bin natürlich die Erbin.«

Sie dachte an die alten, abgewohnten Möbel, an die vielen Seidenblusen ihrer Mutter, den Minusbetrag auf Hannahs Konto. Was kam noch alles auf sie zu? Vielleicht weitere Rechnungen, Bestellungen ihrer Mutter, von denen sie nichts wusste? Jetzt einfach nicht daran denken, schärfte sie sich dann ein.

Nach dem Essen bot Aiden ihr unsicher an, zu bleiben, aber Georgia lehnte ab, sie sei sehr müde und wolle einfach nur schlafen.

»Du kannst mir nicht verzeihen, dass ich nicht zur Beerdigung gekommen bin, ist es so?«

»Ja, Aiden, natürlich. Darüber hinaus hast du mich bei der Besprechung im Stich gelassen, das ist dir doch klar.«

Als Aiden offenbar nach den richtigen Worten suchte, um sie nicht noch mehr zu verletzen, betonte sie wieder, sehr müde zu sein. Aiden ging auf sie zu, doch als Georgia sich abwandte, verabschiedete er sich zögernd.

Georgia wollte seine Nähe heute nicht. Sie wollte einfach nur ihre Ruhe.

*

In den nächsten Tagen gab sich Georgia Mühe, so konzentriert wie möglich an ihren Kostümentwürfen zu arbeiten. Doch während sie zeichnete, betrachtete sie immer wieder das Bild auf dem Kamin.

Wenn sie die Augen schloss, sah sie ihre Mutter vor sich, die an dem Sekretär saß und versonnen zu dem Gemälde hochblickte. Schweigend, dann ablehnend, wenn Georgia sie fragte, ob ihr das Bild etwas bedeute, weil ihr ungeliebter Vater es ihr geschenkt habe.

Als Georgia merkte, dass sie sich nicht mehr auf ihre Arbeit konzentrieren konnte, griff sie nach dem aufgeschlagenen Magazin *Art and Architecture,* das neben ihr auf dem Tisch lag. Unter dem Artikel stand die Adresse von

Alistair Flythes Galerie, dazu Telefonnummer und E-Mail-Kontakt.

Entschlossen griff sie nach ihrem Handy und rief an.

Eine Miss Alberta Beck war am Apparat, und Georgia erkundigte sich, ob sie Alistair Flythe wohl ein Gemälde zur Schätzung vorlegen könne. Doch Alberta Beck erklärte ihr sehr freundlich, aber in bestimmtem Ton, Sir Flythes enger Terminkalender ließe Schätzungen leider nicht zu, sie bedaure es sehr.

»Es handelt sich aber um das Bild, das Sir Flythe sucht«, entgegnete Georgia. »Die *Frau mit Spitzenschleier*. Ich habe allerdings keine Ahnung, ob es das Original ist«, fügte sie hinzu.

Sie hörte, wie Alberta Beck am anderen Ende tief einatmete, bevor sie sie nach ihrem Namen fragte und ob sie aus London anriefe. Dann bat sie Georgia, einen Moment zu warten.

Kurz darauf meldete sie sich wieder. »Können Sie in einer Stunde hier sein?«

Georgia zögerte, sie sah an sich hinunter. Sie musste sich umziehen, das Bild sorgfältig einpacken und würde es dann höchstens mit einem Taxi schaffen.

»In zwei Stunden?«, drängte die Frau. »Wir können Ihnen einen Wagen schicken.«

»Vielen Dank, aber ich komme mit dem Taxi.«

»Wir erwarten Sie, Mrs Atwell.«

Als Georgia die Galerie betrat, kam ihr eine sehr auffallende ältere Frau entgegen. Sie war zierlich und trug ein graues, schlichtes Wollkleid und um den Hals eine vierfache Korallenkette. Doch das Erstaunliche an ihr war die üppige, graumelierte Lockenmähne, die ihr um den Kopf wehte.

»Ich bin Alberta Beck«, stellte sie sich gerade noch vor, als Georgia bereits von Alistair Flythe begrüßt wurde. Sie hatte sich einen Galeriebesitzer anders vorgestellt, ein wenig mehr Künstler, ein wenig mehr Geschäftsmann. Doch Sir Flythe überraschte sie durch seine selbstverständliche Eleganz, seine Höflichkeit und die vornehme, aufrechte Haltung. Wie alt mochte er sein? Achtzig? Fünfundachtzig?

Er schien überrascht, als er sie sah, ein kurzes Aufflackern in seinen Augen, Erstaunen, fast Unverständnis. Was gefiel ihm nicht an ihr? Doch gleich darauf hatte Georgia keine Gelegenheit mehr, darüber nachzudenken. Denn als sie das Bild aus der Decke schälte und es auf einen Tisch legte, stieß Alberta Beck einen kleinen Schrei aus, und Sir Flythe nahm es mit einer andächtigen Geste hoch und betrachtete es lange, ein versonnenes Lächeln auf den Lippen. Es lag noch auf seinem Gesicht, als er Georgia forschend ansah.

*

An dieses versonnene Lächeln dachte Georgia, als sie wieder zu Hause war. Warum hatte Sir Flythe sie so angesehen? Nun, vielleicht kam sie noch dahinter. Sie hatte die *Frau mit Spitzenschleier* in der Galerie gelassen. Ein Team von Experten würde es noch prüfen, da Georgia ja keine Expertise besaß.

Einige Tage später rief Sir Flythe sie an und bat sie, in die Galerie zu kommen, das Ergebnis der Prüfung läge vor. Georgia ließ alles stehen und liegen, nahm ein Taxi und fuhr voller Anspannung zur Galerie.

»Es ist das Original«, teilte ihr Sir Flythe mit, als sie ihm in seinem Büro gegenübersaß. Während er sie voller Erwartung ansah, bot er Georgia einen hohen Preis für ihr Bild an. Sie musste durchatmen, niemals hatte sie eine so hohe Summe erwartet. Doch dann griff Georgia nach dem Gemälde, das vor ihnen auf dem Schreibtisch lag, sah es lange an, dann traf sie ihre Entscheidung.

»Es tut mir leid, Sir Flythe, aber ich kann es einfach nicht hergeben, für keinen Preis der Welt.«

»Ist das unwiderruflich?« Eine Pause entstand, in der Georgia Sir Flythes Unverständnis und seine große Enttäuschung spürte.

»Ja, das ist es.« Georgia stand auf. Sie wollte das Gespräch nicht länger ausdehnen und sich auch nicht rechtfertigen müssen, warum sie ihr Bild behalten wollte. Auch Sir Flythe hatte sich erhoben und brachte sie jetzt schweigend zum Eingang der Galerie. Sie warteten noch, bis Alberta Beck das Bild vorsichtig eingepackt hatte und das bestellte Taxi eintraf.

»Ich gebe die Hoffnung nicht auf«, lächelte Sir Flythe sie an. »Vielleicht überdenken Sie Ihre Entscheidung noch einmal.«

»Das glaube ich nicht. Es tut mir wirklich leid«, fügte sie hinzu, als sie ihm die Hand zum Abschied reichte.

Als sie wieder zu Hause war, rief sie Aiden bei der Probe an. Sie hatte ihm vor einigen Tagen erzählt, dass sie das Bild in die Galerie gebracht hatte.

»Es ist das Original«, erklärte sie ohne Umschweife.

»Das ist ja wunderbar!« Aidens Begeisterung war durchs Handy zu hören. »Und wie hoch ist der Marktwert?«

»Weißt du, Aiden, als ich heute in der Galerie das Gemälde wieder in Händen hielt, wusste ich, ich möchte es nicht verkaufen.«

»Aber was hat Sir Flythe gesagt? Ich denke, er will das Original unbedingt haben.«

»Ja …« – jetzt zögerte Georgia –, »und er hat mir tatsächlich ein Angebot gemacht und einen Preis genannt. Einen sehr hohen Preis«, setzte sie hinzu.

»Und?«

»Ich habe abgelehnt.« Sie dachte an den Moment der leichten Unsicherheit, als Sir Flythe die Summe nannte. Sie hätte ausgesorgt, die Schulden locker bezahlen können, und doch hatte sie abgelehnt.

»Und wo ist das Bild jetzt?«, fragte Aiden irritiert.

»Hier bei mir natürlich«, antwortete Georgia. »Wenn ich es verkaufe, gebe ich die einzige Verbindung meiner Mutter zu ihrem Vater und auch zu mir fort. Und das möchte ich nicht.«

*

Georgia saß am Esstisch und zeichnete, doch nichts gelang ihr, jeder Entwurf landete im Papierkorb. Ihre Gedanken umkreisten immer wieder die letzten Worte ihrer Mutter.

Was war in der Stunde ihres Todes in ihr vorgegangen, welche Erinnerungen stiegen aus dem Nichts auf, artikulierten sich nur noch durch ein paar geflüsterte Worte:

Lilly … Lilly … auf dem großen Schiff … Ein Satz wie ein Zurück in eine kindliche Empfindungswelt.

War ihre Mutter jemals als Kind auf einem Schiff gefahren? Oder war das doch nur die Erinnerung an ein Kinderbuch? Hatte Hannahs Mutter ihr daraus vorgelesen, wie Georgia jetzt wieder vermutete?

Seufzend knüllte Georgia ihre gerade gezeichnete Skizze zusammen und warf auch sie in den Papierkorb. Sie sollte sich auf ihre Entwürfe konzentrieren. Sie durfte die große

Chance, am Royal Opera House in Covent Garden zu arbeiten, nicht vermasseln. Bis jetzt hatte sie hauptsächlich für kleine Theater in Paris gearbeitet. Sie erhob sich, ging in die Küche und machte sich einen Espresso. Doch er war so bitter, dass sie ihn ins Spülbecken schüttete und sich dann wieder an den Tisch setzte. Sie wollte nicht mehr dauernd an ihre Mutter und die Vergangenheit denken. Doch plötzlich stieg Wut in Georgia auf. Warum hatte die Mutter ihr nie etwas über sich, über ihre Kindheit erzählt? Warum nicht mal in den vergangenen vier Jahren, in denen sie beide sich doch so viel nähergekommen waren? Was war so schlimm gewesen, dass sie auch im Alter nicht darüber sprechen konnte?

Fünf

Einige Tage nach ihrem Besuch in der Galerie lud Sir Alistair Flythe Georgia in sein Haus ein.

»Vielleicht möchten Sie sich ja die Fälschung Ihres Gemäldes ansehen?«, fragte er, als er sie anrief.

Georgia sagte sofort für den nächsten Tag zu.

Sir Flythe bewohnte in Kensington ein Haus mit einem kleinen Vorgarten, eingegrenzt durch einen Zaun aus Schmiedeeisen mit vergoldeten Spitzen, die in der Sonne leuchteten. Eine Treppe mit mehreren Stufen führte zur Haustür.

Als Georgia den Türklopfer betätigte, wurde sofort geöffnet, und eine ältere Frau in einem schwarzen Kleid und weißer gestärkter Schürze begrüßte sie.

»Ich bin Glenda Hunt«, stellte sie sich vor, »Sir Flythes Haushälterin. Kommen Sie, bitte«, forderte sie Georgia dann freundlich auf. Georgia folgte ihr und sah sich neugierig in der holzgetäfelten Eingangshalle um. Es war sehr still im Haus. Von ferne hörte man die Geräusche der Straße, doch hier drin verschluckten weiche Perserteppiche sogar ihre Schritte. Und überall standen Blumen in hohen Bodenvasen. Mrs Hunt öffnete eine der Türen und führte Georgia in eine große Bibliothek, einen hohen Raum mit Bücherregalen, die bis zur Decke reichten. Georgia gefiel es dort sofort, besonders die Sitzgruppe, bezogen mit kariertem Leinenstoff, die sich vor dem Marmorkamin gut in den Raum einfügte. Neben den weit geöffneten Fenstern standen ein bequemer, mit Leder bezogener Ohrensessel, daneben eine Stehlampe und ein kleiner runder Tisch. Alles war sehr geschmackvoll, kultiviert, nichts wirkte protzig, nichts offenbarte den Reichtum des Hausbesitzers. Gleich darauf galt ihre ganze Aufmerksamkeit dem Bild über dem Kamin. Sie stand auch noch davor, als Sir Flythe neben sie trat und sie begrüßte.

»Es ist perfekt«, staunte Georgia.

»Ja, das ist es. Eine gekonnte Fälschung.«

Alistair Flythe ging ganz nahe an den Kamin heran und strich mit seiner linken Hand leicht über das Gemälde.

»Diese Frau ist schön, nicht wahr? Und von ihr geht eine Magie aus, die diese Schönheit noch unterstreicht.« Georgia unterdrückte ein kleines Lächeln über die Begeisterung des alten Mannes. Zart glitt seine Hand über das Bild. Sie war mit Altersflecken bedeckt und von Adern durchzogen. Georgia fiel auf, dass er an der linken Hand einen schmalen Ring trug.

»Sie sind verheiratet?«, fragte sie spontan, doch dann entschuldigte sie sich sofort für ihre Neugier. Sir Flythe hatte eine sehr zurückhaltende Art, und Georgia nahm an, dass er Neugier nicht schätzte und sie als Unhöflichkeit empfand.

»Es tut mir leid, ich wollte nicht unhöflich sein.«

»Aber nein, das sind Sie ganz und gar nicht.« Alistair zog seine Hand von dem Bild zurück. »Sie können mich gern alles fragen, was Sie wissen möchten. Ich bin neunundachtzig Jahre alt, meine Gedanken richten sich auf die Vergangenheit, und wie alle alten Menschen rede ich gern darüber. Außerdem schmeichelt es einem Mann in meinem Alter, wenn sich eine junge schöne Frau für ihn interessiert.« Alistair lächelte sie an, während seine wachen Augen sie weiterhin nachdenklich beobachteten. »Um Ihre Frage zu beantworten«, fuhr er dann fort, »ich war neunundvierzig Jahre lang verheiratet. Meine Frau Betty starb vor fünfzehn Jahren an

Krebs. Aber lassen Sie uns nicht bei traurigen Erinnerungen verharren.«

Den Tee tranken sie in seinem Wintergarten. Mrs Hunt servierte dazu *scones,* ein Kännchen Sahne, Orangenbutter und *clotted cream*.

»Wenn Sie keine *clotted cream* mögen«, sagte Alistair, »essen Sie die *scones* mit Orangenbutter, so mag ich sie auch am liebsten.«

Georgia und Alistair Flythe saßen in bequemen Korbsesseln zwischen Oleander, Orchideen, weißen Lilien und üppigen exotischen Gewächsen, von denen Georgia nicht einmal die Namen kannte. Direkt neben ihr befand sich eine große Agave, deren Blätter wie Schlangen aussahen und sich reizvoll verdrehten.

Georgia erzählte Sir Flythe von ihrer Arbeit an der Oper, von den Sängern, den ersten Orchesterproben, und bald plauderten sie über Operninszenierungen und Gastspiele berühmter Sänger. Irgendwann kam Sir Flythe auf das Gemälde zu sprechen.

Georgia berichtete, dass sie es von ihrer Mutter geerbt habe, die erst vor kurzem gestorben sei.

»Das tut mir sehr leid«, bedauerte Sir Flythe. »Umso mehr danke ich Ihnen, dass Sie gekommen sind und mir das Gemälde gezeigt haben. Wissen Sie, es ist mein letzter großer Wunsch, es in meinem Museum hängen zu sehen.«

»In Ihrem Museum?«, fragte Georgia erstaunt.

»Ja, ich habe meine Sammlung der Stadt London gestiftet. Diese stellt eine Villa zur Verfügung, in dem die *Alistair-Flythe-Stiftung* zu sehen sein wird. Das bedeutet die Krönung meines Lebenswerkes«, fügte Sir Flythe hinzu.

»Ihre Sammlung?« Georgias Interesse wuchs.

»Ich habe im Laufe meines Lebens viele kostbare Gemälde ersteigert oder gekauft. Ich besitze einige Werke von Caspar David Friedrich bis hin zu mehreren wunderbaren frühen Picassos, dazu zwei Gemälde von Henri Matisse, den ich besonders schätze. Sehr schön sind auch meine Bilder deutscher Expressionisten, die ich vor dem Zweiten Weltkrieg gekauft habe. Franz Marc und einen Pechstein, zudem einige Lichtensteins.«

»Wo hängen sie, hier in Ihrem Haus?« Unwillkürlich sah sich Georgia um.

Sir Flythe verneinte. »Vor einigen Jahren habe ich sie als Leihgaben an verschiedene Museen in der ganzen Welt verteilt, und jetzt kommen sie bald nach London zurück.« Sir Flythe zwinkerte Georgia zu. »Für mich persönlich wäre die *Frau mit Spitzenschleier* das Herzstück dieses Museums. Es ist lange nicht so wertvoll wie andere Gemälde, aber es ist einfach mein liebstes Stück.«

Als sich Georgia zwei Stunden später verabschiedete, bedankte sich Alistair Flythe für ihren Besuch.

»Sicher habe ich Sie zu lange aufgehalten.« Seine Stimme klang müde, und sein Gesicht war blass und schien eingefallen.

»Aber nein!« Georgia war betroffen über diese plötzliche Veränderung in seinem Aussehen. »Ich war es, die Sie zu lange aufgehalten hat.«

»Keinesfalls«, widersprach er lebhaft.

Er brachte sie zur Haustür und verabschiedete sich noch einmal, dieses Mal mit einem angedeuteten Handkuss.

»Auf bald?«, fragte er, und Georgia nickte lächelnd. »Ja, auf bald.«

*

In den nächsten Wochen wurden ihr die Besuche bei Alistair Flythe zur lieben Gewohnheit. Besondere Stunden, auf die sich Georgia jedes Mal freute. Meist ging sie am späten Nachmittag zu ihm, wenn die Anproben mit den Sängern, dem Chor und den Statisten beendet waren, Aiden aber noch hinter seinem Regiepult saß und so lange mit den Leuten arbeitete, wie es ihm die Gewerkschaft erlaubte.

Georgia und Sir Flythe sprachen über Maler und ihre Werke, und er erzählte ihr von seinen Reisen zu Auktionen auf der ganzen Welt, immer auf der Suche nach besonderen Gemälden.

Georgia spürte, dass Bilder seine große Leidenschaft waren, die ihn auch im hohen Alter noch gefangen hielt.

An einem der Nachmittage hatte er auf dem Tisch im Wintergarten zehn große Bildbände gestapelt, die er ihr zeigen wollte. Jeder der Bände umfasste eine Epoche und ihre Maler.

»Ich liebe diese Bücher«, erzählte er, während er eines öffnete. »Hier zum Beispiel, ein Gemälde von El Greco«, wies er Georgia auf ein Foto hin, »eines meiner Lieblingsbilder: *Die Entkleidung Christi*. Es hängt in München in der Alten Pinakothek. Ist es nicht wunderschön?« Sir Flythes jugendliche Begeisterung steckte Georgia an.

»Ich muss gestehen«, sagte sie bedauernd, »dass ich mich nie wirklich für Malerei interessiert habe, und das bereue ich jetzt.«

»Es ist nie zu spät dazu. Lernen Sie, Georgia, lernen Sie!«

Sechs

Während Georgia an den restlichen Zeichnungen für die Oper arbeitete, dachte sie oft an Sir Flythe. Er hatte ihr von seinem Haus in Kent erzählt, dem parkähnlichen Garten, den vielen Blumen, die jetzt im Frühsommer dort blühten.

»Bald möchte ich wieder dorthin, obwohl mein Arzt mir das nicht erlauben will. Das Haus sei zu abgelegen, behauptet er.«

»Wären Sie dort allein? Haben Sie keine Kinder?« Sir Flythe überging Georgias Frage und erkundigte sich nach den Proben für *Tosca*. Er liebe die Musik von Giacomo Puccini, hatte er bei einem ihrer früheren Treffen schon gesagt.

Warum wich er ihrer Frage aus?, fragte sich Georgia. Alistair Flythe sprach wenig von sich. Er gab nichts preis. Und doch spürte Georgia, dass ihn mit dem Gemälde *Frau mit Spitzenschleier* etwas sehr Persönliches verband. So war nur natürlich, dass ihre Neugierde wuchs.

Als Georgia am nächsten Nachmittag die Oper verließ, regnete es in Strömen. Sie hatte keinen Schirm dabei, deshalb hielt sie sich ihre Skizzenmappe über den Kopf und rannte jedem Taxi hinterher, doch keines war frei.

Aiden war noch bei der Probe, und sie hatten ausgemacht, dass er anschließend zu ihr kam. Georgia lief zum Bühnenausgang zurück und bat den Pförtner, ihr ein Taxi zu rufen. Während sie wartete, klingelte ihr Handy, und Alistair Flythe erinnerte sie daran, dass sie heute zum Tee kommen wollte.

»Natürlich, ich habe es nicht vergessen«, versicherte sie ihm. Als sie eine Viertelstunde später im Taxi saß, lächelte sie über Sir Flythes Unsicherheit, sie könne die heutige Einladung vergessen haben. Er musste doch wissen, wie gern sie kam.

Nachdem Alistair aufgelegt hatte, wuchs seine Unruhe. Eine junge schöne Frau besuchte ihn alten Kerl, und es schien ihr auch noch Freude zu machen. Er spürte die Wärme, die durch seine Glieder strömte, und seine Wangen fühlten sich fast heiß an, als er rasch die Treppe hinauf in sein Schlafzimmer ging, einen Seidenschal um den Hals knotete, mit der Bürste durch das weiße Haar fuhr und anschließend im Badezimmer ein paar Tropfen seines Rasierwassers auf die Wangen tupfte. Doch dann ließ er die Hand sinken. Was machte er da eigentlich? Er war nichts weiter als ein törichter alter Mann, dessen Herz zu klopfen anfing wie das eines Jünglings, weil seine Angebetete ihm ein Rendezvous versprochen hatte.

Kopfschüttelnd stellte er den Flakon auf dem Waschbecken ab und verließ das Bad. Langsam stieg er die Treppe wieder hinunter und hielt sich dabei vorsichtig am Geländer fest. Seine Beine versagten in letzter Zeit oft, und er hatte Angst, auf den Stufen zu stolpern. Sein Arzt hatte ihm vorgeschlagen, sich einen Treppenlift einbauen zu lassen, doch Sir Flythe hatte entrüstet abgelehnt. Er hätte sich dadurch noch gebrechlicher, noch älter gefühlt. Direkt an der letzten Stufe postierte Glenda jeden Tag auffällig die Gehhilfe. Doch auch die lehnte er ab, noch war er kein hilfloser Greis.

»Das wäre der Anfang vom Ende«, hatte er Glenda angeschnauzt, »nehmen Sie das Ding weg.«

»Ich mache nur das, was mir Ihr Arzt gesagt hat«, hatte sich seine Haushälterin verteidigt.

Sir Flythe seufzte. Er vermisste seinen Butler Singh, der vor einem Jahr im jugendlichen Alter von vierundsiebzig gestorben war. Sollte er einen Nachfolger engagieren?

Das war zumindest eine Überlegung wert. Singh hatte ihn als Mann verstanden, so, wie sich Männer oft verstehen, ohne viele Worte. Und das seit Jahrzehnten. Mrs Hunt aber behandelte ihn in zunehmendem Maß wie ein Kind, das bemuttert werden musste.

Singh war auch sein Chauffeur gewesen, und seit seinem Tod stand Sir Flythes Rolls-Royce in der Garage und wartete, bis Alistairs Neffe kam und seinen Onkel zu dessen Haus in Kent fuhr. Für alle anderen Fahrten nahm sich Sir Flythe ein Taxi.

»Ich bin im Wintergarten!«, rief er jetzt durch die offene Küchentür Mrs Hunt zu. »Ich erwarte Miss Atwell zum Tee.«

Doch dann vertrat er sich ein wenig die Beine, indem er durch das Erdgeschoss seines Hauses wanderte. Er hatte es schon lange nicht mehr renovieren lassen, aber das interessierte ihn nicht mehr. Timothy würde dieses Haus erben, sollte er dann damit tun, was er wollte. Sein Neffe, der es im Leben zu nichts gebracht, der in Oxford Kunstgeschichte studiert hatte und jetzt davon lebte, für seinen Onkel Versteigerungen zu besuchen.

Alistair ging in ungute Gedanken versunken in sein salonähnliches Wohnzimmer und blieb vor dem Marmorkamin stehen, über dem das Bild eines deutschen Malers hing, nicht besonders gut, nicht besonders wertvoll, doch es gefiel Sir Flythe.

Jetzt kreisten seine Gedanken um das Museum. Er wollte die Eröffnung so gern noch erleben, die bereits als großes Ereignis für den Herbst angekündigt wurde.

Er grübelte in letzter Zeit zu viel, das tat ihm nicht gut. Langsam wandte er sich ab und ging auf unsicheren Beinen durch die Flügeltür in die Bibliothek, wo er vor dem Gemälde *Frau mit Spitzenschleier* kurz verharrte, sich dann abwandte und die Bibliothek verließ. Er durchquerte die Halle und betrat sein Musikzimmer auf der anderen Seite. Am Flügel blieb er stehen und hielt sich fest. Verdammt, wieso fiel ihm das Gehen täglich schwerer? Schon bald würde er tatsächlich ohne die Gehhilfe nicht mehr laufen können. Doch er rebellierte dagegen, dass ihn sein Körper immer mehr im Stich ließ und er sich so schwach fühlte.

Während er eine Pause einlegte, fiel sein Blick auf die Reihe Fotos, die auf dem Flügel stand. Lange starrte er auf sein Hochzeitsfoto aus dem Jahr 1937, und nachdenklich strich er mit dem Finger über Bettys Gesicht auf dem Bild. Sie sah lächelnd zu ihm hoch. Betty und er hatten sich bereits seit ihrer Kindheit gekannt. Dieselbe Gesellschaftsschicht, die gleiche Erziehung, dieselben Interessen. Eine stabile Basis für ein gutes gemeinsames Leben, so hatten sie gedacht. Doch es war anders gekommen. Das nächste Foto zeigte seine Frau, auf dem Arm der Sohn, geboren 1939, das deformierte Köpfchen verborgen unter einer Mütze. Henry, sein einziges Kind, von Geburt an behindert und nach einem qualvollen Leben im Alter von zweiunddreißig Jahren gestorben. Es war eine furchtbare, niederschmetternde Diagnose gewesen, die er und seine Frau Betty nach der Geburt erhalten hatten: »Wir mussten das Kind mit der Zange holen, dabei wurde die Sauerstoffversorgung unterbrochen.

Leider wird Ihr Sohn für immer geistig und körperlich behindert bleiben.«

Von diesem Moment an bestimmte Henry das Leben seiner Frau. Sie und Alistair brachten ihren Sohn in eine exklusive Privatklinik außerhalb Londons. Hier wuchs Henry auf, versorgt von Ärzten und Pflegerinnen. Betty wich kaum mehr von der Seite ihres Sohnes.

»Er braucht mich, er fühlt, wenn ich da bin«, sagte sie zu Alistair, wenn er sie bat, auch mal an sich und an sie beide zu denken. So kam Betty nur noch selten nach London. Sie richtete sich in dem Sanatorium eine Suite ein.

»Henry wimmert und ist unglücklich, wenn ich weggehe«, erklärte sie ihrem Mann. Alistair bewunderte Betty für ihren aufopfernden Einsatz. Wenn er ehrlich war, musste er zugeben, dass er das nicht gekonnt hätte. Er behielt sein eigenes Leben mit seinem Beruf, der ihm Freude und Abwechslung brachte. Er reiste weiterhin durch die Welt und frönte seiner Leidenschaft: Bilder entdecken, ersteigern, verkaufen.

Bettys Leben aber bestand bis zu Henrys Tod zweiunddreißig Jahre lang nur aus Sorge um den Sohn, der an einen Rollstuhl gefesselt war, künstlich beatmet werden musste und in geistiger Dunkelheit vor sich hin dämmerte. Wenn sie doch einmal nach London kam, versuchte Alistair, ihr ein paar schöne Tage zu machen, er verwöhnte sie, ging mit ihr in die Oper, ins Theater, in die besten Restaurants. Manchmal machten sie auch eine kurze Reise, doch sehr schnell wollte Betty zu Henry zurück. Alistair hätte gern noch ein weiteres Kind gehabt, doch seine Frau hätte das als Verrat an ihrem Sohn angesehen. Nach Henrys Tod entstand in Betty eine Leere, die durch nichts gefüllt werden konnte, bis sie einige Jahre später an Brustkrebs starb. Alistair hatte sich während der langen Zeit ihrer Ehe, der Jahre, in denen sie bei Henry im Sanatorium lebte, tief mit ihr verbunden gefühlt. Er hatte sie für ihre Kraft bewundert, ihre Geduld, mit der sie den behinderten Sohn ihre ganze Liebe schenkte. Das hatte in ihm ein Gefühl von Verantwortung für sie geweckt, dem er sich niemals hätte entziehen können. Er wollte für sie da sein, was auch immer geschehen würde, er hatte gespürt, wie sehr sie ihn brauchte, auch wenn sie sich nicht oft sahen. Und um dieser Gefühle der Verbundenheit mit Betty willen hätte er sie niemals verlassen können, niemals, selbst wenn Isla …

Seine Gedanken wanderten zu Isla. Seine Erinnerungen ließen ihn nicht los: Wie schön sie aussah, als er sie bei dem Fest von Lord Jeremiah Chester kennenlernte! Sie trug ein grünes Kleid, das ihren Körper eng umschloss, sie lächelte ihm zu und reichte ihm graziös ihre Hand zum Kuss. Isla …

Nicht daran denken. Das war besser so. Sir Alistair gab sich einen Ruck, ging in den Wintergarten und ließ sich vorsichtig in seinem Korbsessel nieder. Es war vorbei, schon so lange vorbei, er sollte sich darüber keine Gedanken mehr machen, es war zu quälend.

Als Mrs Hunt kurz darauf Georgia zu ihm führte, erhob sich Alistair langsam, um einen Rest jugendlichen Elan bemüht, drückte seine angerauchte Zigarre in einer schwarzen Onyxschale aus und begrüßte seinen Gast mit großer Herzlichkeit.

Nachdem die Haushälterin den Tee serviert hatte, erzählte Sir Flythe Georgia von seinem Butler Singh, von dessen Familie und von seinem eigenen erfolglosen Neffen Timothy. Er war zum Reden aufgelegt, und Georgia hörte ihm interessiert zu. Als Alistair schließlich verstummte, öffnete auch sie sich, sprach über ihren Beruf, ihre Ausbildung an der Pariser

Modeschule, ihre Zeit als Assistentin an der Comédie-Française und über ihre Arbeit an überwiegend kleinen Pariser Theatern.

»Darum habe ich mich so über das Angebot vom hiesigen Opernhaus gefreut, das mein Freund vermittelt hat. Aber mit diesen Kostümen werde ich keine guten Kritiken bekommen.«

»Der Tod Ihrer Mutter lässt Sie im Moment so pessimistisch denken, aber sehen Sie in die Zukunft! Sie sind noch jung. Sie haben noch so viel vor sich. Ich weiß, es klingt banal, aber es ist die Wahrheit.«

Georgia streckte ihre Hand aus und strich vorsichtig über ein Blatt der Agave, neben der sie bei jedem ihrer Besuche saß. Auch das war bereits zu einer Gewohnheit geworden.

»Ich frage mich übrigens seit längerer Zeit«, sinnierte Alistair nach einem Moment des Schweigens, während er sorgfältig den Humidor wieder verschloss, »wo gibt es eine Verbindung zwischen dem Original von ›Frau mit Spitzenschleier‹ und der Fälschung?«

»Verbindung?«, wollte Georgia erstaunt wissen. »Was meinen Sie?«

»Nun, zwischen Ihrer Mutter und Isla Jones.«

»Wer war denn Isla Jones?« Georgia wurde neugierig.

»Ihr habe ich die Fälschung abgekauft, aber das ist lange her.«

»Sie haben ihr das Bild abgekauft, obwohl es nicht das Original war?«, fragte Georgia voller Erstaunen.

Alistair zog genussvoll an seiner Havanna, dann nickte er mehrmals. »Ja, ich kaufte es trotzdem.«

»Wissen Sie«, fuhr er nach einer kleinen Pause fort und sah durch die Glaswände des Wintergartens in den prasselnden Regen hinaus, »der Krieg kam auch nach England, die Lebensmittel wurden zugeteilt, das Benzin streng rationiert. Vor allem, als im Sommer 1940 Frankreich fiel. Was ich damit sagen will«, führte Alistair weiter aus, »wir lebten alle in Angst. Hitler hatte unsere britische Gelassenheit mächtig in Aufruhr versetzt.«

Er verstummte, in Gedanken versunken, und Georgia blieb ganz ruhig sitzen, wagte kaum zu atmen.

»Um auf Isla Jones zurückzukommen«, nahm Sir Flythe den Faden seiner Erzählung schließlich wieder auf, »ich habe niemals eine schönere Frau gesehen als sie.« Er lächelte Georgia an. »Isla war bemerkenswert, selbständig und eigenwillig. Sie kutschierte den Bentley ihres Mannes Sebastian so waghalsig durch London, dass jeder stehen blieb und ihr kopfschüttelnd nachsah. Man hatte den Eindruck, dass die beiden eine ganz besondere Liebe verband, und als ihre Tochter geboren wurde, schien ihr Glück perfekt. Isla überließ die Kleine nicht einem Kindermädchen, das war damals sehr ungewöhnlich, müssen Sie wissen. Und es wurde viel über sie geklatscht, vor allem, da sie die Protegés des exzentrischen Lords Chester waren. Ihn hatten die Jones durch irgendeinen reichen Freund kennengelernt. Doch Sebastian gab Rätsel auf. Man wusste nicht genau, womit er sein Geld verdiente. Dabei war er reich. So sah es damals jedenfalls aus.« Sir Alistair Flythe machte abermals eine lange Pause, ließ sich Zeit bei seiner Erzählung. »Ja, wie gesagt, die beiden schienen sich sehr zu lieben. Eines Tages sprach man davon, dass sie auswandern wollten und dass Sebastian Jones London bereits verlassen habe. Isla aber blieb noch, um das Haus und den Bentley zu verkaufen. Aber wer wollte hier ein Haus kaufen, wenn die deutsche Wehrmacht England bereits aus der Luft angriff? Isla erzählte uns, dass sie im kommenden Januar mit ihrer Tochter, die inzwischen zwei Jahre alt war, nach Aden reisen würde, um dort mit ihrem Mann ein neues Leben zu beginnen.«

Sieben

London, November/Dezember 1940

Trotz ihres Pelzmantels fror Isla. Doch es war nicht das eisige Wetter, das sie zittern ließ, sondern die innere Kälte. Sie stand auf dem Quai des Hafens von Tilbury und sah dem Schiff nach, das ihren Ehemann Sebastian nach Aden brachte.

Isla spürte Angst und Unruhe. Seit September wurde England von den Deutschen bombardiert. Vielleicht kam sie selbst aus London nicht mehr fort, konnte ihm nicht, wie geplant, im Januar mit ihrer Tochter folgen und würde für Jahre von Sebastian getrennt sein. Wieder fröstelte Isla. Sie warf einen Blick in den grauen Himmel hinauf und sah dann gedankenverloren den Möwen zu, die auf der Wasserfläche schaukelten und versuchten, sich gegen den starken Wind zu behaupten. Obwohl sie erbärmlich fror, konnte sie sich nicht lösen und starrte weiterhin auf die Schlepper und Boote, die im Hafen von Tilbury unterwegs waren. Längst war der Ozeanriese, mit dem Sebastian das Land verließ, am Horizont verschwunden. Würde sein Winken vom Oberdeck aus für lange Zeit ihr letztes Bild von ihm sein? Unsinn!, rief sich Isla zur Ordnung. Du warst immer eine Optimistin, also sei es auch weiterhin!

Tief sog sie den salzigen Geruch des Meeres ein, vermischt mit dem Gestank von Teer und Fischen, bevor sie sich endlich von dem Anblick des Hafens löste. Viele Menschen hatten mit ihr am Quai gestanden und ihre Freunde oder Familien verabschiedet, die heute Europa verließen. Die meisten hatten sich jedoch längst zerstreut, als auch Isla endlich den Quai entlang zu ihrem Auto ging. Auf dem Weg kreisten ihre Gedanken um Sebastians Entscheidung. Er hätte sie nicht allein zurücklassen dürfen. Es hätte anders laufen sollen. Sie und die Tochter hätten auch an Bord dieses Schiffes sein sollen, statt noch zwei Monate bis zum dreißigsten Januar in England zu bleiben.

»Es ist gefährlich, jetzt in London zu leben, noch dazu als Frau allein«, hatte sie ihrem Mann vorgeworfen. Sebastian reagierte nicht darauf, sondern brachte ihr am nächsten Tag einen Revolver mit.

»Zu deinem Schutz«, hatte er erklärt. Im Schnellverfahren zeigte er ihr das Laden der Waffe, das Entsichern und das Schießen. »Das ist ganz einfach«, behauptete er dann.

»Darf ich denn überhaupt einen Revolver haben? Und wie ist es mit den Papieren dazu? Man braucht doch einen Waffenschein, oder?«

»Ach was«, sagte er lachend. »Ich habe ihn auf dem Schwarzmarkt gekauft. Du musst nur wissen, wie man damit umgeht, und wenn du in Gefahr bist, schieß!«

»Ach, so einfach ist das«, spottete sie.

»Du wirst ihn nicht benötigen, aber sicher ist sicher. Und schon bald werden wir zusammen in Aden ein schönes, neues Leben beginnen.«

Erst vier Wochen zuvor hatte Sebastian ihr von seinem Plan erzählt und sie damit überrumpelt. »Hier kann ich im Moment nichts mehr verkaufen, aber in Aden werde ich viel Geld verdienen können. Ich habe Kontakte geknüpft«, hatte er ihr erklärt, »wir werden reich sein, in einer arabischen Villa wohnen und –«

»Womit?«, hatte Isla ihn unterbrochen. »Womit willst du

viel Geld verdienen? Meinst du wirklich, du kannst dort mit Kunstobjekten handeln? Woher kommen die Gemälde, die du dann verkaufen willst?«

Sebastian hatte nur gelacht. »Es wird funktionieren, glaube mir.«

Warum nur hatte sie sich Sebastians Entscheidung gefügt, anstatt darauf zu beharren, sofort mit ihm zu gehen? Sie hatte nachgegeben, wie sie oft nachgab, weil sie ihn liebte, weil sie ihm glauben wollte. Aber es war falsch gewesen, nie war sich Isla einer Sache so sicher wie in diesem Moment.

Mit ausholenden Schritten legte sie die letzten Meter zurück, bis sie atemlos vor dem Bentley stand und ihn aufschloss. Voller Wut und mit dem Gefühl einer tiefen Verlassenheit fuhr sie in Richtung London. Die Tränen, die ihr in die Augen stiegen, ließen sich nicht mehr zurückhalten.

In London steuerte sie den Wagen in die Gegend der Saint Paul's Cathedral und bog dort in eine Nebenstraße ein, in der ihre Freundin Penelope in einem dreistöckigen Mietshaus wohnte.

»Hallo, meine Liebe«, empfing sie Isla, »ist alles gutgegangen?«

»Was sollte denn nicht gutgehen?« Isla verbarg den Trennungsschmerz, ihre Enttäuschung über Sebastians Entscheidung und ihre Wut auf ihn hinter ungeduldiger Gereiztheit.

»Entschuldige, dass ich gefragt habe.« Penelope blieb versöhnlich. »Ich wollte ja nur wissen, ob Sebastian gut weggekommen ist.«

»Natürlich, wieso auch nicht?«

Isla lief an ihrer Freundin vorbei und kniete sich im Wohnzimmer vor ihre Tochter auf den Boden. Die Kleine spielte so vertieft mit ihrem Puppenhaus, dass sie nur flüchtig aufsah, als ihre Mutter hereinkam.

»Hattest du einen schönen Tag, mein Schatz?« Isla küsste sie zärtlich und hob sie hoch, aber da begann das Kind zu zappeln und zu weinen.

»Du hättest sie nicht so abrupt aus ihrem Spiel reißen sollen«, wies Penelope Isla zurecht.

Isla biss sich auf die Lippen. Sie ärgerte sich über die Einmischung ihrer Freundin. Penelope war nicht verheiratet und hatte keine Kinder, und doch besaß sie ein besonderes Talent, mit ihnen umzugehen.

Sebastian hatte einmal über Penelope gesagt, sie sei der Typ Frau, die in jedem Mann »gewisse Vorstellungen« wecke. Was genau er damit meinte, hatte er nicht weiter ausgeführt. Aber seine Worte machten es für Isla umso erstaunlicher, dass es im Leben ihrer besten Freundin keinen Mann gab.

Isla trat mit ihrer Tochter in die Diele, stellte sie auf den Boden, ging selbst in die Knie und zog dem Kind, das mit dem Weinen aufgehört hatte, den Mantel an. Gleichzeitig beobachtete sie Penelope, die sich vor dem Spiegel die blonden Haare richtete. Sie frisierte sie in einer halblangen Innenrolle, die auf ihre Schultern fiel.

Nachdenklich zwängte Isla ihre Tochter in den Ärmel ihres zu engen Wintermantels. Aber den würde sie im heißen Aden sowieso nicht mehr brauchen.

»Ich verstehe Sebastian nicht«, brach es aus ihr heraus, als sie sich wieder aufrichtete und die Mütze für ihre Tochter aus der Tasche holte. »Warum hat er uns nicht mitgenommen?«

Isla vermochte sich mit seiner Entscheidung einfach nicht abzufinden.

»Weil es so das Beste ist«, antwortete Penelope sanft. Isla

erwiderte darauf nichts, sondern verabschiedete sich rasch von ihrer Freundin. »Ich muss mich beeilen, um vor der Verdunkelung zu Hause zu sein. Und danke, Penelope, dass du unsere Süße so oft nimmst.«

Als sie den Wagen vor ihrem Haus in einer kleinen Seitenstraße von Knightsbridge parkte und ausstieg, lag die ganze Umgebung bereits in tiefer Dunkelheit. Isla nahm ihre Tochter auf den Arm und tastete sich vorsichtig die Stufen zum Haus nach oben. Angst stieg in ihr auf und nahm ihr fast den Atem. Aber es war nicht nur die Angst, sich im verdunkelten London nicht zurechtzufinden, es war vor allem die Angst vor einer Zukunft, die im Nebel der Ungewissheit lag.

Isla schlich leise die Treppe hinunter, um ihre Tochter nicht aufzuwecken. Ein grauer Tag kroch herauf, kraftlos wie sie selbst, so erschien es ihr. Bevor sie Licht machte, sah sie durchs Fenster flüchtig auf die stille Straße hinaus. Dabei blieb ihr Blick an einem Mann hängen, der reglos auf der anderen Seite stand und zu ihrem Haus herüberstarrte. Isla fuhr zurück. Hatte er sie gesehen? Es war noch zu dunkel, um ihn genau zu erkennen. Er trug einen Mantel und eine Kappe, die er tief ins Gesicht gezogen hatte. Isla fühlte sich beobachtet. Kaum wagte sie zu atmen, und so verharrte sie reglos und wartete. Vielleicht war es nur eine Einbildung, dass er zu ihr herüberstarrte. Und überhaupt, warum sollte er? Ihre Nerven gingen einfach mit ihr durch. Wahrscheinlich wartete er auf irgendjemanden.

Langsam wurde es heller, und die Umrisse wurden deutlicher. Der Mann war sehr schlank, groß, und er hatte nichts Außergewöhnliches an sich. Doch dann sah Isla ihn die Straße überqueren und vor ihrem Haus stehen bleiben. Islas Herz schlug jetzt heftig. Sie sah sein Gesicht ganz deutlich: eine schmale Nase, ein breites Kinn mit einem ungepflegten, dunklen Bart.

Als ihre Tochter oben zu weinen anfing und lautstark ihr Frühstück forderte, zog sich Isla zurück und lief die Treppe hinauf. Oben warf sie noch einen vorsichtigen Blick aus dem Kinderzimmerfenster. Doch der Mann war verschwunden.

Täglich tauchte der Mann nun auf, blieb aber reglos auf der anderen Straßenseite stehen. Er kam zu ganz verschiedenen Tageszeiten, mal früh am Morgen, mal am Nachmittag oder gegen Abend und starrte herüber. Isla fühlte sich zunehmend unbehaglich, vor allem wenn sie das Haus verließ, rasch zum Einkaufen ging oder in den Bentley stieg. Hatte der Mann es auf das Auto abgesehen? Als er eines Abends wieder auf der anderen Straßenseite stand, rang sie mit sich, einfach über die Straße zu laufen und ihn anzusprechen. Doch dann unterließ sie es. Von Tag zu Tag ging von diesem Mann mehr Unruhe und Aggression aus, er lief inzwischen auf dem Gehsteig gegenüber auf und ab, manchmal zündete er sich eine Zigarette an, die er nach einem Zug jedoch schon wieder auf den Boden warf und darauf herumtrampelte. Doch dann kam er plötzlich nicht mehr, und Islas Unbehagen löste sich allmählich auf. Ihre ganze Konzentration musste jetzt dem Verkauf des Hauses und des Bentleys gelten.

*

Eines Tages, als sich Isla gerade in der Küche einen Tee kochte, warf sie dabei einen flüchtigen Blick aus dem Fenster. In der Dämmerung sah sie die Silhouette eines Mannes auf der

Treppe zum Haus heraufkommen. Sie erschrak zutiefst, doch als er den Türklopfer bediente, erkannte sie ihn. Erleichtert lief sie zur Tür, um ihrem Bruder Benjamin zu öffnen. Überschwenglich fiel sie ihm um den Hals und zog ihn ins Haus.

»Nanu?« Lachend schob Benjamin sie von sich. »Das ist ja eine besonders herzliche Begrüßung.«

Er übergab ihr eine Flasche alten schottischen Whiskey und zog seinen Mantel aus. »Ich kann mich nicht erinnern, jemals einen so kalten Winter erlebt zu haben«, sagte er und hängte den Mantel auf einem Bügel in den großen Dielenschrank.

»Was soll ich denn mit dem Whiskey?«, wollte Isla wissen.

»Wir trinken jetzt ein Glas«, erklärte Benjamin und ging seiner Schwester in den Wohnraum voraus. Dort holte er aus dem Schrank zwei Gläser und schenkte ein. »Gerade das Richtige bei der Kälte.«

»Ben, was ist los? Wir sehen uns doch in einigen Tagen eh zu Hause.« Am vierundzwanzigsten Dezember wollte Isla mit ihrer Tochter nach Penham in Surrey fahren. Dort würde sie zusammen mit ihren Eltern und den Geschwistern ihr letztes Weihnachten im Elternhaus in England feiern. »Ist irgendwas passiert?« Aus Islas Stimme klang Sorge. Sie kannte ihren jüngeren Bruder zu gut, um nicht die Unruhe zu spüren, die von ihm ausging. »Hast du schon Semesterferien?«, fügte sie hinzu, als sie sich zugeprostet und dann in den Ledersesseln vor dem prasselnden Kamin Platz genommen hatten.

Ben sah angespannt aus. Er fuhr sich durch die kurzgeschnittenen blonden Haare und warf ihr einen unsicheren Blick zu. Ungewöhnlich ernst wirkte er, sein strahlendes Lächeln war verschwunden, und auf der Stirn zeigte sich eine tiefe Falte, die Isla irritierte.

»Du siehst so erwachsen aus«, stellte sie mit einem erzwungenen Lachen fest. »Was ist los?«

»Wo ist deine Tochter?«, war Bens Gegenfrage.

»Sie hält einen Nachmittagsschlaf. Sie hat heute Nacht nach ihrem Daddy gefragt und geweint, ich konnte sie gar nicht mehr beruhigen.«

»Sebastian hat sie ja auch sehr verwöhnt, wie du immer erzählt hast, oder?«

»Ja, er kann ihr keinen Wunsch abschlagen. Vor seiner Abreise sagte er, er käme sicher vor Sehnsucht nach ihr um, wenn er sie so lange nicht sehen kann.«

»Und das kränkt dich?« Ben zwinkerte ihr zu.

»Ach was«, wehrte Isla ab, doch innerlich musste sie zugeben, dass sie ein wenig verletzt gewesen war, weil er nicht von seiner Sehnsucht nach ihr gesprochen hatte.

»Und? Wie geht's mit deinen Plänen?«, wollte Benjamin wissen. »Kannst du das Haus verkaufen?« Isla schüttelte den Kopf.

»Kein einziger Interessent.«

»Nun ja, es ist auch nicht gerade optimal.«

»Ich weiß, du hast von Anfang an gesagt, das einzig Schöne am Haus sei das Rauchzimmer mit der Holzvertäfelung.«

»Das ist richtig, es ist ein besonders ausgefallener Raum. Aber sonst ist das Haus nicht gut geschnitten. Die Zimmer sind klein, an den Decken bröckelt der Stuck ab …«

Isla hatte selbst große Zweifel, ob das abgewohnte Haus jemandem gefallen könnte – selbst in friedlicheren Zeiten. Sebastian hatte es nach ihrer Hochzeit mit allen Möbeln einem alten Ehepaar abgekauft. »Die Adresse ist erstklassig«, hatte er damals erklärt, nachdem er es preiswert erstanden hatte. »Und darauf kommt es an. Ich werde es renovieren und mit allem Luxus ausstatten lassen.« Doch dazu war es nicht mehr gekommen.

»Aber reden wir nicht vom Haus. Warum bist du in London?«

»Ich habe eine neue Freundin, sie heißt Mary«, erzählte Benjamin zögernd. »Sie ist die Cousine einer meiner Kommilitoninnen.« Ben studierte im dritten Semester an der Universität von Surrey.

»Und du triffst sie jetzt in London?«

»Ja. Wir gehen ins Theater. Und morgen gibt ihre Tante ein großes Fest, Lady Edmonsen, du kennst sie ja.« Unsicher sah er seine Schwester an. Als Isla nicht reagierte, fragte er sie beiläufig: »Und du? Wie geht es dir so?«

Isla warf ihrem Bruder einen spöttischen Blick zu. »Bist du etwa hier, weil du erfahren hast, dass mich niemand mehr einlädt?« Islas Lachen hörte sich gezwungen an, obwohl es doch leicht und amüsiert klingen sollte.

»Nein, nein«, beteuerte Benjamin schnell. »Mary hat mir nur erzählt, ihre Tante habe von Gerüchten gesprochen.«

»Welche Gerüchte?« Isla richtete sich kerzengerade im Sessel auf. »Was meinst du?«

»Nun ja …« – Ben zögerte –, »ich wollte dir davon erzählen, damit du es nicht von jemand anderem hören musst.« Er verstummte.

»Jetzt sag schon«, forderte Isla ihn drängend auf.

»Also, Lady Edmonsen sagte …« Ben suchte offensichtlich nach den richtigen Worten, bevor er weitersprach: »Es heißt, Lord Chester habe Sebastian und dich fallenlassen. Und die Gesellschaft macht es ihm nach.«

Isla atmete tief durch und sah ihren Bruder fest an, der verlegen einen Schluck von seinem Whiskey nahm. »Es tut mir leid, aber ich wollte dich einfach warnen. Vielleicht weißt du ja noch nichts davon.«

»Es ist mir egal, Ben, wirklich. Für Sebastian war es wichtig, in die Gesellschaft aufgenommen zu werden. Für ihn war es ein Triumph, als Lord Chester uns unter seine Fittiche nahm. Er genoss es. Auch ich habe mich amüsiert, das gebe ich zu, aber für mich war es nicht lebenswichtig, vor allem nicht mehr nach der Geburt unserer Tochter. Und jetzt … Sebastian ist bereits fort, und ich verlasse London im Januar. Ich denke nicht, dass es irgendjemanden in Aden interessiert, ob Lord Chester meinen Mann protegiert.«

»Lady Edmonsen tuschelt auch, dass nichts mehr über euch im *Tatler* steht. Und das bedeutet, ihr gehört nicht mehr dazu.«

Isla lachte. »Ach Ben, das macht mir nichts aus, wirklich nicht.«

»Dann ist es ja gut.« Ihr Bruder schien erleichtert. »Eigentlich«, fuhr er dann fort, »bin ich sogar wegen etwas anderem hier.«

Isla sah ihn fragend an.

»Die Eltern machen sich Sorgen.«

»Sorgen? Warum denn?«

»Du lebst allein ohne Mann in London. Und das jetzt, im Krieg. Sie können es Sebastian nicht verzeihen, dass er dich einfach so im Stich lässt.«

»Du weißt, Ben, unsere Eltern mochten Sebastian nie.«

»Das stimmt. Aber ist ihre Abneigung nicht auch berechtigt? Ein wenig zumindest?«, fügte Ben hastig hinzu.

Isla schüttelte lächelnd den Kopf, als sie das besorgte Gesicht ihres Bruders bemerkte. »Ihr müsst euch keine Gedanken um mich machen. Könnt ihr nicht endlich akzeptieren, dass ich mit Sebastian glücklich verheiratet bin? Ich habe durch ihn so viel kennengelernt!«

»Was meinst du?«

»Lebensfreude, Ben. Ich konnte mit ihm lachen, und durch ihn habe ich gelernt, meinen eigenen Stil zu entwickeln. Ich lernte Autofahren, ich konnte machen, was ich wollte. Freiheit, Ben, ein völlig neuer Begriff für mich.« Isla machte eine kleine Pause. Es gab noch andere Dinge, die sie durch Sebastian kennengelernt hatte, aber die besprach man nicht mit seinem jüngeren Bruder. Sie war völlig unwissend gewesen, als sie Sebastians Frau wurde. Und sie hatte durch ihn die Liebe kennengelernt, hatte begriffen, dass ein nackter Körper nichts Unanständiges war. Sie hatte ihre eigene Sinnlichkeit entdeckt.

»Da ist noch etwas.« Ben zögerte und warf ihr einen unsicheren Blick zu.

»Nur heraus mit der Sprache«, forderte Isla ihn auf.

»Lady Edmonsen behauptet, Sebastian habe das Land so schnell verlassen müssen, da er jede Menge Schulden hat. Er habe sich gewissermaßen aus dem Staub gemacht.«

Isla schwieg. Dieser Vorwurf traf sie. Plötzlich schoss ihr der Gedanke an den Mann durch den Kopf, der ihr Haus beobachtet hatte. War er ein Detektiv gewesen? Einer, der Nachforschungen über Sebastian anstellen sollte? Ein Gläubiger?

»Unsinn«, wehrte sie dennoch entschieden ab. »Das hätte ich wissen müssen. Er verdiente doch Geld mit seinem Kunsthandel, er hat mir gegenüber niemals Schulden oder finanzielle Engpässe erwähnt.«

»Wie gesagt, es sind nur Gerüchte«, wiederholte Ben, »und Mary sagt selbst, ihre Tante liebe Klatsch und Tratsch.

Mir ist eh unverständlich«, fügte er noch hinzu, während er sein Glas auf den Tisch neben dem Sessel stellte und sich erhob, »dass in diesen Kreisen immer noch gefeiert wird, obwohl Krieg herrscht. Aber der Champagner scheint denen nicht auszugehen.«

»Offensichtlich.« Isla horchte nach oben, doch es blieb still, ihre Tochter schlief offenbar noch.

Ben ging mit Isla in die Diele, blieb vor dem Schrank stehen und sah sie abermals unsicher an. »Es gibt noch eine Neuigkeit. Sie betrifft mich.«

Der Ton von Bens Stimme ließ Isla aufhorchen. »Was ist es denn? Mach es nicht so spannend. Willst du diese Mary etwa heiraten?«

Ben verneinte mit einem kleinen Lachen. »Ach was, das ist alles noch zu frisch. Obwohl ihre Tante glaubt, wir seien bereits heimlich verlobt. Aber nein, es ist etwas ...« Er holte seinen Mantel aus dem Schrank und knöpfte ihn zu. »Bis jetzt weiß es noch keiner, den Eltern werde ich es morgen erzählen, wenn ich nach Hause fahre.«

»Worum geht es denn?« Beunruhigt sah Isla zu ihrem »kleinen« Bruder hoch, der mit seiner Größe von einem Meter vierundneunzig die gesamte Familie überragte.

»Also, ich habe die Uni verlassen.«

»Du hast einen Stellungsbefehl bekommen?« Isla packte ihn erschrocken am Ärmel.

»Nein, das nicht, aber ich habe mich freiwillig bei der Royal Air Force gemeldet. Heute bekam ich den Bescheid. Ich mache eine Ausbildung zum Kampfpiloten und muss am ersten Januar antreten.« Isla brauchte einen Moment, bevor sie den Sinn seiner schnell gesprochenen Worte ganz erfasste.

»Warum, Ben, warum?«, flüsterte sie.

»Nun, irgendjemand muss ja diesem Hitler die Stirn bieten«, erwiderte er, ein wenig unsicher lachend. »Aber jetzt wird es Zeit für mich, ich muss mich fürs Theater noch umziehen. Ich fahre zu meinem Freund Peter, er leiht mir einen dunklen Anzug.«

Benjamin küsste seine Schwester auf beide Wangen und verließ schnell das Haus. Die Tür fiel hinter ihm zu, und Isla lehnte sich von innen dagegen. Benjamin, ihr kleiner Bruder, wollte Kampfpilot werden? Bomben über Deutschland abwerfen? Sie drehte sich um und riss die Haustür wieder auf.

»Das darfst du nicht tun, Ben! Du kannst doch nicht zum Mörder werden, Bomben auf Dörfer und Städte werfen, auf Frauen und Kinder … du doch nicht!« Isla war außer sich und brach in Tränen aus. Benjamin drehte sich um und kam noch einmal zu ihr zurückgelaufen. Er nahm seine Schwester fest in die Arme.

»Um Himmels willen, nun weine doch nicht deswegen. Bitte, Isla. Mir wird nichts passieren.«

»Versprichst du's mir?«, fragte sie und wischte sich die Tränen ab.

»Ja, großes Indianerehrenwort. Und lass uns an Weihnachten noch mal in Ruhe darüber sprechen, in Ordnung?«

Ben strich seiner Schwester eine Haarsträhne aus der Stirn und hauchte ihr einen Kuss auf die Wange. »Ich wollte schon immer Pilot werden, das weißt du doch.«

»Ja, Ben, aber doch nicht Kampfpilot.«

»Die Deutschen werfen Bomben auf uns, wir müssen uns schließlich wehren, ich liebe mein Vaterland, ich liebe England!«

Isla starrte ihrem Bruder nach, als er ins Auto stieg, sich zu ihr umdrehte und winkte.

»Das habe ich nicht gewusst«, flüsterte sie. Ihr kleiner Bruder wollte sein Land verteidigen, gegen Hitler in den Krieg ziehen. Ben war ein Patriot? Islas Gedanken beschäftigten sich so sehr mit ihm, dass sie den Mann, der wieder auf der anderen Straßenseite stand, gar nicht wahrnahm.

Acht

Rose Hill Garden House in Surrey, Weihnachten 1940

Vikar Robert Duncker stand am Fenster des Pfarrhauses von Penham und schob den Vorhang zur Seite.

»Da kommt Isla!«

Er drehte sich um. Seine Frau Lydia war gerade mit dem Schmücken des Baumes fertig und hängte die letzten Lamettafäden an die Zweige. Jetzt raffte sie hastig das Seidenpapier und die Kartons zusammen, in denen sie den Baumschmuck und die Kugeln über das Jahr hinweg aufbewahrte.

»Jetzt schon?«, fragte sie nervös. »Ich bin noch gar nicht so weit, ich muss noch die Weihnachtssocken an den Kamin hängen und –«

»Lydia! Es ist nur unsere Tochter und nicht König Georg und seine Frau.«

Robert Duncker hatte sich wieder dem Fenster zugewandt und beobachtete, wie Isla aus dem Wagen stieg, dann eine Reisetasche vom Beifahrersitz nahm und sie neben dem Bentley auf den Boden stellte.

»Hat sie die Kleine dabei?«

»Ja, ja, natürlich. Aber wie oft habe ich Isla schon gebeten, nicht mit dem Bentley hierherzukommen. Das macht einen schlechten Eindruck auf meine Gemeinde. Gott wird sie und ihren Mann noch für ihre Verschwendungssucht bestrafen.«

»Was hast du gesagt, Darling?«, rief seine Frau, die inzwischen die Schachteln in den Dielenschrank gepackt, die Socken an den Kamin gehängt hatte und in die Küche gehetzt war.

»Ich mache rasch Tee, die anderen werden ja auch bald hier sein!«, rief sie durch die offene Tür ihrem Mann zu. »Lieber, du kannst dich schon ins Esszimmer setzen, der Tisch ist gedeckt.«

Robert leistete ihrer Aufforderung Folge und ging durch die Schiebetür ins angrenzende Esszimmer. Dort lehnte er sich gegen den alten Kamin, legte den Ellbogen auf die abgebröckelte Marmorkante und stellte sich in Positur. Lydia kam mit dem Gewürzkuchen aus der Küche und befreite sich noch schnell von ihrer Kittelschürze, die sie über einem einfachen braunen Kleid trug.

»Ich freue mich, dass Isla noch herkommt, bevor sie abreist. Niemals hätte ich gedacht, dass unsere Tochter einmal auswandern könnte, und dann so weit, bis nach … Ach, ich vergesse den Namen immer wieder«, klagte sie.

»Aden! Das liegt in Arabien und ist eine Hafenstadt. Wie ich gehört habe, ist es Ziel vieler europäischer Auswanderer geworden, vor allem das Ziel reicher Juden. Aber es zieht auch etliche kriminelle Elemente dorthin.«

»Das klingt ja entsetzlich. Warum bleibt Isla mit der Kleinen nicht hier in England? Sie könnten doch bei uns wohnen«, klagte Lydia.

»Eine Frau gehört zu ihrem Mann, das ist nun mal so«, antwortete Robert. »Auch wenn wir mit Islas Wahl nicht einverstanden sind.« Er verzog das Gesicht. »Der Kerl ist und bleibt ein Emporkömmling. Man hängt nicht mit zweiundzwanzig sein Studium einfach an den Nagel, um mit Kunst zu handeln, ohne Qualifikation, ohne Ausbildung. Und diese Angeberei, allein der Bentley, muss das sein?«

»Jetzt lass ihm doch die Freude an dem Auto.« Lydia verteidigte ihren Schwiegersohn wie immer. »Er hat Erfolg. Du kritisierst ihn immer nur, aber was hätte Sebastian denn machen sollen? Seine Eltern sind tot, und dann ist auch noch sein Onkel gestorben, der ihn finanziell unterstützt hat.«

»Ja, ja, ich weiß, ihr Frauen geht ihm alle auf den Leim, aber für mich ist alles sehr dubios.«

»Bitte Robert, jetzt hör damit auf, wenigstens heute an Weihnachten.«

Während sie noch sprach, lief Lydia in den Flur und öffnete die Haustür, gerade als Isla mit ihrer kleinen Tochter auf den Stufen stand.

»Komm, ich nehme sie dir ab.« Lydia streckte beide Hände nach ihrer Enkelin aus, deren Kopf an der Schulter ihrer Mutter lehnte.

»Sie schläft noch«, flüsterte Isla. Doch als Lydia nach dem Kind griff, hob es den Kopf und verzog weinerlich den Mund.

»Oh … jetzt habe ich sie geweckt«, bedauerte Lydia.

»Das macht nichts«, antwortete Isla, »irgendwann muss sie ja aufwachen, sonst ist sie heute Nacht zu lange munter. Sie ist gleich nach der Abfahrt eingeschlafen. Ich war heilfroh, denn eine Autofahrt mit ihr ist immer eine Quälerei. Sie kann nicht stillsitzen, und meistens wird ihr auch noch schlecht beim Fahren.« Isla verstummte und lief durch die Diele ins Esszimmer, um ihren Vater zu begrüßen.

»Isla! Wieso bist du nicht mit dem Zug gekommen?«

»Weil ich gern Auto fahre, das weißt du doch, und solange ich es nicht verkaufen kann, fahre ich damit.«

»Bringe den Wagen hinter das Haus, bevor der Nachmittagsgottesdienst beginnt! Ich möchte nicht, dass wieder über uns geredet wird. Außerdem gehören Frauen nicht ans Steuer eines Autos, das ist unschicklich und provozierend, das meint deine Mutter auch.«

»Ach?«, fragte Isla ironisch und wandte sich an ihre Mutter, die ihr mit der Kleinen gefolgt war. »Das meinst du also auch?«

Lydia bekam hektische rote Flecken auf den Wangen, murmelte, das Teewasser koche sicher schon, und verschwand in die Küche, ihre Enkelin immer noch auf dem Arm.

»Ihr könnt euch schon an den Tisch setzen!«, rief sie den beiden noch zu in der Hoffnung, damit einen Streit zu vermeiden.

»Du hast uns nur Ärger gemacht«, hielt der Vikar seiner Tochter vor, während er den Stuhl zurückzog und am oberen Ende des Tisches Platz nahm. »Da habe ich dir eine teure Ausbildung in der Sekretärinnenschule bezahlt, aber du hast deinen Beruf nie ausgeübt.«

»Ach, weißt du, ich kann das einfach nicht mehr hören. Jedes Mal, wenn ich herkomme, machst du mir Vorwürfe.« Isla versuchte, sich zu beherrschen.

»Du hättest einen anderen Mann finden können«, lamentierte der Vikar weiter. »Doch was macht meine Tochter? Sie lässt sich auf der Straße von einem Unbekannten ansprechen! Das gehört sich einfach nicht. Die Eltern sollten den Mann für ihre Tochter aussuchen. Wir hätten hier im Ort schon eine anständige Partie für dich gefunden.«

Isla sprang wütend auf, doch bevor sie hitzig reagieren konnte, kam Lydia ins Zimmer zurück und setzte ihre Enkelin vorsichtig in den Kinderstuhl. In ihren hellen blauen Augen stand die flehende Bitte an Isla, den Vater nicht zu provozieren. Sie erkannte bei ihrem Mann bereits die Anzeichen eines heraufziehenden Wutausbruchs. Robert Duncker hatte die schmalen Lippen zusammengepresst, und sein Gesicht war rot angelaufen. Er strich sich übers schüttere Haar.

»Erzähle, Kind, wie ist es in London?«, fragte Lydia ihre Tochter, weiterhin bemüht, keinen Streit aufkommen zu lassen. »In unserer Zeitung stand, dass Winston Churchill nach dem letzten Angriff der Deutschen zu ausgebombten Bürgern gegangen ist.«

»Das ist richtig, er wollte sich selbst ein Bild vom Ausmaß der Katastrophe machen«, antwortete Isla.

»Churchill ist ein Kriegstreiber«, fuhr der Vikar dazwischen, »Chamberlain dagegen ist ein Diplomat, er versucht, sich mit dem deutschen Reichskanzler Adolf Hitler zu verständigen. Meiner Ansicht nach ist das ein sehr viel besserer Weg. Aber Hitler muss einsehen, dass England das Rückgrat Europas ist, daran kommt er nicht vorbei.«

»Vicky ist da!«, unterbrach Lydia ihn, als sie den Türklopfer hörte, erleichtert, einem politischen Monolog ihres Mannes zuvorkommen zu können. Sie lief in die Diele, um ihrer älteren Tochter, deren Mann Walter Hathaway und den Zwillingen Robert und Paul die Tür zu öffnen.

»Benjamin ist auch schon dabei!«, rief sie erfreut ins Esszimmer. Isla erhob sich, blieb aber neben ihrer Tochter stehen, die herumhampelte und versuchte, vom Stuhl herunterzuklettern. Mit einer Hand hielt Isla das Kind fest, während sie der lebhaften Begrüßungsszene draußen lauschte und gleichzeitig ihren Vater beobachtete, der schweigend am Tisch saß. Der Vikar hatte die Hände gefaltet, sich zurückgelehnt und hielt die Augen geschlossen. Isla erschrak darüber, wie alt er in diesem Moment aussah, obwohl er erst fünfundfünfzig Jahre zählte. Das schmale, lange Gesicht war blass, und die wenigen, mit Grau durchzogenen Haare waren sorgfältig nach hinten frisiert.

Nachdenklich ließ Isla ihren Blick auf ihm ruhen. Der

Vikar wirkte müde, und in seinem Gesicht zeigten sich Mutlosigkeit und Resignation. Der Vikar gab normalerweise nie seine Gefühle preis, in seinen Augen bedeutete das, Schwäche zu zeigen. Was mochte in ihm vorgegangen sein, als er die Nachricht erhielt, dass sein Sohn zur Air Force gehen wollte? Benjamin, der geliebte, einzige Sohn?

Vicky hatte Isla am Tag zuvor angerufen. Die Eltern, sie und auch Walter waren entsetzt über Benjamins Entscheidung. »Du wanderst aus, reicht das nicht schon? Und jetzt will unser kleiner Bruder auch noch zur Air Force.«

Während in der Diele die Begrüßung noch im Gange war, wandte Isla den Kopf und sah durch die offen stehende Schiebetür ins Wohnzimmer. An der Wand stand das Klavier, auf dem Vicky als junges Mädchen stundenlang geübt hatte. Über dem Kamin hingen die roten Socken mit den eingestickten Namen der Familienmitglieder, und ein wenig davon entfernt stand der hohe Christbaum, wie jedes Jahr von ihrer Mutter liebevoll mit Lametta und bunten Kugeln geschmückt. Der Duft der Tanne vermischte sich mit dem feinen Geruch nach Lydias Gewürzkuchen, ein Duft der Kindheit und der Geborgenheit.

Isla dachte an all die Weihnachtstraditionen und Rituale, die in diesem Haus nie geändert wurden, doch war das nicht auch etwas Schönes?

Im Alter von achtzehn Jahren war sie nach London gegangen, um die Ausbildung zu machen, sie war froh gewesen, dem engen Elternhaus und dem strengen Vater zu entkommen. Jetzt, sieben Jahre später, stand sie hier am Tisch des Esszimmers, mit Tränen in den Augen und einem Gefühl der Ratlosigkeit und des Heimwehs, bevor sie das Schiff nach Aden überhaupt betreten hatte. Sebastian hatte solche

Empfindungen, diese Sehnsucht nach den familiären Wurzeln nicht nachempfinden können. Er hatte den Kontakt zu seinem Onkel, bei dem er aufgewachsen war, schon früh abgebrochen. Außerdem besaß er eine stark ausgeprägte innere Unruhe. Wo immer er war, strebte er schon bald wieder fort.

»Hallo, wie geht es dir?« Vicky, gefolgt von ihrem Ehemann Walter und den achtjährigen Zwillingen, kam auf Isla zu und umarmte sie. Sie war in ein dunkelblaues Samtkleid mit weißem Spitzenkragen gekleidet und ließ ihren Blick schnell und bewundernd über Islas elegantes helles Seidenkleid gleiten. Auch Walter drückte Isla einen feuchten Kuss auf die Wange, so lange, dass sie rasch ihr Gesicht abwandte und über seine Schulter hinweg ihre beiden rothaarigen Neffen Robert und Paul begrüßte. Sie waren im Alter von drei Monaten von Walter und Vicky adoptiert worden, da Vicky keine Kinder bekommen konnte.

Islas Tochter fing an zu schreien, irritiert wegen des Lärms und der entstandenen Hektik, und es dauerte, bis jeder auf seinem Platz saß. Benjamin hatte den Stuhl neben Isla gewählt, Vicky beschäftigte sich mit ihrer Nichte, küsste und herzte sie, doch noch bevor Lydia allen Tee einschenkte, sprang Isla wieder auf.

»Ich fahre nur schnell den Wagen hinters Haus, Vater will das so«, betonte sie und lachte Benjamin zu.

»Lass das jetzt, das kannst du nach dem Tee machen, wir sitzen ja alle schon am Tisch«, wies der Vikar seine Tochter zurecht.

»Ganz Penham kennt Isla und ihren Bentley.« Benjamin grinste. »Also kann sie den Wagen auch vor der Tür stehen lassen.«

Bevor eine Diskussion entbrennen konnte, schnitt Lydia den Kuchen an und rügte Isla, dass sie bereits ein Stück davon für ihre Tochter abgebrochen hatte.

»Hauptsache, er schmeckt unserer Süßen! Komm, iss noch ein kleines Stück.« Vicky beugte sich zu ihrer Nichte hinunter, um ihr etwas Kuchen in den Mund zu schieben, doch die drehte ihren Kopf zur Seite und ließ ihre Puppe auf den Boden fallen.

»Sie ist ein verwöhntes kleines Ding«, tadelte Robert Duncker.

»Aber so süß! Komm, mein Schatz, deine Tante hebt dir die Puppe ja schon auf, du musst nicht weinen«, tröstete Vicky das Kind. »Unsere Süße wird uns so sehr fehlen«, klagte sie, während sie ihrer Nichte die Puppe wieder in den Arm drückte.

»Sebastian hat mir versprochen, dass ich einmal im Jahr mit ihr nach England kommen kann.« Das war ein kleiner Trost, an dem sich Isla krampfhaft festhielt.

»Hat er sich noch einmal gemeldet?«, wollte Vicky wissen. Isla schüttelte den Kopf, gab jedoch mit einem Lächeln zu verstehen, dass das absolut in Ordnung sei. Sie wollte nicht zeigen, dass sie sich Sorgen machte, denn Sebastian hatte ihr nur ein einziges Telegramm geschickt, und das war kurz nach seiner Ankunft in Aden gewesen.

»Bin gut angekommen, STOP Es läuft alles wie geplant, STOP Ich habe ein Haus gekauft STOP Und hole euch dann am Schiff ab«

Das war bereits zwei Wochen her, und seitdem hatte sie nichts mehr von ihm gehört.

»Briefe zu schreiben lohnt sich nicht«, hatte er ihr vor der Abreise gesagt. »Die Post ist mit dem Schiff wochenlang unterwegs, und in der Zwischenzeit seid ihr beide schon da.«

Er konnte sich einfach nicht vorstellen, dass sie sich Sorgen machte. So war Sebastian eben.

»Meinst du, du kannst das Haus noch verkaufen?«, wandte Vicky sich erneut an ihre jüngere Schwester.

»Wer kauft schon ein Haus, das vielleicht schon am nächsten Tag durch Bomben in Schutt und Asche gelegt wird«, blaffte der Vikar sie an. »Sebastians Vorstellungen sind doch absurd.«

»Und was ist mit dem Bentley, Tante Isla?«, wollte Paul wissen. Isla zuckte nur mit den Schultern.

»Niemand wird diese Luxuskarosse kaufen«, riss der Vikar das Gespräch wieder an sich. »Alle Autos werden von der Regierung konfisziert, also kannst du dir die Mühe sparen, ihn anzubieten.«

»Du kannst ihn bei uns unterstellen, Tante Isla«, schlug Robert begeistert vor, »dann kann Vater damit fahren, und wenn du uns jedes Jahr besuchst, hast du hier gleich ein Auto.«

»Vielleicht kaufe ich ihn dir ab, wenn du mir einen guten Preis machst«, mischte sich Walter ins Gespräch.

»Das ist doch eine ausgemachte Dummheit!«, rügte ihn der Vikar scharf. »Du kaufst ihn, und dann wird er von der Regierung konfisziert. Oder du kannst ihn nicht fahren, weil es bald kein Benzin mehr geben wird. Immerhin ist es jetzt schon so stark rationiert.«

Lydia hatte schon mehrfach versucht, sich am Gespräch zu beteiligen, was ihr endlich gelang.

»Ist es wahr, dass unser König trotz der Angriffe in London bleibt?«

Isla nickte. »Ja, jedenfalls weht auf dem Buckingham Palace die Fahne, also ist das Königspaar in London. Man munkelt aber, Prinzessin Elisabeth und Prinzessin Margaret seien auf Schloss Balmoral. Dort gibt es einen Bunker. Aber das ist nur ein Gerücht.«

»An jedem Gerücht ist etwas Wahres dran.« Der Vikar konnte seine schlechte Laune nicht verbergen.

Isla überhörte seine Bemerkung und erzählte weiter: »König Georg und die Königin sind sehr tapfer. Man sagt, sie bekommen auf eigenen Wunsch die gleichen Lebensmittelzuteilungen wie ihre Untertanen. Aber ich interessiere mich nicht so sehr für die Royals«, setzte Isla noch entschuldigend hinzu.

»Mom schon«, sagte Paul und grinste seine Mutter an, die abwehrend den Kopf schüttelte.

»Das stimmt gar nicht«, verteidigte sie sich.

Der Vikar drängte seine Familie jetzt zur Eile und trank schnell seinen Tee aus. »Macht voran, der Nachmittagsgottesdienst fängt gleich an.«

»Wir haben noch ewig Zeit«, wagte Isla zu widersprechen. Sie beobachtete Lydia, die neben ihrer Enkeltochter saß und ihr jetzt eine Tasse mit Kakao an die zusammengepressten Lippen hielt. Ihre Mutter war ein Jahr jünger als ihr Vater, doch auch sie wirkte wesentlich älter, als sie war. Offenbar hatten die fünfunddreißig Jahre Ehe mit dem strengen, bigotten Mann aus ihr eine müde, glanzlose Frau werden lassen.

Die schlechte Laune des Vikars übertrug sich auf die Familie, so dass die Unterhaltung ins Stocken geriet. Immer wieder warf Robert Duncker einen Blick auf die Standuhr, bis er sich plötzlich Isla zuwandte.

»Was macht Sebastian in dem arabischen Märchenland eigentlich, um Geld zu verdienen?«

»Er hat kurz vor seiner Abreise noch einen van Gogh verkaufen können, das hat ihm viel Geld gebracht.«

»Einen van Gogh?« Die Blicke aller wandten sich Isla interessiert zu.

»Ja, einen van Gogh, ein unbekanntes Selbstporträt. Sebastian hatte es einem jüdischen Bankier abgekauft, der Europa verlassen musste. Er sagte, es sei ein Notverkauf gewesen. Er habe das Bild spottbillig erstanden und sehr teuer weiterverkaufen können.«

»Das klingt für mich höchst unwahrscheinlich«, erklärte der Vikar herablassend. »Wieso sollte ein angesehener Bankier ausgerechnet einem achtundzwanzigjährigen Mann, der sich ›Kunsthändler‹ nennt, ein so kostbares Gemälde verkaufen?«

Jetzt beteiligte sich auch Walter wieder am Gespräch.

»Ja, für mich als Anwalt klingt das auch nicht unbedingt glaubhaft.«

»Ach so, auch für dich als Anwalt«, ahmte Isla ihren Schwager gereizt nach. Als die anderen sie betroffen ansahen, entschuldigte sie sich sofort. Walter war ein lieber Kerl, immer um Harmonie bemüht, er verdiente es nicht, dass sie ihn nachäffte.

»Aber weißt du, mein Mann ist nun mal erfolgreich in seinem Beruf«, versuchte sie dennoch, Sebastian in Schutz zu nehmen, »auch wenn ihr es nicht glauben wollt.«

Während Isla sprach, wechselte sie einen Blick mit Benjamin. Beide dachten an seinen Besuch bei ihr in London einige Tage zuvor und die Gerüchte, von denen er berichtet hatte.

»Wenn Sebastian dieses Geschäft machen konnte«, mischte er sich nun versöhnlich ins Gespräch, »dann ist das doch nur gut für ihn und Isla.«

»Was ist eigentlich mit unserem Gemälde, nimmst du das mit nach Arabien?«

»Es ist nicht *unser* Gemälde, Vater, es ist *mein* Gemälde. Onkel Harry hat es mir vererbt.«

»Aber du verkaufst es doch nicht?« Auch Lydia schien besorgt. »Du weißt doch, dass die Frau auf dem Bild deine Großmutter ist.«

»Natürlich weiß ich das, und Onkel Harry hat ja oft gesagt, ich sähe eurer Mutter« – Isla wandte sich ihrem Vater zu – »sehr ähnlich.«

»Wenn man dich anschaut, Isla, glaubt man, unsere Mutter stünde vor uns«, hatte er noch kurz vor seinem Tod vier Jahre zuvor gesagt.

»Ja, und darum *darfst* du es nicht verkaufen.« Die Stimme des Vikars hatte wieder an Lautstärke zugenommen.

»Ach, da kommt Mrs Miller, die bringt den Truthahn für morgen Mittag«, sagte Lydia, sprang erleichtert auf und lief aus dem Zimmer. »Es ist ein kleines Wunder, dass wir in diesen Zeiten noch einen bekommen haben«, rief sie noch. In dem Schweigen, das sie zurückließ, hörte man durch die angelehnte Tür die Stimmen von Lydia und der Besitzerin des Lebensmittelladens, die ein paar kurze Sätze wechselten und sich dann voneinander verabschiedeten. Die Haustür fiel ins Schloss, und Lydia kam in dem Moment zurück, als sich der Vikar erhob.

»Ich gehe jetzt rüber in die Kirche, und auch ihr solltet euch fertig machen.«

»Das Krippenspiel wird unserer Süßen sicher gefallen«, sagte Vicky im allgemeinen Aufbruch.

»Ich denke nicht.« Isla zögerte. »Sie ist doch erst zwei, eigentlich wollte ich mit ihr im Haus bleiben. In der Kirche ist es eiskalt, und sie ist sehr anfällig für Erkältungen.«

»Ach, Unsinn, zieh sie warm an, du wirst ihr doch nicht

aus übertriebener Vorsicht den Spaß verderben.« Schon griff Vicky nach ihrer Nichte, hob sie aus dem Kinderstuhl und trug sie hinaus in die Diele.

»Ihr müsst euch alle warm anziehen«, ermahnte Lydia ihre drei erwachsenen Kinder und auch Paul und Robert. »In der Kirche ist es wirklich sehr kalt.«

»Ja, Mom«, beruhigte Benjamin sie lachend und zwickte seine Mutter zärtlich in die Wange. »Wir kennen die Kirche, wir sind praktisch darin aufgewachsen.«

Am Abend stand Isla am Fenster des Wohnzimmers und sah zu den hell erleuchteten Fenstern der Kirche hinüber. Dort saß ihre Familie in der ersten Reihe und lauschte der Predigt des Vaters, die sicher der des Vorjahres glich. Er sprach von Liebe, vom Verzeihen und von dem Glück, das mit Jesus Christus in die Welt gekommen war. Dieses Jahr betete er noch um Frieden für England, um Frieden in der ganzen Welt.

Isla lehnte ihre Stirn gegen die Scheibe. Am späteren Nachmittag, zwischen der Andacht und dem abendlichen Gottesdienst, hatte sie mit Vicky ihrer Mutter geholfen, die Füllung für den Truthahn vorzubereiten. Sie bestand aus Salbei, Zwiebeln, Kastanien und Äpfeln. Sie hatten auch das Gemüse vorbereitet und Lydias alljährlichen Plumpudding bewundert.

Isla war erschöpft, ihre innere Anspannung wuchs mit jedem Tag, der sie ihrer Abreise näher brachte. Sie öffnete das Fenster und sog tief die frische, kalte Luft ein. Weit beugte sie sich hinaus und lauschte auf die Stille der Landschaft und auf den Gesang, der aus der Kirche zu ihr herüberklang. Wann hatte sie sich jemals so einsam gefühlt?

Doch gleich darauf schloss sie das Fenster energisch wieder und verließ das Zimmer. In der Diele nahm sie ihren Pelzmantel von dem Garderobenhaken und zog ihn über, während sie rasch die Treppe hinauflief. Das erste Zimmer oben war ihr Kinderzimmer gewesen, hier war sie aufgewachsen, und in diesen Tagen bewohnte sie es mit ihrer Tochter. Leise stieß sie die angelehnte Tür auf und schlich an das große Bett, in dem ihre Tochter schlief, die Puppe Alice an sich gedrückt.

Zärtlich strich Isla dem Kind die dunklen Locken aus der Stirn und zog sich dann so leise zurück, wie sie gekommen war. Leichtfüßig lief sie die Treppe hinunter, schlüpfte unten in ihre dicken Stiefel und verließ das Haus.

Die festlich erleuchtete Kirche erhellte den breiten, steinigen Weg den Hügel hinunter bis zu dem Weiher. Isla liebte die dunklen Winternächte, in denen die Sterne kalt am Himmel funkelten. In Aden hatten die Sterne sicher einen intensiveren Glanz, ein strahlenderes Funkeln. Die Nächte waren dort lau und warm, das Mondlicht fiel weich auf die arabischen Häuser und Türme, und der Muezzin würde zum letzten Gebet des Tages rufen. Sie würde das Kreuz des Südens am Himmel erkennen und sich an Sebastian schmiegen, die Wärme der Nacht einatmen, und sie würden glücklich sein.

Wirklich? Konnte sie in einem arabischen Land glücklich werden, obwohl sie Hitze in Wahrheit nicht vertrug, die Sonne stets mied und die grüne Landschaft Englands liebte?

Isla trat ganz nahe an den Weiher heran. Das Licht aus den Kirchenfenstern schien bis zu ihr herab, und in dem Schein konnte man die zugefrorene Wasseroberfläche gut erkennen. Isla vermochte sich nicht zu erinnern, an Weihnachten jemals eine solche Kälte erlebt zu haben.

Sie blieb noch für eine Weile stehen und lauschte auf den fernen Gesang der Gemeinde: *»Silent night, Holy night … «*

Isla stiegen die Tränen in die Augen. Hier war sie zu Hause, hier waren ihre Wurzeln, von denen sie sich lösen musste, um in ein fernes, fremdes Land zu gehen. Weil sie Sebastian liebte. Weil sie seine Frau war. In guten wie in schlechten Zeiten. Sie hatte es ihm geschworen.

»Sebastian«, flüsterte sie. Was machte er an diesem Heiligen Abend? Hatte er Heimweh, sehnte er sich nach ihr, so, wie sie es tat? Wie viel Uhr war es jetzt überhaupt in Aden? Feierte er mit neuen Freunden, ging er zu dem Empfang in der Britischen Botschaft, wie er vor seiner Abreise bereits erzählt hatte? Sebastian würde schnell neue Freunde finden, das war ihm noch nie schwergefallen. Kaum jemand konnte dem Charme von Sebastian Jones widerstehen.

Isla versuchte, ihre Enttäuschung, dass er ihr nicht einmal zu Weihnachten ein Telegramm geschickt hatte, zu verdrängen. Wahrscheinlich war der Neubeginn dort nicht so einfach, wie Sebastian es sich vorgestellt hatte. Er war sicher sehr beschäftigt und kam gar nicht auf die Idee, dass sie hier auf eine Nachricht wartete. Das sah ihm ähnlich, das durfte sie nicht überbewerten.

Als sie schnelle Schritte hinter sich hörte, wandte sie sich rasch um. Bevor Benjamin neben ihr stand, rief er ihr schon zu: »Hallo, willst du dir eine Lungenentzündung holen?«

Isla rang sich ein kleines Lachen ab. »Das habe ich nicht vor, aber was machst du denn hier?«

»Ich habe mich aus der Kirche geschlichen«, gab Benjamin zu. Der Mond schien auf sein Gesicht, und eine tiefe Zärtlichkeit für ihren Bruder ergriff Isla. Unwillkürlich hob sie ihre Hand und schob ihm die blonden Haare aus der Stirn.

»Und Vater hat das nicht bemerkt?«

»Als er der Gemeinde den Rücken zuwandte, habe ich mich schnell davongemacht«, erklärte Benjamin mit einem Grinsen. Er nahm ihren Arm, und schweigend gingen sie zusammen die Anhöhe hinauf und zurück zum Haus.

»Wie hat Vater eigentlich darauf reagiert, dass du zur Air Force gehen willst?«, wollte Isla wissen.

»Er hat mich umarmt. Er sei stolz auf mich, dass ich die Ehre des Vaterlands verteidigen werde.«

»O Gott, wie schrecklich!«, entfuhr es Isla. »Mehr nicht?«

Benjamin schüttelte den Kopf. »Nein, das war alles.«

Sie standen jetzt vor ihrem Elternhaus mit dem Schild *Welcome to Rose Hill Garden*. Es war mit Stechpalmen und weihnachtlichen Tannenzweigen geschmückt.

»Wie schön es ist.« Isla blieb vor der Tür stehen und sah hoch. »Wir alle drei sind hier aufgewachsen. Was wird sein, wenn Vater in Pension geht? Löst sich dann alles auf, verlieren wir unser Zuhause?«

»Sei jetzt bloß nicht traurig.« Benjamin drückte Islas Arm ganz fest. »Auch wenn du auswanderst und die Eltern in Pension gehen, hier ist deine Heimat, hier nach Penham kannst du immer zurückkommen, unabhängig von dem Haus. Hier hast du deine Familie, Geschwister, hier ist dein fester Punkt.«

»Ja, das stimmt. Aber, Benjamin … ich gehe nicht gern«, erklärte Isla zögernd. Es war das erste Mal, dass sie es aussprach. Benjamin schwieg einen Moment lang überrascht.

»Dann sollest du deine Entscheidung noch einmal überdenken, noch bist du hier«, antwortete er langsam.

Doch Isla blieb stumm und zuckte nur mit den Schultern.

Während sie sich im Haus aus ihren warmen Mänteln

schälten, versuchte Ben, seine Schwester aufzuheitern. Mit einem Grinsen stellte er die Frage, wo der Sherry und die *mince pie* für den Weihnachtsmann stünden.

»Drüben auf dem Kamin, wo sonst?« Isla erwiderte sein Lächeln. »Paul und Robert haben die Sachen dort auf den Sims gestellt.«

»Aber glauben sie noch an den Weihnachtsmann, was meinst du? Vicky ist ja so bedacht darauf, ihren Kindern eine heile Welt zu bewahren.«

»Nun ja«, antwortete Isla, »die Zwillinge sind ganz schön helle für ihre acht Jahre. Aber ich glaube schon, dass sie noch an den Weihnachtsmann glauben, ist doch aufregend für die beiden.«

»Weißt du, worauf ich Lust hätte?« Benjamin lachte auf wie ein kleiner Schuljunge. »Wir trinken den Sherry und essen die *pie,* was meinst du?« Schon griff Benjamin nach dem Arm seiner Schwester.

»Nein, lass uns bloß keine Verwirrung stiften«, wehrte Isla ab. »Mutter steht vor dem Morgengrauen auf und lässt beides verschwinden. Verdirb ihr nicht die Freude!«

Benjamin ließ den Arm seiner Schwester los und sah ihr forschend ins Gesicht.

»Du bist traurig, nicht wahr?«, fragte er nach einer kleinen Pause. Schweigend legte Isla ihren Kopf an seine Schulter.

»Ja, das bin ich«, bekannte sie, »ich bin traurig und auch irgendwie verzweifelt.«

»Mach dich nicht verrückt, du musst jetzt Ruhe bewahren. Frage dich noch einmal, was willst du wirklich? Nicht Sebastian, sondern *du*.«

»Sebastian ist mein Ehemann«, antwortete Isla, »und ich

will meine Entscheidung nicht mehr revidieren. Aber ich denke auch an unsere Tochter. Sie wird in einem fremden Land, in einem anderen Kulturkreis aufwachsen. Wir bestimmen damit über ihr Leben. Dürfen wir das überhaupt?«

»Natürlich«, antwortete Benjamin. »Ihr seid die Eltern.« Da Isla schwieg und Ben ihre Zerrissenheit spürte, nahm er sie in die Arme.

»Du bist stark, Isla. Du wirst das schaffen. Du liebst doch Sebastian, und ihr seid eine Familie. Gleichgültig, wo ihr lebt. Es wird alles gut werden.«

»Wirklich?«, antwortete Isla mit einem erzwungenen Lachen.

»Ja, ja, bestimmt.« Benjamin klang überzeugend und gab Isla ihre Sicherheit zurück.

»Danke, es war schön, mit dir zu reden, du bist so erwachsen geworden«, sagte sie leise, als sie sich aus der Umarmung löste und sie zusammen in den Wohnraum gingen.

Benjamin wechselte das Thema. »Ehe ich es vergesse: Bleibst du bis Mutters Geburtstag hier, oder fährst du zwischendurch nach Hause?«

»Ich muss nach London zurück, obwohl ich lieber hier, bleiben würde. Aber am achtundzwanzigsten Dezember kommt ein Ehepaar, das sich für das Haus interessiert. Die Einzigen, die auf mein letztes Inserat geantwortet haben. Diesen Termin darf ich auf keinen Fall verpassen.«

»Aber Mutter wird furchtbar enttäuscht sein, wenn du an ihrem Geburtstag nicht hier bist.«

»Ich muss zurück«, seufzte Isla. »Es geht nicht anders. Aber ich komme zur Feier am neunundzwanzigsten noch einmal her, allerdings allein und erst gegen Abend. Mutter wird zwar enttäuscht sein, wenn ihre Enkelin nicht dabei ist, aber es ist besser so. Ich lasse die Kleine bei meiner Freundin Penelope, die schon oft auf sie aufgepasst hat.«

Benjamin war inzwischen an den großen Schrank getreten und holte zwei Gläser und eine Flasche Sherry heraus.

»Komm, lass uns auf dein letztes Weihnachten hier anstoßen.«

»Um Himmels willen, Benjamin, willst du, dass ich in Tränen ausbreche?«

»Natürlich nicht, entschuldige, dann trinken wir eben … nun vielleicht auf das nächste Weihnachten, das du dann wieder hier feierst.«

»Schon besser«, murmelte Isla schwach. »Und du, Benjamin? Bleibst du bis zum Geburtstag hier?«, wollte sie dann wissen. Ihr Bruder schüttelte den Kopf.

»Nein, ich fahre übermorgen zurück, in der Uni gibt es noch eine große Weihnachtsparty.«

»Da darfst du natürlich nicht fehlen.«

»Natürlich nicht, auch wenn es irgendwie weh tut.« Benjamin war nachdenklich geworden. »Es wird mein letztes Fest mit den Kommilitonen sein, zumindest für eine ganze Weile«, fügte er hinzu. »Aber an Mutters Geburtstag werde ich auch hier sein.«

Schweigend tranken sie ihren Sherry. Isla beobachtete ihren Bruder, den sie liebte und den sie unendlich vermissen würde. Er war ihr so vertraut, sein hübsches Gesicht, sein entwaffnendes Lächeln, die tiefblauen Augen. In einem aufwallenden Gefühl ihrer Liebe zu ihm stellte sie das Glas auf dem Tisch ab und umarmte ihn, verbarg ihr Gesicht an seiner Schulter und weinte hemmungslos. Benjamin zog sie ganz eng an sich, und so standen sie, bis die Kirchenglocken das Ende des Gottesdienstes ankündigten.

Neun

London

Isla war zurück in London und hatte vergeblich auf das Ehepaar gewartet. Die Leute waren nicht zum Besichtigungstermin erschienen und hatten nicht einmal abgesagt.

Sie würde das Haus nicht verkaufen können. Ihr Vater hatte recht gehabt. Wer wollte jetzt eine Immobilie, wenn man nicht wusste, ob sie am nächsten Tag noch stand? Und was sollte sie mit der Einrichtung machen? Es gab nichts von größerem Wert. Isla lief durchs Haus und begutachtete noch einmal jedes Stück: das abgewetzte Sofa vor dem Kamin, die silberfarbenen Leuchter auf dem Sims, die nachgemachten Biedermeiersessel. Während Isla die Flügeltür zum Esszimmer auseinanderschob, dachte sie an die Empfänge, die sie und Sebastian hier gegeben hatten. Sie hatten nicht sehr oft eingeladen, aber hin und wieder mussten sie sich bei anderen für deren Einladungen revanchieren.

»Wenn das Haus renoviert ist, wird alles anders. Bis dahin müssen wir eben improvisieren«, hatte Sebastian vor der ersten Einladung erklärt.

Er hatte damals zu einem kleinen Dinner zu später Stunde gebeten. Schnell komplimentierte er die Gäste durch die Diele ins Rauchzimmer mit der kostbaren Holzvertäfelung, das Schmuckstück des Hauses. Als Sebastian die Gäste später ins Esszimmer führte, erwartete sie ein langer Tisch mit vielen Kerzen und Blumenschmuck, mit Tafeltüchern aus kostbarem Leinen und edlem Silberbesteck. Beides hatte Isla von ihrer Tante Louisa zur Hochzeit geschenkt bekommen. Im

Schein der flackernden Kerzen blieb der abbröckelnde Stuck an der Decke im Verborgenen. Ihr Dienstmädchen Henriette, inzwischen bereits entlassen, hatte serviert, und Sebastian hatte Unmengen Champagner auffahren lassen.

Mit einem Kopfschütteln und einem kleinen Lächeln schloss Isla die Flügeltür wieder. Sie mochte Sebastians Leichtigkeit, seine Unbekümmertheit.

Die Tischtücher und das Tafelsilber, ihre einzigen Besitztümer von einigem Wert, hatte sie schon eingepackt, sie würde sie mit zu ihren Eltern nehmen. Aber was sollte sie mit den anderen Sachen machen? Sie konnte ihre Möbel dem Roten Kreuz anbieten, sicher gab es Menschen, die ausgebombt waren und gar nichts mehr besaßen. Von dieser Idee inspiriert, ging sie ins Wohnzimmer. Vor dem Kamin blieb sie stehen und sah zu dem Gemälde *Frau mit Spitzenschleier* hoch. Vor seiner Abreise hatte Sebastian erklärt, sie könne es ja ihrer Familie geben oder ansonsten damit machen, was sie wolle.

Isla war darüber erstaunt gewesen, denn als sie das Bild von ihrem Onkel erbte, zeigte Sebastian großes Interesse daran. Isla erinnerte sich an seine Begeisterung, als er es zum ersten Mal sah.

»Ein echter Thomas Galsworthy! Das Bild ist ein kleines Vermögen wert.«

Sebastian hatte ihr abgeraten, es mit nach Aden zu nehmen, obwohl das Bild nicht groß war und in eine Tasche gepasst hätte. Doch wenn sie das Gemälde bei ihren Eltern ließ, würde ihr Vater es als sein Eigentum ansehen und später nicht mehr zurückgeben. Falls sie je zurückkamen. Sofort stiegen Isla wieder die Tränen in die Augen.

Da läutete das Telefon. Islas Freundin Penelope war am Apparat.

»Wie ist der Besichtigungstermin verlaufen?«, wollte sie wissen.

»Gar nicht, die Leute sind nicht gekommen.«

»Das tut mir leid«, sagte Penelope bedauernd. »Haben sie denn wenigstens abgesagt?«

»Nein, ich habe nichts von ihnen gehört.«

»Das ist wirklich sehr ärgerlich. Aber es gibt doch sicher noch andere Interessenten?«

»Penelope«, antwortete Isla ungeduldig, »du weißt genau, sie waren die Einzigen.«

»Du musst nicht gleich so gereizt reagieren«, antwortete Penelope. »Aber ich verstehe dich«, fügte sie rasch hinzu. »Wie war das Weihnachtsfest bei deiner Familie?«

»Schön wie immer«, entgegnete Isla. »Aber auch traurig, denn schließlich wandere ich aus, und mein Bruder Ben geht zur Air Force.«

»Das ist ja furchtbar, das wusste ich noch gar nicht.«

»Penelope, sei mir nicht böse, aber ich muss noch so viel packen und richten, ich kann jetzt nicht länger telefonieren.«

»Ist schon klar. Aber es bleibt doch bei morgen?«

»Ja, ich bringe dir die Kleine so gegen fünf Uhr, wie wir es vereinbart haben.«

»Also, dann lasse ich dich jetzt mal in Ruhe packen. Bis morgen, *bye-bye*.«

»Ja, *bye,* bis morgen.«

Isla ging früh zu Bett, doch in der Nacht überfiel sie wieder eine unbestimmte Angst.

Ruhelos warf sie sich in den Kissen hin und her. Je näher der Abreisetermin kam, desto unruhiger wurde sie. Konnte sie sich als Frau in Aden überhaupt frei bewegen? Galten für

Engländerinnen andere Regeln als für Einheimische? Schließlich war Aden eine britische Kronkolonie.

Ihre Gedanken beschäftigten sich auch mit den Gerüchten, Sebastian habe sich aus dem Staub gemacht. Er hatte erklärt, er wolle raus aus Europa, seine Familie in Sicherheit bringen, weg von einem Kontinent, auf dem der Krieg tobte. »Es ist Zeit zu gehen«, hatte er gesagt.

Sie konnten schließlich jederzeit zurückkommen, sagte sich Isla in ihren schlaflosen Nächten immer wieder. Benjamin hatte versucht, sie aufzumuntern. Sie habe ja eine Familie, Eltern, Geschwister – ein Zuhause Doch dieser Gedanke tröstete sie nicht mehr, und ihre Unruhe wuchs.

Am nächsten Tag packte Isla die Sachen ihrer Tochter in einen kleinen, karierten Rucksack, während sie ihr erzählte, dass sie heute bei ihrer Patentante Penelope übernachten würde. Die Zweijährige klatschte in die Hände und strahlte über das ganze Gesicht. Isla musste lachen. Hatte die Kleine überhaupt schon verstanden, was ihre Mutter ihr sagte?

»Ach, du bist so süß.« Sie bedeckte die runden Wangen des Kindes mit zärtlichen kleinen Küssen.

Sollte sie ihre Tochter nicht doch mit nach Penham nehmen? Für einen Moment zögerte Isla, aber dann blieb sie bei dem ursprünglichen Plan. Die große Feier war nichts für das Kind, und bei Penelope war es in guten Händen.

Isla packte auch ihre eigene Tasche, und gegen fünf Uhr schloss sie das Haus ab, setzte ihre Tochter auf den Rücksitz des Autos und machte sich auf den Weg.

In der Halle des Hauses, in dem Penelope wohnte, saß ein Portier, der niemanden ohne Anmeldung zu den Bewohnern ließ. Isla bat ihn, sie bei Penelope telefonisch anzukündigen.

Kurz darauf öffnete sich die Tür des Fahrstuhls. Penelope begrüßte ihre Freundin nur flüchtig, während sie bereits »ihre Süße«, ihr »Sweetheart« aus den Armen ihrer Mutter entgegennahm. Isla übergab ihr den Rucksack, küsste ihre Tochter ein letztes Mal und wartete ab, bis Penelope mit im Aufzug stand und beide ihr winkten, bevor sich die Tür schloss.

Einen Moment lang blieb Isla noch stehen, bevor sie sich umwandte und langsam das Haus verließ.

*

Sämtliche Bewohner des Ortes versammelten sich im Haus des Vikars, um mit Lydia Duncker ihren fünfundfünfzigsten Geburtstag zu feiern. Abgehetzt, mit aufgelösten Haaren und roten Wangen stand sie im Kreis der Gratulanten und strahlte über die Glückwünsche und die Blumen, die ihr überreicht wurden. Während ihr Schwiegersohn Walter seine letzten fünf Sektflaschen öffnete, hielt sich der Vikar etwas abseits am Kamin und beobachtete die Szene. Immer wieder schüttelte er den Kopf, denn es war nicht gottgefällig, in dieser Zeit Feste zu feiern. Warum machte der ganze Ort so viel Aufhebens um seine Frau? Eigentlich hatte er eine kleine Rede vorbereitet, doch niemand schien sich für ihn zu interessieren. Jetzt kamen Isla und ihre Neffen Paul und Robert ins Wohnzimmer und reichten auf großen Tabletts Häppchen mit Käse und Lachs herum. Sie erregten sofort die Aufmerksamkeit der hungrigen Gäste, die bald darauf ins Esszimmer wanderten, um das Büfett zu bewundern und kräftig zuzulangen. Jeder hatte mitgeholfen und mitgebracht, was seine Küche oder Vorratskammer noch hergab. Alles, um einer lieben, bescheidenen Frau zu zeigen, wie sehr man ihren Einsatz und ihre Hilfsbereitschaft für andere Menschen würdigte.

Mit dem Vikar, der im Wohnzimmer blieb, hatte man nur ein paar höfliche Sätze ausgetauscht, denn jeder ahnte, dass er sie beim nächsten Gottesdienst ermahnen würde, bescheiden zu sein und keine ausschweifenden Feste zu feiern. An der Missbilligung, die sich auf seinem Gesicht zeigte, konnten alle ablesen, was er von dieser heiteren Geburtstagsfeier hielt. Isla warf ihm durch die Tür einen schnellen Blick zu und sah gerade noch, wie er das Glas Sekt ablehnte, das ihm Mrs Miller anbot. Auch sie stand am Büfett im Esszimmer und bewunderte die eingelegten Birnen, den Schinken im Teigmantel und die verschiedenen Pasteten. Heute wollte man feiern und den drohenden Krieg für ein paar Stunden vergessen.

Isla ging ans Fenster, lehnte sich dagegen und sah zu, wie sich ihre Mutter mit den Gästen unterhielt und dann die Eierlikörtorte anschnitt. Die Wangen ihrer Mutter wurden durch den Sekt noch röter, sie lachte und schien sich über ihr Fest zu freuen.

Heute ist sie glücklich, dachte Isla und biss in eine Schinkenpastete.

»Na, du hast dir deinen Teller ganz schön vollgeladen.«

Benjamin war lächelnd neben sie getreten.

»Ich habe Hunger«, antwortete Isla mit vollem Mund.

»Ja, ja, so wie früher bei allen Kindergeburtstagen. Ich erinnere mich noch, wie sehr ich mich für meine ältere Schwester geschämt habe, die stets mehrere Stücke Kuchen in sich hineinschaufelte.« Isla lachte ihn an und gab ihm einen freundschaftlichen Stoß in die Seite.

»Daran erinnere ich mich gar nicht. Außerdem war diese Zeit spätestens vorbei, als ich fünfzehn wurde.«

»Da warst du dünn wie die berühmte Bohnenstange, aber du hast dich wirklich gut entwickelt.« Benjamin warf seiner Schwester einen anerkennenden Blick zu. Doch er spürte, dass sie mit ihren Gedanken ganz woanders war.

»Und? Hast du das Haus verkaufen können?«

Isla schüttelte bedauernd den Kopf. »Nein, die beiden sind nicht gekommen. Ich verstehe das nicht, am Telefon schien ihr Interesse sehr groß zu sein. Es klang überzeugend, als sie sagten, sie würden das Haus von außen kennen und es gefiele ihnen so gut.«

»Vielleicht kannst du es vermieten?«

»Auch das habe ich schon versucht, aber vergeblich.«

»Weißt du, Isla, ich habe mir unser letztes Gespräch noch einmal durch den Kopf gehen lassen. Du bist so durch und durch ein englisches Mädchen, eigentlich gehörst du hierher. Geh nicht weg, wenn du es nicht wirklich willst. Ich hatte den Eindruck, du gehst nur Sebastian zuliebe.«

»Ich bin mit Sebastian verheiratet, daran habe ich dich jetzt schon mehrfach erinnert«, antwortete Isla. »Sollte man da nicht zusammenstehen? Ich liebe ihn doch«, fügte sie leise hinzu. Aber sie konnte nicht verhindern, dass ihr die Tränen in die Augen traten.

»Aber du kannst trotzdem erst einmal in London bleiben und abwarten, wie Sebastian in Aden zurechtkommt«, schlug Benjamin vor.

Isla schüttelte den Kopf. »Nein, das möchte ich nicht. Ich fahre jetzt zu ihm, wer weiß, ob es in einem halben Jahr überhaupt noch möglich ist.« In diesem Moment kam ihr Vater auf sie zu. »Könnt ihr bitte dafür sorgen, dass sich die Gäste allmählich verabschieden? Sonst artet das hier in ein Gelage aus. Walter hat viel zu viele Flaschen Sekt mitgebracht.«

»Die Gäste amüsieren sich, Vater. Lass sie doch, wer weiß schon, wann es wieder einmal etwas zu feiern gibt«, hielt Benjamin dagegen. »Und es ist doch erst elf Uhr.«

Wortlos drehte sich der Vikar um und ging verärgert zurück ins Wohnzimmer, in dem sich nur wenige Leute aufhielten. Isla und Benjamin tauschten einen amüsierten Blick und wandten sich ihrer Mutter zu, die gerade neben ihnen erschienen war.

»Gefällt dir dein Fest?« Benjamin legte den Arm um ihre Schultern, und mit einem strahlenden Lachen sah sie zu ihm auf.

»Es ist schön, wenn man gefeiert wird. Danke, danke für alles.«

»Benjamin und ich haben am wenigsten dazu beigetragen«, wehrte Isla ab. »Wir haben nur die Lampions aufgehängt und den Tisch gedeckt.«

Doch ihre Mutter lachte nur und umarmte mit ungewohnter Herzlichkeit ihre beiden erwachsenen Kinder.

»Danke, dass es euch gibt. Ich habe euch so lieb, und wir gehören für immer zusammen, auch wenn ihr beide weggeht. Ihr müsst zurückkommen, versprecht es mir.«

»Ja, Mom, wir versprechen es«, sagte Isla mit einem Kloß im Hals. »Wir gehören zusammen«, bestätigte sie und sah zu Benjamin, dessen Blick in tiefstem Ernst und großer Sorge auf seine Mutter gerichtet war.

Erst gegen zwei Uhr gingen die letzten Gäste. Die meisten Frauen blieben noch und halfen Vicky, Benjamin und Isla, das Geschirr und die Gläser zu spülen und aufzuräumen. Die Eltern waren auf Drängen der drei bereits zu Bett gegangen.

Als das Haus einigermaßen sauber, das Geschirr und die Gläser fortgeräumt waren, ging Isla todmüde hinauf in ihr Zimmer und fiel ins Bett. Sie wollte am nächsten Morgen zeitig abfahren, um ihre Tochter nicht zu lange bei Penelope lassen zu müssen. Sie fiel in einen traumlosen Schlaf, aus dem sie jedoch bereits in den frühen Morgenstunden durch ungewohnte Geräusche wieder hochschreckte. Sie horchte auf die hastigen Schritte auf der Treppe, aus der Küche hörte sie das Radio bis herauf in ihr Zimmer, die aufgeregte Stimme des Sprechers auf höchste Lautstärke gedreht, dann einen Aufschrei ihrer Mutter. Es musste etwas Schreckliches passiert sein. Starr blieb Isla sitzen. Ihr Herz fing an zu rasen, und tiefe Angst schnürte ihr die Kehle zu.

Als es leise an der Tür klopfte, sprang sie aus dem Bett und zog ihren Bademantel über. Benjamin steckte den Kopf herein. Stumm blickte Isla ihm entgegen. Er betrat das Zimmer und zog sie schweigend an sich. Doch Isla löste sich aus der Umarmung.

»Was ist los, Benjamin? Was ist passiert?«, flüsterte sie heiser und starrte in das ernste Gesicht ihres Bruders.

»Komm, setz dich.« Er nahm sie am Arm und drückte sie sanft auf das Bett hinunter.

»Du musst jetzt ganz stark sein. Wir wissen nicht, ob wirklich etwas passiert ist, das uns … dich … betrifft, aber …«

»Was ist los? Rede, Benjamin, sag schon was!«

»Heute Nacht gab es einen verheerenden Luftangriff auf London. Aber das muss gar nichts bedeuten«, fügte er hastig hinzu. »Deiner Tochter geht es gut, ganz bestimmt, hörst du?« Seine Stimme klang beschwörend, und seine Arme umschlossen Isla fest. Die Worte drangen wie durch einen Nebel zu ihr, und es war ihr nicht möglich, sich darauf zu konzentrieren, als er weiter beruhigend auf sie einsprach. Stattdessen stieß sie ihren Bruder zur Seite, sprang vom Bett auf und rannte die Treppe hinunter.

Die anderen hatten sich in der Küche vor dem Radio versammelt. Ihre Mutter kam auf sie zu und versuchte, sie zu umarmen, doch Isla wehrte auch sie ab.

»Tausende Tote …« Die Stimme im Radio überschlug sich.

»Wisst ihr, wo?« Islas Stimme zitterte. »Welcher Stadtteil wurde bombardiert?«

»Es ist nicht Knightsbridge«, erklärte ihr Vater. »Vor allem die Gegend um Saint Paul's Cathedral ist getroffen worden«, sagte er leise.

»Die Gegend um Saint Paul's Cathedral?« wiederholte Isla fragend, bevor sie aufschrie: »Da wohnt Penelope!« Sie befreite sich aus dem festen Griff ihres Bruders, der ihr gefolgt war und jetzt wieder den Arm um ihre Schultern gelegt hatte.

»Lass mich los! Ich muss sofort zurück, ich muss … ich … nein, ich muss Penelope anrufen.«

»Es gibt keine Telefonverbindungen mehr nach London, auch das wurde gerade im Radio gesagt, Isla!«, rief der Vikar seiner Tochter nach, die in die Diele zum Telefon stürzte. Isla verharrte kurz, drehte sich um und stolperte in ihr Zimmer hinauf, riss sich den Bademantel vom Körper, zog Wäsche und das Kleid an, das sie nach dem Fest achtlos auf den Boden geworfen hatte. Dann griff sie nach ihrer Handtasche und rannte die Treppe wieder hinunter.

»Ich fahre sofort zurück«, erklärte sie den anderen, die immer noch wie gelähmt vor dem Radio standen und regungslos lauschten.

»Ein ähnlich verheerendes Feuer wie das im Jahr 1666«, verkündete der Sprecher, längst heiser geworden. »Ein Inferno, die Stadt steht in Flammen, überall Rauch, unendlich viele Tote …«

Isla hielt sich die Ohren zu. »Macht das aus!«, schrie sie. »Stellt das Radio ab, es stimmt nicht, meine Tochter lebt … sie lebt …«

Der Vikar schaltete das Radio ab, und Islas Mutter trat auf sie zu.

»Ach, meine Arme«, jammerte sie und wollte ihre Tochter wieder umarmen, doch Isla stieß sie auch dieses Mal von sich.

»Sie lebt!«, schrie sie erneut. »Ich fühle es, ich *weiß* es!« Sie sah von einem zum anderen. Alle senkten die Augen, damit Isla nicht die Hoffnungslosigkeit und die Trauer darin erkennen konnte.

»Penelope wollte mich sicher anrufen, um zu sagen, dass alles gut ist, aber das Telefon geht ja nicht.« Isla schluchzte auf. Sie stürmte aus dem Haus, rannte zu ihrem Wagen, der ein wenig abseits vom Weg parkte. Die Eltern folgten ihr. Isla kramte mit zitternden Fingern den Schlüssel aus ihrer Handtasche. Ihr Vater klopfte ihr ungeschickt auf den Rücken, ehe er sie steif an sich zog. Lydia stand weinend neben ihr und beschwor sie, sich zu melden, wenn die Leitungen wieder offen waren.

Als sich Isla in den Wagen setzen wollte, standen plötzlich Vicky und Benjamin neben ihr.

»Wir fahren mit«, erklärte Vicky in ruhigem, bestimmtem Ton. »Du wirst uns brauchen.«

»Deine Mutter und ich sind auch etwas beruhigter, wenn Ben und Vicky dich begleiten«, hörte sie ihren Vater sagen.

Isla sah Vicky an, die ihr Reisekostüm aus Tweed trug und eine große Tasche in der Hand hielt. Sie warf sie auf den Rücksitz, bevor sie einstieg. Was soll das bedeuten?, wollte Isla sie fragen. Glaubte Vicky, dass sie länger in London bei ihr bleiben musste? Wollte sie ihrer Schwester beistehen, da aus der Angst und dem Entsetzen Wirklichkeit werden würde? Weil ihre Tochter im Bombenhagel gestorben war? Isla wurde schwarz vor Augen, für einen Moment lehnte sie sich gegen den Bentley.

»Sie … sie kann nicht tot sein, sie ist erst zwei Jahre alt, sie kann nicht sterben, bevor sie gelebt hat«, stammelte sie.

Benjamin nahm hinter dem Steuer Platz, Vicky drückte ihre Schwester mit sanfter Bestimmtheit auf den Rücksitz und setzte sich dann neben sie. Sie legte fest den Arm um Isla und griff tröstend nach ihrer Hand.

»Nichts ist gewiss, es kann tatsächlich alles gut sein, hörst du?« Isla nickte, ohne es zu merken. Nur noch einmal sah sie sich um, bevor Benjamin den Hügel hinunterfuhr. Ihre Eltern standen an der Gartentür des Pfarrhauses, neben ihnen, eng aneinandergedrängt, Paul und Robert. Alle hoben ihre Hände, um Isla und ihren Geschwistern nachzuwinken.

»Du musst glauben«, hatte ihr Vater noch gesagt. »Ich werde für dich und deine Tochter beten.«

Islas Kopf sank an Vickys Schulter, und wieder wurde ihr für einen Moment schwarz vor Augen. Da hörte sie die Stimme ihrer Schwester, die ihr riet, sie solle jetzt nur von einer Minute zur anderen denken.

»Als Erstes konzentrieren wir uns auf die Fahrt nach London und sonst gar nichts. Wenn wir dort sind, sehen wir weiter.«

Die ruhige Stimme tat ihre Wirkung.

Schweigend fuhren sie die Landstraße entlang. Vickys Hand umschloss fest und beruhigend Islas kalte Finger, die sich ineinander verkrampften.

»Danke«, flüsterte Isla nach einer Weile und warf einen unsicheren Blick auf ihre Schwester, die ruhig und besonnen blieb und Isla dadurch Kraft gab.

»Weißt du«, erzählte sie dann, »Penelope hat einmal gesagt, bei Fliegeralarm nehme sie rasch eine gepackte Tasche und laufe zur U-Bahn, direkt zur Haltestelle um die Ecke. Viele Leute benutzen die U-Bahn-Schächte als Luftschutzkeller.«

»Siehst du, Isla, das klingt doch ganz vernünftig. Außerdem wissen wir ja noch gar nichts Genaues.«

Doch als sie in der Stadt ankamen, wurde ihnen das Ausmaß der Katastrophe schon bald bewusst. In der Nähe der halbzerstörten Saint Paul's Cathedral hielt Benjamin den Wagen an. Sie kamen nicht weiter. Benommen blieben sie noch eine Weile lang im Wagen sitzen. Wohin sie auch sahen, gab es nur Trümmer und Ruinen. Benjamin stieg schließlich aus, öffnete die Rücksitztür und half Isla aus dem Wagen. Sie mussten das Auto stehen lassen und fanden sich kaum zurecht.

Dichter, schwelender Rauch lag über London, schwarze Ruinen hoben sich in den Himmel. Die drei kämpften sich vorwärts, vorbei an Bränden, die an manchen Stellen noch zwischen Trümmern aufloderten, an schreienden, schluchzenden Menschen, die gekrümmt am Boden lagen, blutüberströmt, und an Krankenwagen, die versuchten, sich durch die Trümmer einen Weg zu Toten und Verletzten zu bahnen. Andere Menschen irrten ebenfalls verzweifelt umher. Sie suchten ihre Angehörigen oder Freunde.

Benjamin lief voraus, Vicky und Isla hasteten ihm nach, weiter, immer weiter, bis sie endlich in der kleinen Seitenstraße vor Penelopes Haus standen.

Aber das Haus gab es nicht mehr, nur eine von Flammen geschwärzte Seitenwand ragte noch in den rauchschwarzen Himmel empor.

Wie von Sinnen stieg Isla über die Trümmer, beugte sich zu verdrehten, blutüberströmten Körpern hinunter, die halb von Staub bedeckt unter den Steinen verborgen lagen. Vicky und Ben blieben dicht bei ihr, versuchten, mit ihr zu sprechen, doch Isla hörte sie nicht. Irgendwann blieben sie stehen, um nach Atem zu ringen. Benjamin wandte sich einem Mann zu, der suchend umherlief und verzweifelt einen Namen rief: Patty! Patty!

Als Benjamin ihn ansprach, erzählte er schluchzend und in abgehackten Sätzen, die Bewohner dieses Viertels hätten keine Chance mehr gehabt, ihre Wohnungen zu verlassen. Die Häuser seien in Sekundenschnelle von Bomben zerstört worden und hätten lichterloh gebrannt. Sogar die Kathedrale habe etwas abbekommen.

»Kommt!« Benjamin nahm seine beiden Schwestern am Arm. »Wir versuchen, das Auto wiederzufinden und dann den Weg zu dir nach Hause. Es kann ja sein, dass Penelope …« Er sprach nicht weiter.

Erst nach Stunden kamen sie bei Islas Haus an. Keines der Häuser in der Straße war beschädigt, keine Spuren des verheerenden Angriffs auf die Stadt waren dort zu sehen. Schweigend stiegen sie aus, still betraten sie das Haus. Sie sahen sich an, ungläubig, fassungslos, ohne wirklich begreifen zu können, was passiert war.

»Sie lebt«, flüsterte Isla immer wieder. »Ich weiß es einfach, sie lebt.«

Isla konnte die Wahrheit nicht akzeptieren. Sie und auch Vicky verloren jedes Gefühl für Zeit, sie stolperten suchend durch die Straßen, während Benjamin bei Behörden und dem Roten Kreuz erfragte, ob es Totenlisten gab, Hallen, in denen Leichen aufgebahrt waren. Die drei machten Stunde um Stunde weiter, sie liefen von Krankenhaus zu Krankenhaus, und irgendwann läuteten die Glocken das Jahr 1941 ein, es war Silvester. Doch Isla hörte es nicht, sie schlief erschöpft auf ihrem Bett, zusammengekrümmt hatte sie sich in den Schlaf geweint.

Zehn

Benjamin hatte London am ersten Januar verlassen, um sich bei der Air Force zu melden. So suchten Isla und Vicky allein jeden Tag weiter in den Trümmern von Penelopes Haus. Sie schoben Steine zur Seite, bis ihre Hände bluteten, stöberten in der Asche und krochen durch Mauerreste, bis sie von den Männern der Feuerwehr gewaltsam vom Grundstück gezogen werden mussten. Doch etwas hatte Isla gleich am zweiten Tag ihrer Suche gefunden: den brandgeschwärzten karierten Rucksack ihrer Tochter. Als sie den Beutel in Händen hielt, brach sie zusammen. Kaum kam sie wieder zu Bewusstsein, suchte sie wie besessen an dieser Stelle weiter – erfolglos.

Doch die beiden Schwestern ließen sich nicht entmutigen. Sie gaben bei der Polizei eine Vermisstenanzeige auf, und Vicky heftete an all die Häuser und Ruinen, die rund um Saint Paul's Cathedral noch standen, eine Beschreibung von Islas Tochter. Name, Alter, Aussehen. Täglich stellten sich die beiden in die Schlange vor der Niederlassung des Roten Kreuzes und warteten auf Namen von Vermissten oder von Toten, die man identifiziert hatte.

Ende Januar, nach Wochen der Verzweiflung und Erschöpfung, brach Isla endgültig zusammen. Sie war über jede Grenze ihrer physischen und psychischen Belastbarkeit gegangen, die Erschöpfung ließ sie schwanken, und sie konnte keinen Schritt mehr gehen. Vicky zog ihre Schwester, die bewegungslos am Treppenabsatz lag, hoch und führte sie behutsam nach oben in ihr Schlafzimmer.

Starr lag Isla auf ihrem Bett.

»Warum?«, flüsterte sie, während ihr Vicky sanft über den Kopf strich. »Warum habe ich sie zu Penelope gebracht, warum? Hätte ich sie nur mitgenommen oder Penelope gebeten hierherzukommen. Ich bin schuld, ich bin schuld!«

»Nein, das bist du nicht. Die Bomben hätten genauso gut hier einschlagen können. Du darfst dir keine Vorwürfe machen, es ist einfach Schicksal.«

Isla lachte bitter auf. »Ja, Schicksal – ich verfluche das Schicksal!«

»Das darfst du nicht sagen.« Vicky war zutiefst erschrocken. »Vielleicht wird doch alles wieder gut«, flüsterte sie, ohne selbst daran zu glauben. Zart umfasste sie ihre Schwester, die sich mit einem trockenen Schluchzen an sie klammerte und wimmerte wie ein kleines Kind.

Isla war nicht zu beruhigen, sie weinte die ganze Nacht und machte sich Vorwürfe, sie sei schuld, nur sie. Vicky gelang es am nächsten Morgen, einen Arzt ausfindig zu machen, der, ebenfalls übermüdet und überanstrengt, Isla eine Beruhigungsspritze gab. Obwohl sie daraufhin in einen Halbschlaf fiel, warf sie sich unruhig von einer Seite auf die andere und rief nach Sebastian. Endlich schlief sie fest ein und wachte erst zehn Stunden später wieder auf.

Teilnahmslos blieb sie auf ihrem Bett liegen. Selbst als Vicky die Treppe heraufkam, mit Geschirr klapperte und leise das Schlafzimmer betrat, schaffte Isla es nicht, die Augen zu öffnen oder nur ihren Kopf zu wenden. Sie konnte es nicht ertragen, aufzuwachen und wieder erkennen zu müssen, dass der Alptraum Wirklichkeit war.

»Ich will schlafen, einfach nur schlafen«, murmelte sie.

»Komm!«, flüsterte Vicky. Sie setzte sich mit dem Tablett

aufs Bett. »Komm, Isla, ich habe dir eine Lauchsuppe gekocht, iss ein paar Löffel davon, das tut dir gut.«

Es war so mühsam, so anstrengend, den Kopf zu schütteln. Isla wollte wieder schlafen und nie mehr aufwachen.

Doch Vicky gab nicht auf. Sie schob ein Kissen unter den Kopf der Schwester und setzte die Tasse an deren Lippen. »Komm, trink die Suppe, bitte.« Ihre Stimme klang sanft und beruhigend, und nachdem Isla den Kopf ein wenig gehoben und einen Schluck getrunken hatte, ließ sie ihn vorsichtig wieder zurücksinken und sagte: »Danke, Vic, danke für alles.«

»Ich kann doch im Grunde nur so wenig tun.«

Mit unendlicher Mühe wandte Isla ihr das Gesicht zu. »Doch«, flüsterte sie, »ohne dich würde ich das alles nicht durchstehen.«

Da nahm ihre Schwester Islas Hand und drückte sie.

»Isla«, flüsterte sie, »du bist doch meine kleine Schwester.«

Jetzt lächelte Isla ein wenig und beobachtete, wie Vicky den Kopf abwandte und zum Fenster hinaussah. Vicky besaß nicht die Schönheit ihrer Schwester, dazu war ihre Nase zu groß und das Kinn zu ausgeprägt. Ihre dunklen Haare waren bereits mit grauen Strähnen durchzogen, obwohl sie erst vierunddreißig Jahre alt war. Isla schloss die Augen. Wie wenig wusste sie über die ältere Schwester! War sie glücklich mit Walter? Diesem höflichen und immer zuverlässigen Mann, der seit Jahren eine gutgehende Anwaltskanzlei in Penham führte?

»Weißt du«, flüsterte Vicky und drehte ihr Gesicht wieder Isla zu, »ich werde immer für dich da sein, solange du willst, auch wenn …«

»Sie ist nicht tot, ich fühle es. Ich *weiß* es«, beharrte Isla.

»Ja, natürlich.« Vicky strich ihrer Schwester zart die vom Rauch verklebten Haare aus der Stirn. »Sie wird immer leben«, sagte sie, »in deinen Gedanken, in deinem Herzen, da wird sie niemals tot sein.«

*

Lydia kam für zwei Tage mit dem Zug nach London, um mit ihren Töchtern zu weinen und Isla Trost zu spenden. Für einen längeren Zeitraum wollte der Vikar nicht auf seine Frau verzichten. Sie brachte einen Laib Brot mit, Karotten und eingelegte Eier. Dazu Kartoffeln, die sie im vergangenen Herbst bei einem Bauern gekauft hatte und seither in ihrem Keller lagerte. Der Vikar hatte im Sonntagsgottesdienst mit seiner Gemeinde für seine Enkelin gebetet. Als Mrs Miller von Lydias Fahrt nach London erfuhr, hatte sie einen Kuchen gebacken und ihn mit ihrem letzten Honig gesüßt.

Die Telefonleitungen funktionierten wieder, und Vicky sprach öfter mit ihrem Mann. Walter hatte zugestimmt, dass seine Frau bei Isla in London blieb, solange diese sie brauchte. Er käme mit den Söhnen schon zurecht, sagte er.

Als Vicky und Isla eines Nachmittags in der Küche saßen, hörten sie im Radio eine Rede von Winston Churchill, doch die Gedanken beider Frauen schweiften immer wieder ab. Vicky machte sich Sorgen um die blasse, schweigsame Isla.

»Soll ich das Radio ausmachen?«, fragte sie, doch ihre Schwester hörte ihr gar nicht zu.

»Ich muss Sebastian ein Telegramm schicken.« Nervös zerrte Isla an dem Tischtuch. »Ich verstehe einfach nicht, warum er sich nicht meldet. Er soll zurückkommen, er kann doch nicht in Aden bleiben, jetzt, da …« Isla sprach es nicht aus. Doch sie sehnte sich verzweifelt nach Sebastian, sie brauchte ihn, seine Umarmung, seinen Trost. Sie sollten doch jetzt gemeinsam trauern!

Aber Sebastian hatte auf Islas erstes Telegramm, das sie bereits Anfang Januar an den High Commissioner in Aden geschickt hatte, nicht geantwortet. Sie hatte nur in Stichworten die Details geschrieben, der furchtbare Angriff, die Suche nach der vermissten Tochter.

»Warum meldet er sich nicht?«, klagte Isla ihrer Schwester. Stumm griff Vicky nach ihrer Hand. Welche tröstenden Worte gab es für den Schmerz ihrer Schwester? Auch sie verstand nicht, wieso Sebastian nicht antwortete. Beide Schwestern waren sich stillschweigend darüber im Klaren, dass Isla nicht mehr nach Aden fahren würde. Doch erst zwei Tage vor dem Abreisetermin sprach Isla es aus: »Ich bleibe hier. Nichts und niemand auf der Welt bringt mich von London weg.« Zum ersten Mal war Isla ganz ruhig. Sie hatte eine klare Entscheidung über ihre Zukunft getroffen. »Ich gehe noch mal zum Telegraphenamt und schicke ein zweites Telegramm an die High Commission in Aden. Vielleicht ist das erste verlorengegangen.«

»Du musst die Schiffspassage bei der Reederei stornieren. Das Schiff geht übermorgen, vielleicht bekommst du das Geld zurück«, schlug Vicky vor. »Das kannst du jetzt gut gebrauchen.« Da war sie wieder, die pragmatische, realistische Vicky. Isla brachte ein kleines Lächeln zustande, denn genau dieser Realitätssinn ihrer Schwester half ihr weiter, Stunde um Stunde, Tag für Tag.

»Ja, das wäre gut.«

Vicky spürte Islas Verzweiflung und Hilflosigkeit. »Pass

auf«, fuhr sie daher fort, »lass uns sofort aufbrechen. Du gibst das Telegramm auf, ich gehe zur Reederei. Das Büro hat bis neun Uhr abends geöffnet. Anschließend treffen wir uns am Seiteneingang von Harrods.«

Isla war einverstanden.

Nachdem sie beim Telegraphenamt gewesen war, lief Isla zum Kaufhaus Harrods und wartete vor einem Schaufenster auf ihre Schwester. Nach einer Weile kam Vicky langsam, fast zögernd auf sie zu.

»Und?«, fragte Isla irritiert.

»Nun«, begann ihre Schwester vorsichtig, »es ist so … es … sie können das Geld nicht zurückgeben«, beendete sie entschlossen den Satz.

»Wenn ich nur endlich etwas von Sebastian hören würde«, schluchzte Isla verzweifelt auf. Doch ihr Weinen ging im plötzlichen Heulen der Sirenen unter, dem Rufen und Schreien der Leute auf der Straße, und sie spürte nur noch, wie Vicky sie am Arm packte und vor sich herstieß, bis sie zusammen mit Hunderten schreiender und drängelnder Menschen die Treppen zur U-Bahn hinunterstolperten. Sie wurden mitgerissen von der Menschenwoge, die sich nach unten schob.

Im Tunnel war der Strom ausgefallen, und Vicky und Isla klammerten sich in der Finsternis aneinander. Irgendjemand rief: »Die Deutschen sind da!« Über dem Tunnelgewölbe hörten sie dumpfe Detonationen. So standen sie zusammengepresst und reglos zwischen den Menschen, die alle nur noch hofften, den Angriff zu überleben.

Elf

London, 2001

Mit zittriger Hand griff Sir Flythe nach seiner Teetasse und trank einen großen Schluck daraus. Dann lehnte er sich erschöpft in seinem Korbsessel zurück. Die lange Erzählung hatte ihn angestrengt.

»Ich habe Isla Jones erst nach dem Krieg wiedergetroffen. Und zwar im Jahr 1946, da erzählte sie mir von diesen Ereignissen. Damals kaufte ich ihr übrigens die *Frau mit Spitzenschleier* ab.«

»Obwohl Sie wussten, dass es eine Fälschung war«, ergänzte Georgia. Alistair Flythe nickte mehrmals.

»Ja, als sie mir am Telefon einen Thomas Galsworthy anbot, war ich natürlich entzückt und wollte das Bild sofort sehen. Ich war auch neugierig auf Isla, das gebe ich zu, nachdem ich sie lange nicht mehr gesehen hatte. Nach der Tragödie mit ihrem Kind zog sie sich ganz zurück. Dann gab es ja auch noch die Gerüchte um hohe Schulden, Besuche des Gerichtsvollziehers, und das bedeutete für sie den endgültigen gesellschaftlichen Absturz. Als ich Isla dann traf, war sie schön wie eh und je, fast noch schöner als früher. Ich war sofort bereit, ihr das Gemälde abzukaufen. Doch als ich es in Händen hielt und umdrehte, erkannte ich an der Leinwand die Fälschung. Ich war zutiefst enttäuscht, dass sie so skrupellos war, mir eine Fälschung anzubieten. Aber nach einigen gezielten Fragen wurde mir klar, dass sie keine Ahnung hatte. Sie erzählte mir, sie habe das Gemälde von ihrem Onkel geerbt und die Frau auf dem Bild sei ihre Großmutter. Leider habe sie keine andere Wahl, als es zu verkaufen.«

»Haben Sie Isla gesagt, dass es nur eine Fälschung ist?«

»Nein, zuerst nicht. Ich zahlte ihr eine hohe Summe dafür. Ich wollte ihr helfen«, setzte Alistair hinzu. »Sie tat mir leid. Und Geld hat in meinem Leben nie eine große Rolle gespielt, ich bin mit dem sogenannten goldenen Löffel im Mund geboren.« Er lächelte ein wenig ironisch. »Mein Anwalt hatte Erkundigungen über sie eingeholt, ich wusste also, wie hoch sie durch ihren Mann verschuldet war.«

»Ich verstehe nur eines nicht«, sagte Georgia, deren Neugier noch lange nicht befriedigt war. »Damals haben Sie ihr die Fälschung der *Frau mit Spitzenschleier* abgekauft, und jetzt wollen Sie unbedingt das Original? Warum? Wollen Sie die Fälschung behalten und das Original verkaufen?«

Alistair schüttelte den Kopf.

»Georgia, ich bin leidenschaftlicher Sammler, sozusagen ein Süchtiger. Ich habe so viele Jahre nach dem Original gesucht, und jetzt ist es in greifbare Nähe gerückt. Abgesehen davon, fehlt mir ein echter Thomas Galsworthy in meiner Sammlung noch. Außerdem«, fuhr er fort, »bin ich neugierig, das haben alte Leute so an sich. Ich will, dass sich der Kreis schließt, und Sie können mir dabei helfen, die Geschichte zu vervollständigen.«

»Glauben Sie das wirklich?«

»Natürlich, Georgia. Isla hat mir damals die Fälschung verkauft, ein Bild, das ihre Großmutter darstellt. Und Sie, Georgia, besitzen das Original – ist das nicht der Schlüssel dazu?«

Alistair umklammerte plötzlich mit beiden Händen die Lehnen seines Korbsessels. »Ich möchte nicht unhöflich sein,

Miss Georgia.« Plötzlich flüsterte er nur noch, während sein Gesicht blass wurde und er nach Atem rang. »Bitte entschuldigen Sie mich, aber ich muss mich jetzt ausruhen. Es war wohl alles ein wenig zu viel.«

Georgia erschrak und sprang sofort auf. Leise verabschiedete sie sich von dem alten Mann, der in sich zusammengesunken und kraftlos im Sessel saß. Auf Zehenspitzen verließ sie den Wintergarten und lief durch die Bibliothek. In der Diele rief sie nach Mrs Hunt.

»Es scheint Sir Flythe nicht gutzugehen.« Georgias Besorgnis wuchs. »Ich glaube, Sie sollten seinen Arzt rufen.«

»Ich werde sofort nach ihm sehen«, versprach Mrs Hunt, ebenfalls höchst beunruhigt. »Wahrscheinlich hat er wieder vergessen, seine Medikamente zu nehmen.« Sie beachtete Georgia nicht weiter, sondern verschwand sofort in Richtung Wintergarten.

Für einen Moment verharrte Georgia noch, aber als sie nichts mehr hörte, verließ sie zögernd das Haus und zog die Tür hinter sich zu. Draußen blieb sie stehen und sah in den Himmel hinauf. An einigen Stellen hatten sich die Wolken aufgelöst und ließen ein wenig blauen Himmel durchschimmern. Der Regen hatte aufgehört, und so lief sie in Gedanken versunken ein paar Straßen weiter, ehe sie einem Taxi winkte und nach Hause fuhr.

*

Isla Jones, die schönste Frau, die er jemals gekannt hatte. Ihre schwarzen Haare, im reizvollen Kontrast zu den grauen Augen … was gab es Faszinierenderes. Ein zartes Gesicht, in dem man die feinen Linien, die Kummer und Trauer hinterlassen hatten, fortküssen wollte, eine Frau, die zärtlich geliebt werden musste. Eine Frau wie Isla sollte keine finanziellen Sorgen haben, diese Frau verdiente es, verwöhnt, auf Händen getragen zu werden. Alles hätte Alistair Flythe dafür gegeben, der Mann sein zu dürfen, der sie wieder zum Lachen brachte, sie glücklich machte. Doch er war verheiratet gewesen und seine Ehe unauflösbar. Niemals hätte er sich von seiner Frau Betty trennen können, sie waren durch das Schicksal ihres Sohnes auf immer verbunden. Und Isla? Sie wusste, dass er sie liebte, doch sie konnte sich nicht aus ihren Gefühlen für Sebastian befreien, auch nicht, nachdem er für tot erklärt wurde. Und sie war nicht dafür geschaffen, eine heimliche Geliebte zu sein. Oder doch?

Unsinn, schalt er sich jetzt, auf welche Gedanken kam er denn in seinem Alter! Es war längst vorbei, alles nur noch Erinnerung.

Flythe erhob sich schwerfällig, indem er sich auf den Armlehnen seines Korbsessels hochstemmte. Er hatte Mrs Hunt verscheucht, als sie in den Wintergarten gestürmt kam, und ihr verboten, den Arzt zu rufen.

Er nahm seine Medikamente und wollte sich dann noch ein wenig ausruhen. Er fühlte sich so schwach, so müde. War es ein Fehler, Doktor Simons nicht zu rufen? Aber der Arzt würde ihm nur nahelegen, das Rauchen aufzugeben und auf seinen abendlichen Whiskey zu verzichten.

Erschöpft griff Sir Flythe nach der Gehhilfe, die Mrs Hunt neben seinem Sessel postiert hatte. Als er damit langsam den Wintergarten verließ und sich durch die Bibliothek schob, stand seine Haushälterin mit verschränkten Armen schweigend an der Tür und sah ihm entgegen.

»Sie muten sich zu viel zu«, stellte sie fest. »Sie rauchen, trinken Whiskey und unterhalten sich stundenlang mit einer jungen Frau. Das darf so nicht weitergehen.«

»Ach, Unsinn«, wies er sie zurecht. Langsam bewegte er sich an Mrs Hunt vorbei, die ihm nur unwillig Platz machte, und schob den Rollator bis zu seinem Arbeitszimmer. Dort blieb er stehen und rang nach Luft. Dann aber kehrte er wieder um, zurück in die Bibliothek bis vor den Kamin.

Er fühlte sich so kraftlos, weit mehr als sonst, er brauchte frische Luft. Abermals spürte er den Schmerz, den Druck in der linken Seite, der ihm Angst machte.

Er versuchte, ruhig durchzuatmen und das Gefühl der Panik zu überwinden, das ihn in letzter Zeit oft befiel, wenn er in starke Atemnot geriet. Als er wieder besser Luft bekam, sah er zu der *Frau mit Spitzenschleier* hoch und lächelte in sich hinein. Er hatte Georgia nicht alles erzählt, und das war auch gut so.

Das Lächeln auf seinem Gesicht blieb noch, als er den Rollator wieder hinausschob und Mrs Hunt kurz angebunden fragte, wann er denn endlich sein Abendessen bekäme.

*

»Wo warst du so lange? Ich habe versucht, dich zu erreichen. Dein Handy war aus.« Aiden saß auf den Stufen vor dem Haus und erhob sich, als Georgia aus dem Taxi stieg. »Ich warte schon seit einer halben Stunde auf dich.«

»Das tut mir leid, ich hatte keine Ahnung, dass du kommen willst.« Sie stieg die kleine Treppe hinauf und gab den Sicherheitscode für die Eingangstür ein. Schweigend betrat Aiden hinter ihr das Haus.

»Ich habe eingekauft«, berichtete er. »Ich bin nach der Probe dafür extra zu Fortnum & Mason gefahren. Schinken,

Melone, ein Baguette und auch Käse. Ich hoffe, es ist dir recht, dass ich einfach so komme, doch ich denke, wir sollten uns endlich einmal unterhalten. Aber wenn du nicht willst, dann …«

»Ja, ja«, antwortete Georgia unkonzentriert, während sie aus ihren hohen Schuhen schlüpfte.

»Was bedeutet ja, ja? Soll ich bleiben oder gehen?«

Jetzt erst sah Georgia ihn an. Sie machte eine kleine Pause. »Ja, Aiden, bleib, es ist gut so.«

Erleichterung zeigte sich auf seinem Gesicht, und er ging schnell in die Küche, um seine Einkäufe auszupacken. Georgia folgte ihm. Während sie den Parmaschinken auf einen Teller legte, erzählte sie: »Ich war wieder bei Sir Flythe. Es ist tatsächlich spät geworden, ich habe einfach nicht auf die Zeit geachtet. Er hat mir von der Frau erzählt, der er das Gemälde *Frau mit Spitzenschleier* abgekauft hat. Ihr Name war Isla Jones.«

»Wieso? Ich denke, das Bild gehörte deiner Mutter.«

»Ja, natürlich. Aber diese Isla Jones verkaufte die Fälschung an Sir Flythe. Sie dachte, es sei das Original, denn sie hatte das Bild von ihrem Onkel geerbt. Die Frau darauf war übrigens ihre Großmutter.«

»Ich verstehe das nicht«, sagte Aiden, »das ist ziemlich verwirrend. Ich denke, das Original gehörte seit Jahrzehnten deiner Mutter.«

»Das ist es ja gerade. Es klingt wirklich alles sehr kompliziert«, bestätigte Georgia, »ich blicke selbst nicht ganz durch. Mein Großvater hat meiner Mutter das Bild zur Hochzeit geschenkt. Sie hatte es sich gewünscht. Mehr hat Maman mir nicht erzählt, sie hatte offenbar auch keine Ahnung, dass es so wertvoll ist. Aber ich denke, auch dann hätte sie es nicht verkauft«, setzte sie nachdenklich hinzu.

»Und hat Sir Flythe dir wieder ein Angebot gemacht?«, wollte Aiden wissen, während er Teller und Besteck aus dem Schrank holte. »Ich habe einen italienischen Rotwein mitgebracht, ist dir das recht?«

»Natürlich, danke. Ich ziehe mich nur schnell um, bin gleich wieder da.«

Georgia lief die Treppe hinauf und zog ihre Lederjacke, die enge Jeans und das Shirt aus. Dann warf sie sich rasch ein knöchellanges Strickkleid über.

Als sie ins Esszimmer kam, hatte Aiden den Tisch bereits gedeckt und sich ein Glas Wein eingeschenkt, das er in einem Zug leerte. Schweigend beobachtete Georgia ihn, während sie sich den Stuhl heranzog und sich setzte.

»Wie lief die Probe denn?«, wollte sie wissen. Aiden schien extrem nervös zu sein, immer wieder fuhr er sich durch die blonden Haare, und als er nach dem Besteck griff, fiel ihm die Gabel aus der Hand.

»Nicht gut, überhaupt nicht gut. Marc Hoffmann ist wieder nicht erschienen. Es ist eine Katastrophe! Wie soll ich da proben?«

»Nun, er ist eben der berühmteste Tenor der Gegenwart, *der* Star überhaupt.«

»Das gibt ihm nicht das Recht, sich so zu verhalten. Wir alle haben über zwei Stunden gewartet, und dann hab ich die Probe mit der Zweitbesetzung durchgezogen.«

»Komm, es wird schon gutgehen, die Premiere ist doch erst in drei Wochen.« Georgia griff über den Tisch nach Aidens Hand und drückte sie beruhigend.

Sie verschwieg ihm, dass sich der Tenor hinter seinem Rücken über ihn beschwerte und ihn als Regisseur ablehnte. Er sei provinziell, konservativ und unoriginell. Das war

Marcs Lieblingswort. Auf der Bühne hielt er sich grundsätzlich nicht an die Anweisungen des Regisseurs, sondern agierte, wie er es für richtig hielt. Außerdem verwickelte er Aiden vor den anderen oft in langwierige Diskussionen, stellte jede Geste, jede Bewegung, die Aiden ihm vorgab, in Frage.

»Es tut mir so leid, aber letztendlich kennt doch jeder Marc und weiß, dass man ihn nicht ganz ernst nehmen darf.«

»Nicht ernst nehmen?« Aiden sprang so heftig auf, dass sein Stuhl nach hinten umkippte. Er verpasste ihm zusätzlich noch einen heftigen Tritt.

»Wie kannst du so etwas sagen? Wenn mein Regiekonzept wegen ihm scheitert, bin ich weg vom Fenster, das ist die Realität.«

»Nimm dich zusammen, Aiden!« Auch Georgia war aufgesprungen. »Wenn du die teuren Möbel demolierst, haben wir die Kosten am Hals und den Ärger dazu. Jessica versteht keinen Spaß, wenn es um ihre Inneneinrichtung geht.«

Fluchend hob Aiden den Stuhl wieder auf und stellte ihn an den Tisch zurück. »Tut mir leid, Georgia, ich bin mit den Nerven fertig. Ich habe das Gefühl, mein Konzept wird nicht angenommen, ich zweifle allmählich selbst daran.«

»Du hast dich überrennen lassen und bist nicht bei deinem ursprünglichen Regieentwurf geblieben, das ist schade.«

»Es gibt eben Entscheidungen, die man im Sinne des Ganzen treffen muss«, murmelte er, bevor er zur Weinflasche griff, sich nachschenkte und sein Glas wieder in einem Zug leer trank.

Georgia sah in sein gequältes, blasses Gesicht, und sie erkannte seine große Angst um die eigene Existenz, Angst um seinen Ruf als Regisseur.

Da erhob sie sich, ging um den Tisch herum und legte die Arme um seine Schultern. Still verharrten sie so, und Georgia dachte unvermittelt an ein Gespräch, das sie vor einigen Tagen mit Sir Flythe geführt hatte. Er sprach über die Liebe und wie glücklich man sich schätzen sollte, wenn man sie erleben durfte. Doch nach den letzten Wochen wusste sie nicht, ob ihre Liebe zu Aiden wirklich existierte. Hatte sie eine Zukunft? Sie war enttäuscht über sein Verhalten in der Oper, als es um ihre ersten Entwürfe ging, über sein Desinteresse beim Tod ihrer Mutter. Aber trotz alldem: War die Beziehung es nicht wert, dass sie darum kämpfte? Um endlich herauszufinden, wo sie beide standen?

»Komm«, flüsterte sie, »lass uns nach oben gehen.«

Sofort erhob sich Aiden, und eng umschlungen gingen sie die Treppe hinauf. In der Umarmung versöhnten sie sich und beteuerten sich leidenschaftlich ihre Liebe.

Georgia wachte in der Nacht auf. Sie spürte, dass auch Aiden nicht schlief, und so beugte sie sich über ihn, doch er legte abweisend den Arm über sein Gesicht.

Betroffen sank Georgia auf ihr Kissen zurück. So blieben sie schweigend liegen, bis Aiden sich ihr zuwandte und ihr zart über die nackte Schulter strich. Seine Berührung brachte Georgia zum Erschauern, und sie ließ es zu, dass Aiden sie wortlos an sich zog. Sie spürte seinen schweren warmen Körper, der sich auf sie legte, und sie spürte seine Lippen auf ihrem Gesicht, dem Hals, ihren Brüsten. Er stützte sich mit den Händen rechts und links von ihr ab, um nicht mit seinem ganzen Gewicht auf ihr zu liegen, doch plötzlich rollte er von ihr herunter.

»Entschuldige«, murmelte er. »Aber mir gehen die Inszenierung und die ganzen Schwierigkeiten einfach nicht aus dem Kopf.«

»Das ist doch nicht schlimm. Ich verstehe, dass du dir Sorgen machst.« Seine Stimme hatte so niedergeschlagen geklungen, dass Georgia erschrak.

»Ich bin einfach nur müde. Wir sollten ein paar Stunden schlafen, dann haben wir noch Zeit fürs Frühstück und können reden.«

Doch als Georgia am nächsten Morgen aufwachte, war Aiden bereits gegangen. Langsam erhob sie sich.

Empfand Aiden ebenso wie sie? Zweifelte auch er daran, dass aus ihrer Affäre eine wirkliche Beziehung entstehen konnte? Weil es ihr nicht möglich war, ihm zu verzeihen, dass er nicht gekommen war, als sie ihn in Paris gebraucht hätte? Und sie? Gab sie ihm nicht auch das Gefühl, ihn in seiner Existenzangst, seiner Versagensangst nicht zu verstehen? Oder liebten sie einander einfach nicht genug?

*

Während der Wochen bis zur Premiere sahen sich Georgia und Aiden fast nur noch im Opernhaus. Nur selten kam Aiden abends bei ihr vorbei, und gefangen in seinen Gedanken saß er ihr dann gegenüber. Manchmal schliefen sie miteinander, doch das Gespräch, das sie sich vorgenommen hatten, fand in diesen drei Wochen nicht statt.

Am Tag der Generalprobe setzte sich Georgia auf den Platz schräg hinter Aidens Regiepult im Zuschauerraum. Sie konnte fast fühlen, wie er litt, während er jede Bewegung, jede Geste und jede Note der Sänger und des Chors auf der Bühne konzentriert verfolgte. Die Probe ging dem Ende zu, und immer noch machte sich Aiden Notizen, dazwischen wandte er den Kopf seiner ersten Assistentin Julia zu, um ihr etwas zuzuflüstern. Julia filmte mit einer Kamera die gesamte Generalprobe, während Aidens zweiter Assistent den genauen Ablauf im Regiebuch festhielt. Georgia beobachtete mit großer Sorge Aidens angespanntes Gesicht. Er hatte während der Probenzeit abgenommen, da er kaum etwas aß, und er schlief schlecht. Aiden schien zu spüren, dass ihm das Projekt entglitt und die Inszenierung nicht so außergewöhnlich war, wie er es sich vorgestellt hatte. Das ganze Opernhaus flüsterte bereits darüber. Aiden Connors habe die Erwartungen nicht erfüllt, hieß es.

»E lucevan le stelle ... und es blitzten die Sterne«, sang Marc Hoffmann in seiner Rolle als Mario Cavaradossi. Fasziniert starrte Georgia auf die Bühne, sie konnte den Blick nicht von dem Sänger lösen, der sich so gar nicht an Aidens Regieanweisungen hielt, auf der Bühne dramatisch litt und durch seine unglaubliche Stimme alle in seinen Bann zog.

Vor einigen Tagen hatte Georgia Alistair Flythe von den Schwierigkeiten bei den Proben erzählt. Sie musste lächeln, als sie jetzt an seine Worte dachte. »Es ist egal, wie die Inszenierung oder die Bühnenbilder sind, glauben Sie mir, Georgia, die Musik von Puccini überstrahlt alles und rührt die Zuschauer zu Tränen, gleichgültig, was die auf der Bühne sich dazu ausdenken.«

»E non ho amato mai tanto la vita ... und habe das Leben nie so sehr geliebt ... « Schluchzend brach Marc Hoffmann in seiner Rolle auf der Bühne zusammen.

Als sich Georgia jetzt vorbeugte und Aidens Profil im Schein der Arbeitslampe des Regiepults sah, erkannte sie an den zusammengepressten Lippen und der steilen Falte auf seiner Stirn, wie wütend er war. Sie lehnte sich zurück und sah wieder zur Bühne. Marc Hoffmann trug in seiner Rolle einen modernen, hellen Anzug – in einer Oper, deren Handlung im Jahr 1800, zur Zeit Napoleons, spielte.

Würden die Kritiker sie als Kostümbildnerin dafür verantwortlich machen oder nur das Regiekonzept insgesamt in Frage stellen?

Dann aber schob sie alle Überlegungen beiseite und lauschte nur noch auf die Musik, die sie in ihren Bann zog. Sir Flythe hatte vielleicht sogar recht.

Zwölf

Die Premiere war vorbei. Sänger und Dirigent waren bejubelt worden, doch als sich Aiden verbeugte, wurden Buh-Rufe laut, und das Pfeifkonzert wollte nicht enden.

Das würde er niemals verkraften können. Georgia hatte es ihm angesehen, als er mit blassem, verzerrtem Gesicht von der Bühne kam. Sie selbst hatte sich zusammen mit Makoto Matsuka verneigen sollen, doch sie wehrte ab. Wofür? Verneigen für Kostüme, die sie gegen ihre Überzeugung entworfen hatte? Also hatte sie auch ihre Teilnahme an der Premierenfeier in einem angesagten japanischen Restaurant abgelehnt und war direkt nach der Vorstellung nach Hause gegangen. Sie hatte sich in der Bibliothek aufs Sofa gelegt, die Decke fest um sich gewickelt.

Inzwischen war es bereits drei Uhr nachts, und sie beschloss, ins Bett zu gehen. Aiden würde offenbar nicht mehr kommen. Doch sie war zu müde, um aufzustehen, und irgendwann fiel sie in einen unruhigen Schlaf, bis ein Geräusch sie hochfahren ließ.

»Aiden?«

Er stand im Esszimmer am Tisch und blätterte ihre abgelehnten Entwürfe durch. Als sie in der Tür erschien, hob er den Kopf und sah sie an.

Er hatte tiefe Ringe unter den geröteten Augen, und Georgia ahnte, dass er zu viel geraucht und getrunken hatte.

»Deine ersten Entwürfe waren gut, sehr gut sogar. Es tut mir leid, Georgia, wirklich.«

Georgia ging um den Tisch herum zu ihm, doch er wich

ihr aus und stellte sich mit dem Rücken zu ihr ans Fenster. Dort starrte er hinaus in die erste Morgendämmerung.

»Es muss dir nicht mehr leidtun, es ist vorbei«, antwortete Georgia leise.

»Trotzdem tut es mir leid«, beharrte Aiden dickköpfig. »Ich bin ein Idiot gewesen. Ich weiß, die Zeitungen werden deine Kostüme kritisieren, genau wie das Bühnenbild, und ich hätte es verhindern können. Aber ich habe Matsuka nachgegeben, wie ich allen nachgegeben habe.«

»Das kann man jetzt nicht mehr ändern.« Georgia versuchte, ruhig zu bleiben. »Es ist vorbei, also sieh nach vorn, Aiden. Eine schlechte Kritik, ein paar Buh-Rufe sollten dich wirklich nicht aus der Bahn werfen.«

Er lachte bitter auf und drehte sich abrupt zu ihr um, während er aus seiner Manteltasche den Kulturteil einer Zeitung zog.

»Hier, die erste Kurzkritik, wir haben in der Bar darauf gewartet. Hör dir das an: ›Eine nichtssagende Inszenierung hinterlässt einen faden Beigeschmack‹, schreibt dieser John Soundso, ›kein einziger zündender Einfall des glücklosen Regisseurs‹.«

»Und? Weiter?«, fragte Georgia ängstlich, als Aiden die Hand mit der Zeitung sinken ließ.

»Ich sagte doch, es ist nur eine Kurzkritik vorab. Morgen kommt dann der ganze Verriss.«

»Was schreibt er noch?«, fragte Georgia vorsichtig nach.

»Glanz habe es nur im Zuschauerraum gegeben, aber nicht auf der Bühne, ein Bühnenbild schien nicht zu existieren, und über die trostlosen Kostüme sollte man lieber schweigen.«

Georgia atmete tief durch, die Kritik traf sie härter als gedacht. Doch als sie in Aidens blasses, müdes Gesicht sah, empfand sie tiefes Mitleid mit ihm.

»Aiden, du bist ein guter Regisseur, du darfst dich durch eine schlechte Kritik nicht verunsichern lassen. Da müssen alle mal durch. So etwas ist doch immer subjektiv, und diese Inszenierung –«

Aiden hörte ihr nicht zu. »Sie hätte mein großer Durchbruch sein sollen, Georgia«, unterbrach er sie, »das war meine große Chance, auch international durchzustarten!«

Wütend schleuderte er die Zeitung auf den Tisch, von dem sie jedoch heruntterglitt und auf den Boden fiel.

»Komm, Aiden, ich mache dir einen Kaffee. Oder magst du lieber einen heißen Tee?«, schlug Georgia begütigend vor.

»Ja, danke, ein Kaffee wäre toll.«

Georgia hob im Vorbeigehen die Zeitung auf, legte sie auf den Tisch und ging in die Küche.

Als sie kurz darauf Aiden den Kaffee brachte, stand er immer noch am Fenster. Jetzt drehte er sich zu ihr um und nahm die Tasse entgegen. »Danke.« Er lächelte Georgia schwach zu und trank vorsichtig einen Schluck. Dann stellte er die Tasse in der Fensternische ab.

Georgia holte sich auch eine Tasse Kaffee aus der Küche, und während sie ihn schluckweise trank, lehnte sie sich gegen den Türrahmen.

»Weißt du«, begann Aiden nach einem kleinen Schweigen, »ich muss dir etwas sagen. Du warst vorhin so schnell verschwunden, leider. Auch über das Handy konnte ich dich nicht erreichen.«

Auf seinem müden Gesicht erschien ein Lächeln. »Komm, komm her!«, forderte er sie auf, doch Georgia blieb stehen.

»Was willst du mir denn sagen?«

»Georgia, ich habe ausgerechnet heute ein Angebot von der Züricher Oper bekommen. Ich kann die Regie für eine europäische Uraufführung übernehmen. Wir haben mehrere Monate Probenzeit zur Verfügung, und mit dieser Inszenierung wird im Herbst die neue Spielzeit eröffnet. Das kommt alles sehr plötzlich, und es ist eigentlich auch nicht sehr schmeichelhaft für mich, denn ich bin nur Ersatz für den Regisseur, der bereits engagiert war, aber jetzt –«

»Wann, Aiden?«, unterbrach Georgia ihn.

»Übermorgen findet ein erstes Gespräch mit dem Komponisten statt. Eine moderne Oper ist natürlich schwierig und eine große Herausforderung für jeden Regisseur. Ich muss also sofort packen.«

»Aiden!« Georgia versuchte, ruhig zu bleiben. »Wir wollten nach der Premiere bis zum ersten September zusammen sein! Jessica überlässt mir bis dahin ihr Haus. Wir hatten sogar Pläne, zu verreisen. Was ist damit?«

»Es geht hier um eine rein berufliche Entscheidung«, erklärte Aiden, »das hat nichts mit dir, nichts mit *uns* zu tun. Für eine solche Chance muss ich mein Privatleben zurückstellen, das verstehst du doch sicher.«

»Ach, so ist das!« Georgia lachte bitter auf. »Das hat nichts mit uns zu tun. Ich sitze bis zum ersten September hier in London, weil ich eine Entscheidung für *uns* getroffen habe, du aber eine Entscheidung für *dich* gefällt hast.«

»Das Angebot nicht anzunehmen wäre beruflicher Selbstmord.« Aiden wandte sich wieder ab und starrte schweigend aus dem Fenster. Auch Georgia blieb lange stumm und versuchte, ihre Enttäuschung hinunterzuschlucken.

»Ich hatte keine Zeit zu überlegen, also musste ich sofort zusagen«, murmelte Aiden schließlich.

»Ja, natürlich«, antwortete Georgia. Aus beruflicher Sicht verstand sie ihn sogar. Schweigend trat sie hinter ihn und sah über seine Schulter hinaus auf die leere Straße.

»Warum hast du mir nichts davon erzählt? So habe ich mich die letzten Tage umsonst auf unsere gemeinsame Zeit gefreut.«

»Weil ich das Angebot heute erst kurz vor der Premiere bekommen habe. Und« – seine Stimme wurde lebhafter – »du kannst doch mit nach Zürich kommen, was meinst du dazu?«

»Das geht mir alles zu schnell«, wich sie seiner Frage aus. »Hast du überhaupt schon einen Vertrag, oder ist es ein erstes Angebot?«

»Er kommt morgen früh per E-Mail. Also, was sagst du dazu?«, wollte er wissen.

»Was erwartest du denn?«, fragte sie zurück. Als Aiden keine Antwort gab, setzte sie hinzu: »Ich denke, du hast dich richtig entschieden.«

Für den Rest der kurzen Nacht lagen sie reglos mit geschlossenen Augen im Bett nebeneinander, obwohl beide keinen Schlaf fanden.

*

Alistair fuhr hoch und seufzte verärgert. Schon wieder war er eingenickt. Er brauchte einige Zeit, bis er seine Gedanken ordnen konnte und wieder wusste, dass Miss Georgia zum Mittagessen kam. Wie lange hatte er geschlafen? Ach ja, er hatte den Brief lesen wollen, und jetzt bemerkte er, dass er ihm aus der Hand und zu Boden geglitten war.

Mühsam bückte er sich und hob ihn mit zittrigen Händen

auf. Noch einmal strich er über das zarte Briefpapier, und wieder las er ihn, obwohl er ihn auswendig kannte.

15. Juni 1946

Lieber Sir Flythe,
noch nie habe ich ein so tiefes Gefühl der Dankbarkeit empfunden wie jetzt bei Ihnen. Ich bin überwältigt, denn in den vergangenen Jahren habe ich niemals eine derart große Hilfe bekommen – die ich auch nicht erwartet hatte.
Ich kann ganz offen zu Ihnen sein, denn jeder in London scheint die Wahrheit über meinen Mann gekannt zu haben, nur ich nicht. Ich glaubte den Gerüchten nicht, dass Sebastian hoch verschuldet war und jeden um Geld anbettelte, aber nichts zurückbezahlte. Doch die Gerüchte, dass der Gerichtsvollzieher bei mir aus und ein ging, entsprachen der Wahrheit. Ich weiß, es hat die Runde gemacht, als Lady Edmonsen nach dem Tod meines Bruders Benjamin einen höflichen Beileidsbesuch bei mir machte und in der Tür mit dem Gerichtsvollzieher zusammenstieß. Ein demütigender Augenblick, der sich dank Ihnen nicht mehr wiederholen wird. Sie haben mir das Gemälde zu einem so hohen Preis abgekauft, dass es mir möglich wurde, alle Schulden zurückzuzahlen. Sie beschämen mich zutiefst, doch Sie geben mir eine Perspektive für ein neues Leben.
So werde ich morgen London verlassen und voller Hoffnung in die Zukunft sehen.
Ich wünsche Ihnen alles, alles Gute, lieber Alistair. Ich wage es, Sie so zu nennen, da ich Ihnen in Dankbarkeit verbunden bin und Sie für mich ein ganz besonderer Mensch sind.

Ihre Isla Jones

Sir Flythe glättete den hundertmal gelesenen Brief erneut, faltete ihn zusammen und schob ihn ins Kuvert zurück.

Mit zittrigen Händen griff er dann nach dem zweiten Brief, er kannte auch ihn auswendig, aber er wollte ihre Handschrift sehen, und ihm kam es so vor, als hinge in dem zarten Briefpapier noch ein Hauch ihres Parfüms.

Da klopfte Mrs Hunt leise an die Tür des Salons und kündigte Miss Georgia Atwell an.

Als Georgia den Raum betrat, erhob sich Sir Flythe mühsam und hielt sich mit einer Hand am Sessel fest, als er sie begrüßte. Georgia erschrak über die Blässe seines Gesichts, versuchte jedoch, ihre Betroffenheit zu verbergen, während er sie bat, Platz zu nehmen.

»Ich habe gerade einen Brief von Isla Jones gelesen, den sie mir schrieb, bevor sie nach Penham zurückging«, erzählte er, als er sich vorsichtig wieder in seinem Sessel niederließ. »Sie versuchte, sich dort ein neues Leben aufzubauen, aber die Gespenster der Vergangenheit holten sie ein.«

»Gespenster?«

»Ja, ja … Gespenster.« Wie immer beobachtete Alistair Flythe jede Regung auf Georgias Gesicht, nahm jedes Lächeln, jeden Ausdruck von ihr wahr.

»Haben Sie Isla denn noch einmal gesehen, nachdem sie gegangen war?« Georgia spürte, wie sehr es ihn drängte, mit ihr über Isla zu sprechen.

»Ja … nun … also, wir haben ja noch Zeit bis zum Mittagessen.« Alistairs Stimme festigte sich, er richtete seinen Oberkörper auf und strahlte wieder Energie und Freude aus.

Dreizehn

London, Juni 1946

Isla kauerte auf der obersten Treppenstufe und sah durch das Geländer in die Diele hinunter. Dort standen ihr Koffer und eine große Tasche, bereit für ihren Auszug aus dem Haus, in dem sie elf Jahre ihres Lebens verbracht hatte. Sie verließ London, sie war bereit für ein neues Leben, und doch ging sie mit einem Gefühl von Wehmut und Nachdenklichkeit. Nichts hielt sie mehr hier, doch der endgültige Abschied war wie das Eingeständnis, dass sie den letzten Funken Hoffnung aufgab, ihre Tochter wiederzusehen. Es war schwer für Isla, ihren Tod endgültig zu akzeptieren, denn es gab kein Grab, an dem sie trauern konnte, kein totes Kind, das sie in den Armen gehalten hatte, bevor sie es begraben musste.

Doch da waren auch noch die anderen Schicksalsschläge – der Abschied von Benjamin, sein sinnloser Tod, und der Verlust ihrer großen Liebe Sebastian.

Sie sah hoch zur Decke, von der nur noch eine einzelne Glühbirne an einem Kabel baumelte. Die Möbel waren am Morgen vom Roten Kreuz abgeholt worden. Sie erhob sich und ging den kurzen Gang zum ehemaligen Kinderzimmer entlang. In der geöffneten Tür blieb sie stehen. Es gab nichts mehr, was an ihr kleines Mädchen erinnerte, das nur zwei Jahre leben durfte. Als die Helfer vom Roten Kreuz auch dieses Zimmer ausräumten, hatte sich Isla unten in der Küche auf einem Hocker zusammengekauert und die Knie hochgezogen. Sie wollte nicht miterleben, wie die Männer das Gitterbett mit dem rosafarbenen Voile-Vorhang und die vielen

Spielsachen, die Teddys, Kleidchen und Schuhe wegbrachten. Oder auch das Schaukelpferd, das Sebastian seiner »Prinzessin,« dem »hübschesten Kind der Welt«, zum ersten Geburtstag geschenkt hatte. Nichts würde bleiben, Isla gab alles fort. Andere kleine Mädchen würden sich darüber freuen. Isla aber konnte den Anblick dieser Dinge nicht mehr ertragen.

»Sie wird immer leben. In deinen Gedanken, in deinem Herzen wird sie niemals tot sein.« An Vickys Worte von damals hatte sie auch heute gedacht, als sie in die Küche geflüchtet war und die Tür fest hinter sich geschlossen hatte.

Isla löste sich von der Tür und ging die Treppe hinunter. Sie versuchte, ihre Traurigkeit zu überwinden, sich an die glücklichen Jahre in diesem Haus zu erinnern, Jahre, in denen sie und Sebastian sich liebten und glaubten, jung und unverwundbar zu sein. Sebastian …

Manchmal, wenn Isla die Augen schloss, sah sie sein Gesicht vor sich, zärtlich, wenn er seine Tochter hochnahm, leidenschaftlich, wenn er sie, Isla, in den Armen hielt. Doch manchmal drängte sich ein anderes Bild in ihre Erinnerung, Sebastians Blick, der kalt auf sie gerichtet war, um seinen Mund ein Lächeln, grausam, ungeduldig, voller Gier. Was war in diesen Momenten in ihm vorgegangen? Nun, es war nicht mehr wichtig. Sie wollte diese Gedanken, ihre nie erfüllten Hoffnungen und ihre Trauer nicht in ein neues Leben mitnehmen.

Es war Vicky gewesen, die ihr damals geholfen hatte, einen Neuanfang, die zögernden ersten Schritte zurück ins Leben zu machen. Sie hatte Isla dazu ermutigt, sich beim Roten Kreuz als Schreibkraft zu bewerben, und nicht lockergelassen. Isla wurde sofort engagiert. Bald darauf saß sie in einem großen Büro in einer Reihe mit fünf anderen jungen Frauen an

Schreibmaschinen, die in der Minute mindestens achtzig Wörter tippen mussten, sonst wurden sie entlassen.

Isla hatte gern beim Roten Kreuz gearbeitet, ihre Konzentration wurde jeden Tag stark gefordert, die Tätigkeit lenkte sie ab. Jeden Morgen saß sie pünktlich und adrett in ein dunkelblaues Kostüm gekleidet an ihrer Schreibmaschine und tippte Briefe, Suchmeldungen und Dokumente in fünffacher Ausfertigung. Ihre Chefin, Miss Sue Collins, mochte die stille Isla, von der sie wusste, dass sie über das Rote Kreuz die eigene Tochter suchte, registriert unter Suchkind Nummer 1014. Miss Collins wusste auch, dass Isla nach wie vor jeden Abend durch die Stadt lief, jedes Viertel auf der Suche nach ihrem Kind durchkämmte. Doch auf ihre Zettel mit der Beschreibung der Kleinen warf kaum jemand einen Blick. Viele trauerten ebenfalls um ein Kind, einen Mann, die Ehefrau oder Mutter. Tausende waren durch die Luftangriffe getötet worden, Tausende blieben vermisst. Isla lief an Menschen vorbei, die in den Ruinen der Häuser eine halbwegs geschützte Ecke zum Übernachten suchten. Einmal griff ein Mann sie von hinten an und warf sie zu Boden, während eine Frau ihr die Handtasche entreißen wollte. Isla hatte sich gewehrt und laut geschrien, bis zwei Männer aufmerksam wurden und ihr zu Hilfe eilten. Da ließen die beiden von ihr ab und flüchteten. Seit diesem Abend ging Isla nicht mehr ohne Sebastians Revolver aus dem Haus.

Bald war ihr bewusst, dass ihre Suchaktionen sinnlos waren, doch sie musste es einfach tun, sie konnte nicht aufgeben, noch nicht.

Als Isla erfuhr, dass ihre Chefin und auch Meredith, das Mädchen an der Schreibmaschine neben ihr, in Notunterkünften des Roten Kreuzes wohnten, bot sie ihnen sofort an, zu ihr ins Haus zu ziehen. Die beiden nahmen das Angebot mit Freuden an. Die jungen Frauen teilten sich die Lebensmittel, die sie auf ihre Marken bekamen, und Meredith ergatterte über einen Bekannten amerikanische Zigaretten vom Schwarzmarkt. Wenn die jungen Frauen rauchten, konnten sie das quälende Hungergefühl vertreiben. Isla erinnerte sich an viele Nächte, in denen sie mit Sue und Meredith nach der Verdunkelung bei Kerzenlicht in der Küche zusammengesessen hatte. Sie tranken einen mehrmals aufgebrühten Tee und teilten sich eine Zigarette, an der jede ein paar tiefe Züge machen durfte. Keine konnte schlafen, aus Angst vor dem nächsten Luftangriff.

Einmal, und daran erinnerte sich Isla noch in aller Dramatik, stolperten sie bei Sirenengeheul aus dem Bett, griffen nach Taschen und Mänteln und rannten aus dem Haus. Plötzlich standen sie im Licht der Suchscheinwerfer und hörten die Flieger immer näher kommen. Drohend tauchten sie am Himmel auf, die Frauen kamen nicht mehr bis zur U-Bahn-Station, um dort Schutz zu suchen, es war zu weit … zu weit … sie schafften es nicht mehr …

Wie versteinert verharrten sie, eine gefühlte Ewigkeit, bis endlich Leben in sie kam, sie umkehrten, die Treppe wieder hinaufstürzten. Das unheimliche Brummen kam noch näher, sie hörten das Krachen der Einschüsse, ein drohendes Zischen. Isla schloss mit bebenden Fingern die Haustür auf, und sie krochen zu dritt in die Nische unter der Treppe.

Meredith sprach leise ein Gebet, immer enger drückten sie sich aneinander, bis es langsam wieder still wurde und sie aus ihrem Unterschlupf krochen, durchgefroren, zitternd, mit steifen Gliedern, schluchzend vor Erleichterung, dass sie überlebt hatten und das Haus nicht getroffen war.

Mit Sue und Meredith saß Isla auch gerade zusammen, als ihr Vater anrief und ihr mit brüchiger Stimme mitteilte, Benjamin sei über Deutschland abgeschossen worden. Es war das einzige Mal, dass Isla ihren Vater weinen hörte.

Nach dem Krieg ging Meredith zu ihrer Familie nach Manchester zurück, und Sue wanderte zu Verwandten nach Amerika aus. Sie hatten sich ewige Freundschaft geschworen, doch ihre Gemeinschaft war am Ende nur eine Episode in ihrem Leben gewesen. Drei Frauen, die im Krieg zusammenfanden und sich niemals vergessen würden – doch eine Freundschaft auf ewig war nicht daraus entstanden.

Isla war durch alle Zimmer gegangen. Jetzt stand sie wieder in der Diele und setzte sich auf den Koffer. Wann kam Vicky endlich, um sie abzuholen?

Wieder holten die Gedanken an die Vergangenheit sie ein. Sie erinnerte sich an den Vormittag, als sie von der Britischen Botschaft in Aden ein Schreiben erhielt, in dem man ihr mitteilte, dass ihr Ehemann Sebastian Jones kurz nach seiner Ankunft in der Kronkolonie einem Gewaltverbrechen zum Opfer gefallen sei. Mr Sebastian Jones war von Bord der Queen Victoria gegangen und hatte sich bei der Botschaft gemeldet, doch dann verlor sich seine Spur. Es gab in diesen Tagen viele Gewaltverbrechen, und man ging davon aus, dass auch Sebastian Jones einem Überfall zum Opfer gefallen war. Das war Ende des Jahres 1944 gewesen. Auch das versetzte ihr einen großen Schock, es brachte eine Endgültigkeit, das Ende aller Hoffnungen. Doch nach dem durchlittenen Schmerz um ihre tote Tochter und dem Verlust von Benjamin reagierte Isla nicht mit der Verzweiflung auf die Nachricht, wie sie geglaubt hätte. Sie schien längst abgestumpft zu sein.

Unruhig erhob sich Isla wieder und ging in die Küche. Sie wollte am Fenster warten, bis sie den alten Bentley kommen sah. Plötzlich hatte sie es eilig, von diesem Ort wegzukommen.

Heute kehrte sie zu ihren Eltern ins Rose Hill Garden House zurück. Oft hatte ihre Familie in den Jahren nach dem verheerenden Angriff auf London versucht, sie zur Rückkehr zu überreden, doch sie war geblieben. Niemand hatte sie aus der Stadt wegbringen können, nicht solange sie noch auf das Wunder hoffte, ihre Tochter eines Tages wiederzufinden. Unaufhörlich hatte sich Isla mit der Frage gequält: Wie war sie gestorben? Hatte sie gelitten? Hatte sie nach ihrer Mama gerufen?

Oft fragte sich Isla auch, wie Sebastian ums Leben gekommen war. Wurde er erschossen? Hatte man ihn bestohlen und ihm am Hafen ein Messer in den Rücken gestoßen? Seine Leiche ins Meer geworfen? Niemals würde sie es erfahren. Als sie Vicky erzählt hatte, sie käme nach Penham zurück, war ihre Schwester sehr glücklich über diese Entscheidung gewesen.

»Du wirst sehen, hier hast du eine Zukunft. Du bist erst einunddreißig Jahre alt, und es wird dir wieder bessergehen. Du bist bei uns, deiner Familie. Soll ich Walter fragen, ob er dich als seine Sekretärin einstellt? Seine langjährige Kraft geht bald in Pension. Dann verdienst du dein eigenes Geld, und es ist ein Schritt in eine neue Unabhängigkeit. Willst du das?«

Isla war gerührt gewesen über die Freude ihrer Schwester und ließ sich von Vickys Begeisterung anstecken. Sie hatte sich vor allem gefreut, als Walter Vickys Vorschlag zustimmte.

Wo steckte Vicky bloß? Sie wollte jetzt raus aus diesem Haus, keine Erinnerungen mehr zulassen.

Wieder sah Isla unruhig durch die Fensterscheibe, die bei einem der letzten Bombenangriffe gesprungen war.

Da entdeckte sie einen Mann, der vor ihrem Haus stehen blieb und dann schnell die Stufen heraufkam. War das schon wieder ein Gläubiger? Hörte das denn niemals auf?

Der Mann läutete, einmal, dann sofort ein zweites und ein drittes Mal.

Isla versuchte, sich zu beruhigen, atmete tief durch und ging mit festen Schritten in die Diele. Die Haustür öffnete sie nur einen Spaltbreit.

»Ich möchte mit Ihnen sprechen, Mrs Jones.«

»Worüber? Ich habe kein Interesse an einem Gespräch mit Ihnen. Ich muss weg, ich werde abgeholt«, sagte sie in abweisendem Ton.

Der Mann überhörte ihren Einwand und stellte sich vor. »Mein Name ist Frank Turner und ...« Er hatte eine hohe Stimme, mit der er die Worte langsam in die Länge zog.

»Wie ich schon sagte, ich bin auf dem Sprung.« Nervös wollte Isla die Tür wieder schließen, doch Frank Turner kam ihr zuvor und stellte seinen Fuß dazwischen.

»Sie haben mich offenbar nicht verstanden« – seine hohe Stimme hatte einen scharfen Klang angenommen –, »ich bestehe darauf, mit Ihnen zu reden.«

Schon war er im Haus, schloss die Tür und lehnte sich von innen dagegen.

Er mochte ungefähr fünfzig Jahre alt sein, war groß, und sein alter, abgetragener Anzug schlotterte ihm um den mageren Körper. Er sah aus wie viele Männer, denen man nach dem Krieg auf der Straße begegnete. Unauffällig, von den schweren Zeiten gezeichnet. Mit einer raschen Bewegung zog er seinen Hut vom Kopf und fuhr sich mit einer Hand über den Bart. Da erinnerte sie sich dunkel: Sie kannte diesen Mann. Wo aber hatte sie ihn schon mal getroffen? Irgendwann … Ein Gefühl des Unbehagens verband sich mit diesem Mann. Und plötzlich wusste sie es.

»Sie haben mich vor Jahren tagelang beobachtet, ist es nicht so?«

Er lachte kurz auf, bevor er antwortete: »Sie haben ein gutes Gedächtnis. Aber ich hatte damals nicht Sie, sondern das Haus beobachtet. Ich habe auf Sebastian gewartet. Doch dann wurde ich kurz vor Weihnachten verhaftet.«

Instinktiv machte Isla einen Schritt zurück. »Hören Sie, Mr Turner« – sie versuchte, ihre Stimme ruhig klingen zu lassen –, »das ist alles sehr lange her, und mein Mann ist tot. Ich habe wirklich keine Zeit für Sie, was auch immer Sie von mir wollen.« Sie drehte sich um und hob ihren Koffer und die Reisetasche hoch. Entschlossen griff sie an ihm vorbei, um die Haustür zu öffnen. Ruhig bleiben, schärfte sie sich stumm ein.

»Ich bin noch nicht fertig«, erklärte Frank und stellte sich ihr in den Weg.

»Geht es um meinen Mann? Wie ich schon sagte, er ist tot, also …«

»Ich weiß«, unterbrach Frank Turner sie, »und trotzdem geht es um ihn. Ich war Maler«, fuhr er fort, »ich habe an der Kunstakademie studiert, doch meine Bilder wollte niemand kaufen. Eines Tages besorgte mir jemand alte Leinwand, und da fing ich an, Gemälde berühmter Meister zu kopieren, auch Bilder in ihrem Stil zu malen. Das sprach sich herum. Ein zweifelhafter Ruf, zugegeben, aber ich verdiente plötzlich Geld, gutes Geld. Dann aber wurde ich verhaftet und erst vorgestern entlassen.«

»Und warum erzählen Sie mir das?«

Jetzt lachte Frank auf. »Nicht so ungeduldig.«

»Mr Turner, ich muss jetzt wirklich gehen.«

Doch Frank rührte sich nicht von der Stelle, sondern sprach ruhig weiter: »In den Jahren zwischen 1937 und 1940 arbeitete ich nur für einen einzigen Auftraggeber, doch ich kannte ihn nicht persönlich, nicht einmal seinen Namen. Es lief alles über einen Mittelsmann. Das letzte Gemälde, das ich für ihn malte, war ein van Gogh. Ich fertigte ein bis dato unbekanntes Selbstporträt von ihm an, das angeblich plötzlich bei einer Familie aufgetaucht war. Es war mein Meisterstück, das kann ich in aller Bescheidenheit sagen, aber das versprochene Honorar blieb aus.«

»Einen van Gogh? Ein Selbstporträt?« Alarmiert horchte Isla auf. *Mir wurde ein van Gogh angeboten, ein unbekanntes Selbstporträt, und ich habe es sofort mit hohem Gewinn verkaufen können.* Sie hatte Sebastians Stimme noch genau im Ohr. Isla stützte sich mit einer Hand an der Wand ab, weil sie eine plötzliche Schwäche verspürte.

»Gut, nicht? Ich habe für diesen Mann noch ein anderes Bild gemalt, aber …«

»Wer war Ihr Auftraggeber?«, flüsterte sie. Alles drehte sich um sie. Sie schloss für eine Sekunde die Augen und sah Sebastian vor sich, wie er sie anlachte, als er ihr von dem außergewöhnlichen Abschluss erzählte. Niemals hatte sie in Zweifel gezogen, dass er in beruflichen Dingen die Wahrheit sprach.

»Sein Name, wer …«

Doch Frank redete weiter, ohne ihre Frage zu beantworten. »Meine Frau verließ mich, als ich im Gefängnis saß.«

Isla hörte nicht zu. »Den Namen, sagen Sie mir den Namen!« Ihre Stimme klang heiser, kaum brachte sie die Worte heraus.

Frank beobachtete sie und schien sich geradezu an der Blässe ihres Gesichts, an ihrer Nervosität, an ihrem aufkommenden Entsetzen zu weiden.

»Es war Ihr Ehemann, Sebastian Jones.«

»Nein!«, schrie Isla auf. »Nein, Sie lügen, Sie lügen ...« Es konnte, es durfte einfach nicht wahr sein. Sie lehnte sich mit dem Rücken fest gegen die Wand, sie zitterte, versuchte, sich zu halten, doch ihre Hand glitt ab und fiel kraftlos nach unten.

Frank lachte, ihm schien die Situation immer besser zu gefallen.

»Sehe ich so aus, als ob ich lüge?«

»Was wollen Sie?«, fragte Isla in dem Versuch, sich zu beruhigen. »Warum sind Sie gekommen?«

»Mein Leben ist ruiniert. Ist das kein Grund, heute hier zu sein?«

»Sie hätten Sebastians Angebot doch nicht annehmen müssen. Es war Ihre Entscheidung! Können Sie überhaupt beweisen, dass mein Mann Ihr Auftraggeber war?«

Frank Turner lachte erneut auf. »Ich kann alles beweisen. Ich habe Zeugen. Und ich will das Honorar, das mir zusteht.« Seine Augen blieben weiterhin starr auf sie gerichtet.

»Ich habe kein Geld«, erklärte Isla, um Gelassenheit bemüht. Sie hatte geglaubt, dass sie in Zukunft ein ruhiges neues Leben würde führen können, doch plötzlich wurde es bedroht durch einen Kriminellen, einen angeblichen Gläubiger von Sebastian. Hörten die gelebten Alpträume, die Ängste niemals auf?

»Sie sollten besser gehen.« Isla versuchte mühsam, Ruhe zu bewahren. Jetzt hörte sie ein Auto langsam die Straße entlangfahren und dann anhalten. Das musste Vicky sein! Isla wollte nur noch fort, raus aus diesem Haus, weg von diesem Mann.

»Ich werde gehen, wenn es mir passt!«, erklärte Frank, jetzt frecher. »Und ich will Geld, viel Geld. Mein Honorar. Um es kurz zu machen: Ich habe auch Beweise, dass Sebastian Jones mein Auftraggeber war.« Franks Haltung wurde drohend, er griff nach Isla, doch sie wich ihm geschickt aus.

»Selbst wenn Sie die Wahrheit sagen, ich hatte mit Sebastians Aufträgen nichts zu tun.«

»Ach ja? Da bin ich anderer Ansicht.«

Frank Turner wandte sich ab und machte ein paar Schritte in Richtung des Wohnzimmers. Diesen kurzen Moment nutzte Isla. Blitzschnell öffnete sie die Haustür, trat hinaus und warf sie hinter sich zu.

Vicky, die aus dem alten Bentley gestiegen war, kam ihr entgegen.

»Hast du mich nicht gesehen? Gerade wollte ich läuten, komm, gib her.« Sie griff nach dem Koffer und der Tasche und entdeckte in diesem Moment Frank Turner, der ebenfalls das Haus verließ und die Stufen herunterkam. Nach ein paar Schritten die Straße hinunter drehte er sich noch einmal um.

»Auf Wiedersehen, Mrs Jones. Ja, wir sehen uns bestimmt wieder. Sie kennen noch nicht die ganze Geschichte.« Vicky warf ihrer Schwester einen erstaunten Blick zu, doch Isla stieg schweigend ins Auto.

»Wer war das?«, fragte Vicky. »Du bist ja ganz blass. Was ist los?«

»Ach, niemand, nur … ein Gläubiger von Sebastian.«

»Ich dachte, alle Schulden seien jetzt abbezahlt. Nimmt das denn kein Ende?«

»Offenbar nicht. Aber ich weiß nicht, ob Sebastian ihm wirklich Geld schuldet, behaupten kann er ja alles.«

So war es sicher. Dieser Frank Turner tauchte bei ihr auf

und behauptete Dinge, die er nicht beweisen konnte. Nur eines sprach dafür, dass er die Wahrheit sagte: die Sache mit dem van Gogh. Doch auch wenn Isla versuchte, sich vom Gegenteil zu überzeugen, spürte sie, dass Frank Turner nicht nur Lügen erzählt hatte.

»Willst du das Haus nicht abschließen?« Vicky hatte das Gepäck verstaut und beugte sich jetzt zu ihr hinunter.

Isla schüttelte den Kopf. »Nein, der neue Besitzer hat bereits alle Schlüssel.«

»Aber willst du denn nicht auf ihn warten?«

Wieder verneinte Isla. »Den Verkauf hat ja die Bank getätigt, mich geht das nichts mehr an. Ich sollte das Haus nur bis heute Mittag geräumt haben.«

»Na gut, dann können wir ja losfahren.« Vicky ging um den Bentley herum und stieg ein.

Während der Fahrt wandte sie immer wieder ihr Gesicht Isla zu, die abwesend aus dem Fenster starrte.

So fuhren sie schweigend bis kurz vor Penham. Erst da fing Vicky zu reden an.

»Es wird schon werden«, versuchte sie, ihre Schwester zu trösten, obwohl sie in Wahrheit nicht wusste, warum Isla so verstört wirkte. War es der endgültige Abschied von dem Haus, von London, der ihr zu schaffen machte?

»Es ist sicher die richtige Entscheidung, ins Rose Hill Garden House zurückzukehren. Wahrscheinlich wirst du es nicht immer leicht haben. Vater ist nach Bens Tod noch unzugänglicher und schwieriger geworden, auch härter und strenger. Aber ich helfe dir, ich bin immer für dich da, das weißt du doch.«

»Vic, danke dir. Ich habe mir zumindest vorgenommen, mit Vater gut auszukommen.«

»Ja, aber es wird nicht einfach werden. Vater hat Benjamins Tod noch lange nicht verwunden, er leidet«, erzählte Vicky. »Aber«, fuhr sie rasch fort, »er hat auch um dich Angst gehabt, er hat es nur nicht so zeigen können.«

»Ich glaube nicht, dass Vater Angst um mich hatte. Er hat mich nie besucht, hat mir keinen einzigen Brief geschrieben. Und ich bin sicher, er hat Mutter verboten, mich öfter zu besuchen.«

»Das stimmt, aber Vater kann nun mal nicht gut allein sein.«

»Ach, Vic, erzähle mir doch nicht irgendwelche Geschichten. Vater hat mir immer noch nicht verziehen, dass ich Sebastian geheiratet habe. Und er nimmt es mir übel, die *Frau mit Spitzenschleier* verkauft zu haben. So ist es doch, Vic, oder?«

»Ja«, gab Vicky zu.

Isla erwiderte nichts mehr darauf. Sie war unruhig, der Moment ihrer Heimkehr stand jetzt unmittelbar bevor. Würde sie sich mit ihrem Vater verstehen, konnten sie miteinander auskommen? Wie würde ihre Mutter sich verhalten? Vicky warf einen raschen Seitenblick auf ihre Schwester, während sie bereits durch Penham fuhren. Staunend sah sich Isla um. Alles war wie früher, kein zerstörtes Haus, keine Spuren des Krieges.

Vicky, die ihre Blicke bemerkte, erklärte: »Du weißt doch, dass wir hier verschont geblieben sind. Die deutschen Bomber sind über uns hinweggeflogen. Darum wollten wir ja auch, dass du nach Hause kommst, trotz der vielen Evakuierten und der Flüchtlinge aus London. Aber Penham hat den Krieg ganz gut überstanden. Außer natürlich, dass viele Familien ihre Väter und Söhne an der Front verloren haben.«

Sie fuhren bereits den schmalen Weg am Weiher entlang und dann an der Kirche vorbei, bis Vicky vor dem Pfarrhaus anhielt. Doch Isla zögerte auszusteigen. Da war sie nun. Angekommen in der Vergangenheit. Sie sah durchs Autofenster auf das Haus aus dem achtzehnten Jahrhundert, erbaut aus dicken Backsteinen, mit kleinen Fenstern, bewachsen mit blühenden gelben und weißen Rosen.

Erst als Isla ihre Mutter entdeckte, die klein und schmächtig zwischen den rosafarbenen Rhododendronsträuchern stand, stieg sie endlich aus und ging langsam aufs Pfarrhaus zu.

Da öffnete Lydia die Gartentür und kam ihrer Tochter entgegen.

»Willkommen zu Hause, mein Kind, schön, dass du da bist.«

Der Vikar erwartete seine Tochter im Wohnzimmer. Aufrecht lehnte er am Kamin, kaum ein Lächeln auf seinen Lippen.

Isla erschrak über sein Aussehen. In den vergangenen sechs Jahren schien ihr Vater um Jahre gealtert. Sie ging auf ihn zu, wollte ihn umarmen, doch er verharrte in seiner Haltung und machte ihr jede Annäherung unmöglich.

»Endlich erinnerst du dich an deine Familie? Jetzt, da es dir schlechtgeht, kommst du zurück.«

Isla biss sich auf die Lippen. Bleib ruhig!, schärfte sie sich in Gedanken ein.

»Warum hast du mich nie in London besucht? Mutter, Vicky und die Jungs, auch Walter waren bei mir, nur du nicht«, konterte sie dann aber doch.

»Ich habe erwartet, dass du den Weg hierher findest.« Die Stimme ihres Vaters klang hart und schneidend.

»Vater, du weißt genau, dass ich nicht von London wegwollte, nicht einmal einen Tag, ich hoffte eben … nun, das ist jetzt egal.«

Isla brach ab. Wie sollte sie ihm auch erklären, dass für lange Zeit nur die Hoffnung, ihre Tochter wiederzufinden, sie am Leben gehalten hatte?

»Komm, ich bring dich nach oben«, bot Vicky ihrer Schwester an, griff nach dem großen Koffer und schleppte ihn die steile Treppe hinauf.

In Islas früherem Zimmer hatte Lydia nichts verändert. In ihrer Kindheit und Jugend war dieser kleine Raum mit dem schrägen Fenster und den geblümten Tapeten ihre Welt, ihre Zuflucht gewesen.

Isla ließ sich aufs Bett fallen, Vicky setzte sich neben sie und legte den Arm um ihre Schultern.

»Jetzt heißt es, nach vorn zu sehen. Bei Walter wirst du in der ersten Zeit nicht viel Geld verdienen, aber irgendwann kannst du dir eine eigene Wohnung leisten, eine neue Freiheit entdecken. Du bist noch so jung.«

Isla nickte nur stumm.

»Ich muss in die Küche, Mutter beim Abendessen helfen. Sie hat sich so viel Mühe gemacht. Es gibt eine Porreesuppe mit Huhn und dann ein Lammcarré in Minzsauce und zum Abschluss noch einen Himbeerpudding.«

»Du meine Güte, wer soll das denn alles essen?«

»Du natürlich«, antwortete Vicky und lächelte sie an, doch Isla sah nicht zu ihr auf. Sie reagierte kaum und wirkte abwesend.

»Es wird alles wieder gut, du wirst sehen«, versuchte Vicky noch, ihre Schwester aufzumuntern, als unten Lydia schon nach ihrer älteren Tochter rief.

»Vicky, wo bleibst du denn? Ich denke, du willst mir helfen.«

»Ja, Mom, bin schon unterwegs.«

Als sich die Tür hinter Vicky geschlossen hatte, blieb Isla regungslos sitzen und sah sich um. Mit achtzehn Jahren hatte sie dieses Haus verlassen, um in London ein neues, aufregendes Leben zu beginnen. Und jetzt saß sie wieder hier. Vicky und Walter hatten vor einigen Tagen ihre wenigen Habseligkeiten hierhergebracht. Ihr Bett aus London stand jetzt, in Einzelteile zerlegt, auf dem Dachboden des Pfarrhauses, wie auch ihr Küchentisch, an dem sie besonders hing. Und dann gab es noch Bücher, Kleider und Fotoalben, die Vicky auf die große Kommode unter dem Fenster gelegt hatte. Die Bettwäsche, Handtücher und die kostbaren Tischdecken hatte sie ihrer Mutter gegeben, ebenso das Silberbesteck ihrer verstorbenen Tante Louisa.

Das waren die kläglichen Reste ihres Londoner Lebens.

Sie würde in der Kanzlei ihres Schwagers im Vorzimmer an der Schreibmaschine sitzen, lächeln und am Abend nach Hause kommen, um mit ihren verhärmten Eltern zu Abend zu essen. Und anschließend? Sie konnte einen Spaziergang um den Weiher machen. Doch ihre Eltern würden sie ermahnen, nicht allein herumzulaufen, da sie schließlich eine Frau war.

»Allerlei Gesindel aus der Großstadt treibt sich in unserer Gegend herum, Männer, die durch den Krieg aus der Bahn geworfen wurden«, hatte Lydia ihr schon beim letzten Besuch in London erzählt.

Mit einem leichten Aufstöhnen ließ sich Isla in die Kissen sinken. Vicky hatte gesagt, sie solle nach vorn sehen, doch die Zukunftsaussichten waren nicht verlockend.

Unten in der Küche hörte Isla ihre Mutter und Vicky mit Geschirr und Besteck klappern und sich unterhalten. Isla erhob sich, ging zum Fenster und öffnete es. Die Haustür wurde geöffnet, die Hathaways kamen. Isla hörte von unten lautes Rufen, das Lachen der Zwillinge, Stühlerücken im Esszimmer. Sie ging zurück zum Bett und streckte sich wieder darauf aus.

»Isla, kommst du? Alle sind jetzt da, das Essen ist in zehn Minuten fertig!«, rief Lydia nach oben.

»Ja, einen Moment noch«, antwortete Isla. Fast erwartete sie, dass ihre Mutter sie ermahnen würde, sich vor dem Essen die Hände zu waschen.

Sie blieb liegen und hörte, wie jemand auf dem alten Klavier im Wohnzimmer spielte. Das musste Vicky sein, *Für Elise …*

Dieses Lied von Beethoven hatte Isla als Kind geliebt. Immer, wenn Vicky am Klavier saß, zwängte sich Isla auf den Stuhl neben die ältere Schwester, und dann spielte Vicky für sie dieses Lied. Isla lächelte, während sie den süßen Duft der Rosen einsog, die sich an der Hauswand um ihr offenes Fenster rankten. Es gab viele gute Erinnerungen an die Kindheit, trotz des strengen Vaters. Wie hatte sie das nur vergessen können: die Verbundenheit mit der Mutter und zwischen den Geschwistern.

Ganz still blieb sie liegen, lauschte nur nach unten. Jetzt endlich empfand Isla Trost für ihren Schmerz und den Verlust der vergangenen Jahre. Sie war zurückgekommen, zurück ins Haus ihrer Kindheit, zurück in die Geborgenheit ihrer frühen Jugend.

Vierzehn

Am nächsten Morgen ging die Familie geschlossen in den Sonntagsgottesdienst. Isla saß zwischen ihrer Mutter und Vicky. Während die Glocken den Beginn des Gottesdienstes einläuteten, sah sich Isla immer wieder verstohlen um.

»Was ist los? Wieso sind nur so wenig Leute da?«, flüsterte sie ihrer Schwester zu.

»Das erkläre ich dir später«, flüsterte Vicky zurück, den Kopf gesenkt, da der Vater bereits das Eingangsgebet sprach.

Nach der Kirche schlenderten Vicky und Isla hinunter zum Weiher. Es war ein schöner, warmer Sommertag, und die Schwestern ließen sich ins Gras fallen. Sie sahen den Enten und Schwänen zu, die über das Wasser zogen.

»Als Kind habe ich gern hier geplanscht, weißt du noch?«, fragte Isla.

»Natürlich. Mutter übertrug mir die Verantwortung für dich, ich musste höllisch aufpassen, dass du nur am Rand spielst.«

»Das habe ich doch getan! Mutter hat uns Angst eingejagt, dass das Wasser voller Algen ist, die jedes ungehorsame Kind nach unten ziehen, wenn es nicht gehorcht und ins tiefe Wasser geht.«

»Ja, ja, der Weiher gibt niemanden mehr her! Erinnerst du dich an ihr Gesicht, als sie uns das erzählte? Mit tiefer, unheilvoller Stimme?«

»Aber sicher!« Isla lachte. »Aber das hat uns Respekt eingeflößt.«

»Manchmal kam Ben noch dazu und warf die Steine ganz weit ins Wasser. Er wollte uns imponieren, und wir lobten ihn dann auch gehörig«, erinnerte sich Vicky leise. Die Schwestern schwiegen, als sie an ihren lebhaften Bruder dachten, der immer guter Laune gewesen war und sich ständig irgendwelche harmlosen Streiche ausdachte, um seine älteren Schwestern zu ärgern.

»Kurz bevor Ben zur Air Force ging«, erzählte Vicky, »beschloss er, nach dem Krieg sein Studium fortzusetzen. Aber er wollte nicht mehr Literatur studieren, sondern Arzt werden. Vater war sehr stolz auf ihn.«

»Er war auch stolz auf dich, als du deine Ausbildung als Krankenschwester angefangen hast«, antwortete Isla.

»Woher weißt du das?« Verwundert drehte sich Vicky ihrer Schwester zu.

»Ich war ja noch ein Kind, aber ich habe gehört, wie Vater es Mutter erzählte. Er sagte, er wundere sich auch, wie ernst du die Ausbildung nimmst.«

»Stimmt …« Vicky lächelte versonnen. »Guildford, das Krankenhaus … das war eine schöne Zeit dort.«

Der Ton von Vickys Stimme ließ Isla aufhorchen. »Was war so schön daran?« Sie war neugierig geworden.

Vicky atmete tief durch. »Weißt du, ich habe es dir nie erzählt, irgendwie war nie der richtige Zeitpunkt dafür. Aber damals war ich sehr verliebt in einen Oberarzt aus der Orthopädie. Leider war er verheiratet«, fügte sie nach einer kleinen Pause hinzu.

»Und?« Isla richtete sich gespannt auf.

»Ich hatte eine Affäre mit ihm.« Der versonnene Ausdruck, das Lächeln auf Vickys Gesicht war verschwunden.

»Und weiter?«, drängte Isla.

»Nichts weiter, das ist alles, ich war verliebt, er aber war verheiratet, und er hatte eine Affäre mit mir, einem naiven Pfarrerstöchterchen.«

»Warum hast du mir nie davon erzählt?«

»Isla, du warst damals neun Jahre alt! Und später ... Nun ja. Aber die paar Monate mit ihm waren trotz allem sehr schön. Er hatte eine kleine Wohnung in der Nähe des Krankenhauses – später erfuhr ich, dass es sein bekanntes Liebesnest war. Hinter jeder blutjungen Lernschwester war er her.« Vicky lachte auf. »Weißt du, es war einfach wunderbar, ich war so verliebt, und er gab mir das Gefühl, das schönste Mädchen zu sein, das er je gesehen hatte. Von seinen Versprechungen, er ließe sich scheiden, will ich gar nicht reden.«

»Und was ist dann passiert?«

»Er beendete unser Verhältnis, weil ich anfing, ihm dauernd Vorwürfe zu machen. Er wollte eben nur eine leichte, unverfängliche Affäre. Danach brach ich richtig zusammen. Wenn ich zu Hause war, sperrte ich mich in mein Zimmer ein und stürzte mich ins Lernen. Dabei weinte ich ununterbrochen.«

»Und die Eltern haben das nicht gemerkt?«, wunderte sich Isla.

Vicky schüttelte den Kopf. »Nein, wenn ich mit verquollenen roten Augen zum Essen erschien, behauptete ich, durch das viele Lernen seien meine Augen so angestrengt. Aber weißt du, bald danach habe ich ja bereits Walter kennengelernt.«

»Hast du ihm von dem Arzt erzählt?«

»O Gott, nein. Walter war so nett, so anständig, darum mochte ich ihn vom ersten Moment an. Er war als Mann sehr unerfahren, du weißt doch, er hat bis zu unserer Hochzeit bei seiner Mutter gelebt. Aber seine Schüchternheit hat mir gefallen, er war eben so anders als John, dieser Arzt, der mit jeder Krankenschwester was hatte. Walter tat mir gut. Es war nicht die große Liebe, als ich ihn heiratete, aber wir verstehen uns von Jahr zu Jahr besser. Wir sind glücklich«, fügte Vicky hinzu.

»Das ist schön.« Isla griff nach der Hand ihrer Schwester und drückte sie. »Und den Arzt, hast du ihn geliebt?«

»Ich denke schon, ich war jung, bereit für die Liebe. Und ein Gutes hatte die Sache …« Jetzt lachte Vicky. »Ich habe mich für die Medizin sehr stark interessiert und meine Ausbildung ernst genommen. Eigentlich hätte ich den Beruf gern ausgeübt, aber wie gesagt, ich habe ja dann schon geheiratet.«

»Und jetzt?«, fragte Isla. »Robert und Paul sind im Internat, willst du nicht versuchen, als Krankenschwester zu arbeiten?«

Vicky schüttelte den Kopf. »Meine Ausbildung ist zu lange her. Aber seit ein paar Wochen kümmere mich um alte und kranke Leute. Ich besuche sie zu Hause und versorge sie auch medizinisch, in Zusammenarbeit mit unserem hiesigen Arzt. Das ist schön und macht mir Freude. Ich glaube« – Vicky erhob sich jetzt und wechselte abrupt das Thema –, »wir müssen zurück. Robert und Paul haben sicher schon einen riesigen Hunger und warten ungeduldig auf uns. Weißt du, als langsam klarwurde, dass ich keine Kinder bekommen konnte, und wir die Zwillinge adoptieren durften, verband das Walter und mich noch mehr. Wir lieben die beiden wie eigene Kinder.«

Auch Isla hatte sich erhoben und zupfte gedankenverloren Grashalme von ihrem Kleid. »Irgendwann hättest du es mir aber erzählen können«, sagte sie. »Wieso gerade heute?« Vicky ging ihr schon voraus und den Hügel hinauf.

»Ich weiß nicht, einfach so.« Sie warf einen Blick über die Schulter zu Isla, die ihr folgte. »Du hast immer dein eigenes Leben geführt, jetzt bist du zurück. Vielleicht deswegen. Vielleicht auch« – Vicky zuckte mit den Schultern –, »weil es so lange her ist, es tut nicht mehr weh.«

Schweigend liefen sie nebeneinanderher, bis Vicky das Gespräch wieder aufnahm. »Du wolltest vorhin wissen, warum so wenig Leute im Gottesdienst waren.«

»Ja, stimmt. Hat das etwas mit dem Krieg zu tun? Haben die Menschen ihren Glauben verloren?«

»So genau kann ich dir das nicht beantworten, aber ich denke, sie kommen nicht mehr, weil Vater ihnen keinen Trost spenden kann. Der Inhalt seiner Predigten hilft ihnen nicht, die Erlebnisse im Krieg zu verarbeiten oder die schweren Zeiten jetzt zu überstehen. Hast du bei seiner Predigt nicht aufgepasst? Vater spricht nur noch vom Schweigen Gottes, von seiner Unversöhnlichkeit, von den Strafen, mit denen er die Menschen belegt. Ich glaube«, fügte Vicky nach einer Weile hinzu, »Vater fühlt sich von Gott im Stich gelassen, er hadert mit ihm. Er hat Benjamins Tod nicht verkraftet. Er sieht nicht, wie viele Menschen seit dem Krieg um ihre Toten trauern, er glaubt, er sei der Einzige. Für den Kummer anderer Menschen hat er kein Verständnis. Das macht es für die Gemeinde und natürlich auch für Mutter nicht leicht. Vater ist ungeduldig und noch herrschsüchtiger als früher. Er kritisiert Mutter oder er geht über sie hinweg, manchmal benimmt er sich, als sei sie gar nicht anwesend. Aber vielleicht kannst du sie ein wenig unterstützen, jetzt, da du hier in Frieden mit ihr zusammenlebst. Was meinst du?«, fragte Vicky.

Isla nickte zögernd. »Ja, das kann ich, ich versuche es zumindest.«

Vicky spürte Islas Zögern. »Was ist? Du bist ganz blass geworden.«

Isla schüttelte den Kopf und antwortete nicht. Doch sie spürte Unsicherheit und auch Angst, sie ahnte, dass ihr Leben nicht so friedlich verlaufen würde, wie Vicky es glaubte. Der Besuch von Frank Turner ging ihr nicht aus dem Kopf.

Plötzlich war die heitere Stimmung des stillen Sonntags verflogen. »Wir sehen uns wieder«, hatte Frank Turner gestern zu ihr gesagt. »Ja, wir sehen uns bestimmt wieder.«

Fünfzehn

An ihrem ersten Arbeitstag betrat Isla die Anwaltskanzlei von Walter Hathaway mit dem beeindruckenden Messingschild an der Tür. Walter begrüßte sie mit förmlicher Zurückhaltung. Er stellte ihr seinen jungen Referendar Giles Forster vor, dessen Schreibtisch im Vorzimmer unter dem Fenster stand, während Walters Anwaltsgehilfin Sarah ihr eigenes kleines Büro besaß.

Ein zweiter Tisch in der Mitte des Vorzimmers war Islas Arbeitsplatz, und hier würde sie nun acht Stunden täglich hinter einer Schreibmaschine sitzen, Briefe und Schriftsätze tippen und gleichzeitig das Telefon bedienen. Der Raum war nicht sehr groß, der Teppich abgetreten, und die beiden Schränke quollen über von alten Akten.

»Wenn jemand anruft, melde dich bitte auch mit deinem Namen«, ermahnte Walter seine Schwägerin. Dann erklärte er Isla den täglichen Ablauf, nannte ihr die Arbeitszeiten und schärfte ihr ein, morgens pünktlich zu erscheinen. Zu ihren Aufgaben gehörte auch, jeden Morgen die Kanzlei aufzuschließen und Kaffee für ihren Chef zu kochen.

»Heiß und schwarz.« Walter gab sich sehr autoritär, und Isla unterdrückte ein Lächeln, denn im Pfarrhaus war er einfach nur der Schwiegersohn, der sich dem Willen seines Schwiegervaters unterwerfen musste.

»Du bist zu elegant angezogen«, kritisierte Walter sie am zweiten Tag. »Ich möchte, dass du jeden Tag eine weiße Bluse trägst und dazu einen dunklen Rock. Deine Pumps kannst du gut dazu tragen.« So ließ sich Isla einen Vorschuss auf ihr

Gehalt auszahlen und ging zu der französischen Schneiderin, die ihren Salon direkt neben dem Tea-Room führte. Dort gab sie mehrere weiße Blusen in Auftrag, dazu zwei dunkle Röcke, einen dunkelblauen und einen schwarzen. Einfache Pullis und ein Twinset besaß sie, also konnte sie sich jetzt so kleiden, wie Walter es sich bei seiner Sekretärin vorstellte.

In der nächsten Zeit arbeitete sich Isla schnell ein. Sie war ruhig, konzentriert und verstand sich sehr gut mit Sarah und dem Referendar Giles. Die Mandanten mochten Isla, und Walter fiel auf, dass sie öfter kamen als unbedingt nötig, nur um mit ihr ein wenig zu plaudern. Sie blieb höflich, ungezwungen und verstand es geschickt, keinen Mandanten zu verärgern, wenn sie Einladungen höflich ablehnte.

Manchmal begleitete sie Walter zum Landgericht in London. Dann reichte sie ihm im Gerichtssaal die Akten, machte Notizen und schrieb später perfekte Protokolle über den Ablauf einer Verhandlung. Walter gestand sich ein, dass er sie gern mitnahm, es gefiel ihm, dass seiner Sekretärin so viele bewundernde Blicke folgten.

Oft arbeitete Isla abends länger und verließ dann als Letzte die Kanzlei. Sie mochte diese einsamen Abendstunden und lauschte auf die Geräusche im Haus: wie in der Arztpraxis im Erdgeschoss die letzten Patienten gingen und die Arzthelferin die Tür abschloss. Oder wie es in dem Notariat über ihr still wurde und sich dann der Aufzug in Gang setzte.

Mindestens einmal in der Woche schaute der Notar Jon Markham von der Kanzlei Markham & Connery herein und fragte sie, ob sie wirklich noch arbeiten müsse oder ob er sie nicht zum Essen einladen dürfe.

Jedes Mal schüttelte Isla lächelnd den Kopf, erstaunt, dass Jon offenbar nicht vorhatte aufzugeben. Von Vicky wusste

Isla, dass der gutaussehende Jurist seit fünf Jahren Witwer war. Seine Ehefrau war in London bei einem Bombenangriff ums Leben gekommen, als sie dort ihre Eltern besuchte.

»Er hat seit dieser Zeit keine neue Beziehung«, hatte Vicky erzählt und Isla scharf beobachtet. »Hast du keine Lust, mit ihm auszugehen?«

Doch Isla hatte lachend abgewehrt. »Ich muss mich erst einmal hier zurechtfinden, ich bin einfach noch nicht offen für eine neue Beziehung.«

An den Abenden zu Hause wusch und bügelte Isla ihre Blusen, putzte ihre Schuhe auf Hochglanz und fing an den Seidenstrümpfen vorsichtig die Laufmaschen auf. Es war eine ruhige, stille Zeit, in der selbst der Vikar versöhnlich blieb und die Abendstunden meist mit Lesen verbrachte.

*

An einem warmen Septembertag machte Isla quer durch die sanften Hügel der Umgebung von Penham einen langen Spaziergang. Als Kind war ihr die Schönheit der Grafschaft Surrey nie bewusst gewesen. Heute ließ sie ihren Blick über die weiten, grünen Wiesen schweifen und beobachtete eine Gruppe Reiter. Die Felle der Pferde glänzten in der Sonne, nichts war zu hören, wie eine Vision galoppierten sie am Horizont entlang. Sicher kamen sie von dem nahe gelegenen Gestüt. Isla änderte ihre Richtung, bis die Pferdekoppeln vor ihr auftauchten.

Als sie zehn Jahre alt gewesen war, war sie oft hierhergekommen, auf die Zäune geklettert und hatte ihre Hand ausgestreckt, bis eines der Pferde zu ihr herübertrabte und sie es mit Würfelzucker füttern konnte. Sie war nicht müde geworden, das warme Maul in ihrer Hand zu spüren und über das glänzende braune Fell zu streichen. Sie brauchte allerdings jedes Mal eine Menge Würfelzucker, den sie heimlich aus der Vorratskammer ihrer Mutter stibitzte. Als sie eines Tages erhitzt und glücklich nach Hause zurückkam, erwarteten ihre Eltern sie mit ernster Miene. Sie habe gestohlen, erklärte ihr Vater drohend. Sie wurde befragt und des Diebstahls für schuldig befunden. Dann holte der Vikar seinen Stock aus dem Schrank, Isla musste ihm die Hände entgegenhalten, und er schlug zu. Dreimal, fest und kurz. Isla biss die Zähne zusammen, und kein Laut war über ihre Lippen gekommen. Geweint hatte sie oben in ihrem Zimmer, als sie ohne Essen ins Bett gehen musste. Doch dann schlich sich Vicky in ihr Zimmer, tröstete sie und brachte ihr heimlich eine Scheibe Brot mit Käse, die Isla hungrig verschlang.

Isla war jetzt am Gestüt angekommen. Sie lehnte sich gegen den Holzzaun und sah den Pferden auf der Koppel zu. Dann schloss sie die Augen und wandte ihr Gesicht der warmen Herbstsonne entgegen.

Sie erinnerte sich an Samstagnachmittage, an denen sie durch die Wiesen lief und sich anschließend atemlos ins Gras fallen ließ. Sie hatte sich immer auf den Abend gefreut, denn da bereitete der Vater seine Sonntagspredigt vor und durfte nicht gestört werden. Dann saß sie nach dem Baden mit Benjamin müde und glücklich in der Küche, und sie bekamen heißen Kakao und frisches Weißbrot mit Butter. Vicky war nicht immer dabei, als Älteste half sie ihrer Mutter beim Samstagsputz. Aber später saßen sie dann alle vier noch in der Küche zusammen. Auch Lydia schien die Abende mit ihren Kindern zu genießen. Sie lachte mit ihnen und hörte ihren Erzählungen aufmerksam zu. Niemand sprach es aus, doch sie genossen die Stunden ohne den Vater. Manchmal bekam Isla Schuldgefühle. War es richtig, sich nur gut und entspannt zu fühlen, wenn der Vater nicht bei ihnen war? Doch als sie sah, dass weder ihre Mutter noch ihre Geschwister diese Gewissensbisse teilten, verdrängte auch Isla sie und genoss die Zeit ohne den strengen, freudlosen Vater.

Isla löste sich mit einem kleinen Lächeln vom Zaun und ging gerade am Gestüt vorbei, als jemand ihren Namen rief. Erstaunt drehte sie sich um und sah Jon Markham, der ihr zuwinkte und dann rasch auf sie zukam. Isla wartete, bis er vor ihr stand. Heute trug er keinen dunklen Anzug, sondern eine helle Reithose, hohe Stiefel und ein kariertes Hemd, dessen Kragen offen stand. Zum ersten Mal fielen ihr seine Energie und das wache Interesse auf, das er ausstrahlte.

»Darf ich Sie begleiten? Egal, wohin Sie wollen.«

»Gern.« Isla lächelte ihn an. »Ich gehe nur nach Hause.«

»Waren Sie beim Reiten?«

Sie schüttelte den Kopf. »Nein, ich habe mich nur erinnert, wie ich als Kind hierherkam, um die Pferde mit Zucker zu füttern.«

»Ich war als Kind auch oft hier«, erzählte Jon Markham, »später dann nur noch in den Ferien, wenn ich aus dem Internat nach Hause kam.«

Während sie sich unterhielten, gingen sie langsam durch die Wiesen. Tief sog Isla den Duft nach frisch gemähtem Gras ein.

»Ich kam gern in den Ferien hierher, ich liebe Surrey«, fuhr Jon fort. »Ich hatte immer eine sehr enge Beziehung zu meinen Eltern und Geschwistern, und das ist bis heute so geblieben. Meine Kindheit war geprägt von schönen Festen, Picknicken und vielen Verwandten, die ständig bei uns wohnten und unser Leben abwechslungsreich machten. Meine Eltern erlaubten uns alles – nun, *fast* alles.« Jon lachte. Er hatte eine tiefe, angenehme Stimme, und während Isla ihm zuhörte, dachte sie an ihre eigene Kindheit, geprägt von einem harten, strengen Vater.

»Sie haben schon vor dem Krieg in London gelebt?«, fragte Jon, und Isla nickte spröde. Er schien zu spüren, dass sie nicht darüber reden wollte, und so sprach er weiter: »Das Leben in der Großstadt wäre generell nichts für mich. Auf dem Land ist es schöner, einfacher. Vor allem in der jetzigen Zeit, man spürt die Auswirkungen des Krieges nicht so sehr. England gehört zu den Siegermächten, und trotzdem geht es den Leuten schlecht, vor allem in den Großstädten.«

So unterhielten sie sich auch noch, als Isla in einigem Abstand vom Rose Hill Garden House stehen blieb. Sie wollte nicht riskieren, dass ihre Mutter sie vom Küchenfenster aus beobachtete und sie mit Fragen nach diesem Mann bestürmte. So verabschiedete sie sich von Jon und bedankte sich für die nette Begleitung.

»Immer gern«, war seine Antwort, während seine dunklen Augen sie nicht losließen. Dunkle Augen, wie Sebastian sie gehabt hatte.

Sebastian …

Isla drehte sich um und ging im Haus sofort nach oben in ihr Zimmer. Sie warf sich aufs Bett und dachte an jenen sonnigen Nachmittag, an dem sie nach dem Unterricht in der Sekretärinnenschule in den Hyde Park gegangen und am Teich stehen geblieben war. Sie sah den Enten zu, die sofort auf sie zuschwammen, und dann zog sie ihr belegtes Brot aus der Tasche und fütterte die Entenfamilie. Sie war so vertieft, dass sie nicht bemerkte, wie sich ein Mann neben sie stellte, und schreckte erst auf, als er ihr erklärte, sie dürfe die Enten nicht füttern, das grenze an Tierquälerei. Die Tiere seien bereits völlig übersättigt. Heute erinnerte sich Isla nicht mehr, was sie ihm geantwortet hatte, freundlich hatte es bestimmt nicht geklungen. Sie lächelte, als sie jetzt daran dachte, denn es kam damals zu einer spielerischen Auseinandersetzung, und plötzlich waren sie mitten in einem Gespräch. So hatte es mit Sebastian begonnen, mit einem Streit um zu dicke Enten. Er hatte sich dann mit einer leichten, eleganten Verbeugung vorgestellt, und nach einigem Zögern gab auch sie ihren Namen preis. Sie tat es, denn der Blick seiner dunklen Augen wollte sie nicht loslassen und brachte sie dazu, sich über das väterliche Verbot, sich niemals von einem Mann ansprechen zu lassen, hinwegzusetzen.

In Erinnerung an diese erste Begegnung lächelte Isla. Und da erkannte sie, dass sie zum ersten Mal an Sebastian denken konnte, ohne Verzweiflung und Trauer zu empfinden.

*

Eines Abends Ende September, als Isla aus der Kanzlei kam, erzählte ihr Vater, jemand habe angerufen und sich nach ihr erkundigt. Es sei ein Mann gewesen mit einer hohen, eigenartigen Stimme. Nachdem Robert Duncker ihm erklärt hatte, seine Tochter sei nicht da, habe der Anrufer eingehängt.

»Er nannte nicht einmal seinen Namen.«

Isla versuchte, die Fassung zu bewahren, zuckte nur mit den Schultern und meinte, sie habe keine Ahnung, wer das gewesen sein könnte. Doch sie ahnte es: Frank Turner.

»Wir sehen uns wieder«, hatte er ihr in London nachgerufen. Bis heute hatte sie gehofft, er habe das Interesse an ihr verloren. Doch von diesem Moment an lebte sie in ständiger Anspannung.

Manchmal, wenn sie im Büro Walter durch die offene Tür beobachtete, zog sie in Erwägung, ihn einzuweihen. Als Anwalt war er an seine Schweigepflicht gebunden, aber würde er sich in diesem Fall darüber hinwegsetzen und Islas Eltern alles erzählen? Letztendlich war er nicht nur Anwalt, sondern gehörte auch zur Familie. Würde er da eine Ausnahme machen?

Es war zu riskant, mit ihm zu sprechen, entschied Isla. Eigentlich gab es sowieso nichts Konkretes, nichts außer den Behauptungen eines Ex-Sträflings, Sebastian sei ein Betrüger gewesen, in dessen Auftrag er Bilder gefälscht habe. Wie würde Walter darauf reagieren, wenn sie ihm auch noch erzählte, sie selbst habe die Fälschung der *Frau mit Spitzenschleier* verkauft? Walter würde sie verurteilen, nicht glauben, dass sie nichts von Sebastians Machenschaften gewusst hatte, davon war sie überzeugt. Also entschloss sich Isla, zu schweigen und abzuwarten.

Anfang Oktober, während sie beim Frühstück saßen, ging Lydia hinaus, um die Post zu holen.

»Für dich«, sagte sie, als sie zurückkam, und legte einen Brief neben Isla auf den Tisch. »Aber es steht kein Absender darauf.«

Erstaunt öffnete Isla das Kuvert. Der Brief enthielt nur einen einzigen Satz: *Wir sehen uns wieder, und zwar bald. F. T.*

Isla blickte lange auf die Worte, und als sie die Augen hob, begegnete sie den Blicken ihrer Eltern, die sie neugierig beobachteten.

Da Isla stumm blieb, konnte Lydia ihre Neugier nicht zurückhalten. »Wer hat dir geschrieben?«

»Ach, niemand«, antwortete sie beiläufig.

»Also *niemand* hat dir diesen Brief geschrieben.« Der Vikar machte sich keine Mühe, seinen Spott zu unterdrücken.

»Ja, niemand!« Isla sprang auf. »Jedenfalls niemand, über den es sich zu reden lohnt. Ich muss gehen, ich bin spät dran.« An der Tür des Esszimmers drehte sie sich noch einmal um und erklärte in versöhnlichem Ton: »Es ist nur eine Einladung zu einer Party, also nichts, worüber ihr beide euch den Kopf zerbrechen müsst.«

Und schon war sie fort.

Jede Woche traf von nun an ein Brief von Frank Turner ein. Der Inhalt war stets derselbe, und Frank erreichte sein Ziel: Islas Nerven flatterten. Eines Morgens, als Lydia wieder mit einem Brief hereinkam, nahm ihn der Vikar seiner Frau aus der Hand, doch bevor er ihn öffnen konnte, sprang Isla vom Stuhl hoch und entriss ihn ihrem Vater.

Schweigend sahen sich Vater und Tochter an, Misstrauen und Ablehnung auf dem Gesicht des Vaters, eine stumme Bitte, sie in Ruhe zu lassen, auf Islas Gesicht.

»Ich möchte wissen, wer dir diese Briefe schreibt.« Die Stimme des Vikars klang hart.

»Ein Spinner«, murmelte Isla schnell. »Einer, der mich treffen will. Es ist ganz harmlos.«

»Was du für Leute kennst …« Der Vikar schüttelte den Kopf und presste die Lippen zusammen. »Menschen ohne Moral, ohne Anstand. Aber du hast dich ja offenbar wohl gefühlt in diesen Kreisen, zu denen auch dein Mann gehörte.«

Isla war blass geworden. Schweigend stand sie auf und ließ ihren Tee stehen. An der Tür drehte sie sich noch einmal um.

»Du bist ein Mann Gottes, hast aber kein Verständnis für andere, für Fehler, Kummer oder Sorgen. Kein Wunder, dass nur noch so wenig Leute in deine Kirche kommen.«

Lydia stieß einen kleinen Schrei aus und schlug die Hände vors Gesicht. Als Isla draußen ihren Mantel anzog, kam ihre Mutter aus dem Esszimmer und schloss die Tür hinter sich.

»Wie kannst du nur?«, flüsterte sie mit roten Flecken im Gesicht, Zeichen inneren Aufruhrs. »Dein Vater meint es nur gut mit dir! Es ist doch verständlich, dass er wissen will, wer dir diese Briefe schickt.«

Isla atmete durch. Sie war zu weit gegangen. Schnell umarmte sie ihre Mutter, doch bevor sie die Haustür öffnen konnte, hielt Lydia sie am Ärmel ihres Mantels fest.

»Geh rein und entschuldige dich! Das ist das mindeste, was du tun kannst.«

»Nein, das mache ich nicht. Letztendlich habe ich nur die Wahrheit gesagt, und das weißt du auch. Vielleicht denkt Vater über meine Worte nach. Im Übrigen komme ich schon allein zurecht.«

»Ach, wirklich?« Ihr Vater erschien in der Küchentür. »Das sehe ich aber anders. Du lebst hier umsonst, wir haben dir großzügig unser Haus geöffnet, dich wieder in unserem Leben aufgenommen, und da fällt dir nichts Besseres ein, als mich zu verleumden?«

Isla gab vor, ihm nicht zuzuhören. Sie warf die Haustür hinter sich zu und rannte die Anhöhe hinunter. Erst unten an der Hauptstraße blieb sie stehen und öffnete Frank Turners Brief. Wieder nur der Satz: *Wir sehen uns bald. F. T.*

Er wollte sie fertigmachen. Wie würde es weitergehen, wie konnte sie aus der Sache nur rauskommen? Frank Turner erreichte es noch, dass sie sich mit ihren Eltern überwarf, und was dann? Wo sollte sie hin? Ihre Mutter machte sich sicher Sorgen um sie, vielleicht ihr Vater auch, doch Isla erkannte: Sie würden ihr nicht helfen. Sie konnte ihren Vater, Vikar der Gemeinde, nicht in eine Erpressung hineinziehen.

Außerdem hatte er recht, sie war zurückgekommen, als es ihr schlechtging, und die Familie nahm sie auf. Walter hatte ihr Arbeit gegeben, nur weil sie die Schwester seiner Frau war. Im Elternhaus hatte sie Geborgenheit gesucht und sie in den vergangenen Monaten auch gefunden.

Aber die Erpressung, die Konfrontation mit einem Ex-Sträfling und Bilderfälscher – das würde ihre Eltern überfordern.

Am Abend ging sie zu ihrem Vater und entschuldigte sich. Der Vikar war in großzügiger Stimmung, da er sich bereits den zweiten Whiskey gönnte, und so nahm er die Entschuldigung an.

Doch Isla wusste, es war nicht vorbei, und ihre Angst wuchs.

Ende November kam Franks neunter Brief. Wieder brachte ihn Lydia herein, während Isla mit ihrem Vater beim Frühstück saß. Dieses Mal steckte Isla ihn in ihre Jackentasche und verabschiedete sich rasch, wobei sie die Blicke, die ihre Eltern sich zuwarfen, ignorierte.

Unterwegs setzte sie sich auf die Bank am Weiher und riss den Brief mit zitternden Händen auf. Diesmal wurde Frank Turner deutlicher.

Liebe Mrs Jones,

ich bin sehr geduldig gewesen, doch nun möchte ich endlich das Honorar, das mir zusteht. Sie wissen schon: der van Gogh. Ihr Mann hat ihn teuer verkauft und mir das Honorar nicht gezahlt. Ach ja, und da gibt es auch noch den offenen Betrag für das andere Gemälde, Sie wissen sicher, welches ich meine. Ich denke, dreitausend Pfund für meine Arbeit ist angemessen, finden Sie nicht auch?
F. T.

Isla überlegte fieberhaft, von welchem anderen Gemälde der Kerl sprach. Doch sie kam nicht darauf. Aber wie konnte sie Frank Turner dazu bringen, sie in Ruhe zu lassen?

Am nächsten Abend, als sie sich in der Kanzlei von Walter verabschieden wollte, bat er sie in sein Büro.

»Setz dich bitte, ich hoffe, du hast noch einen Moment Zeit?«

»Natürlich«, antwortete Isla und ließ sich auf der Kante des Stuhles nieder.

Walter, der hinter seinem Schreibtisch saß, beobachtete sie scharf über den Rand seiner Brille hinweg. Dann lehnte er sich in seinem Sessel zurück und fing mit bedeutungsvollem Unterton an: »Deine Eltern machen sich Sorgen um dich.«

»Ach so? Ich wüsste nicht, warum.«

»Deine Mutter hat mich angerufen und erzählt, dass du seit zwei Monaten jede Woche einen Brief aus London bekommst.«

»Ist das verboten?«

»Nein, natürlich nicht, aber deine Eltern sind sehr beunruhigt.«

In den vergangenen Tagen war Isla unsicher geworden, mehrmals hatte sie überlegt, Walter doch ins Vertrauen zu ziehen, aber jetzt, unter seinem misstrauischen Blick, ließ sie diesen Plan endgültig fallen. Walter würde alles wissen wollen. Er war ein angesehener Anwalt, und in diesem Fall musste er sich von ihr distanzieren. Sie musste also selbst noch einmal mit Frank Turner sprechen.

»Es ist wirklich nichts, worüber ihr euch Gedanken zu machen braucht.« Sie erhob sich vom Stuhl und wandte sich zur Tür.

»Isla, versprich mir, dass du mir sagst, wenn du in Schwierigkeiten bist.«

»Ja, ich verspreche es dir.«

»Haben diese Briefe etwas mit dem anonymen Anrufer zu tun? Dein Vater sagte, er habe so eine eigenartige Stimme gehabt, er hörte sich sehr unseriös an.«

»Walter, bitte! Habt ihr noch nie etwas von Privatsphäre gehört?«

Jetzt lachte Walter gutmütig. »Du hast recht. Aber sicher hast du mit Vicky über die Briefe gesprochen?«

»Nein, habe ich nicht. Du musst sie also nicht bedrängen.«

»Ist ja gut, sei nicht gleich so gereizt. Wir machen uns eben Sorgen.«

»Walter, das braucht ihr nicht, also dann ... schönen Abend.«

Und schon war Isla aus der Tür.

Während sie mit dem Aufzug nach unten fuhr, wurde sie erneut unsicher. Vielleicht sollte sie wieder hochfahren und doch mit Walter sprechen? Aber wie würde er auf die Wahrheit reagieren? Sie auffordern, zur Polizei zu gehen? Ihr erklären, er wolle mit diesen üblen Geschichten nichts zu tun haben?

Sie durfte sich von Turner nicht einschüchtern lassen. Bellende Hunde beißen nicht, das sagte ihr Vater doch immer.

Sie musste mit Frank Turner reden, ihn irgendwie hinhalten. Zu Hause lief Isla sofort in ihr Zimmer, nahm die neun Briefe aus ihrem Schreibtisch und versteckte sie in der Kommode zwischen ihrer Wäsche. Sie schloss die Schublade ab, legte den Schlüssel unter das Spitzendeckchen auf ihrem Nachttisch und sank mutlos aufs Bett.

Irgendwann hörte sie unten das Telefon klingeln, dann die schweren Schritte ihres Vaters, der die Treppe heraufkam, vor ihrer Tür stehen blieb und anklopfte.

Isla sprang auf, um zu öffnen.

»Es hat wieder ein Mann für dich angerufen«, sagte ihr Vater mit Misstrauen in der Stimme.

»Und wer war es?« Isla hielt sich an der Tür fest, da ihre Knie plötzlich nachgaben. Trotzdem versuchte sie, ihre Stimme gleichgültig wirken zu lassen.

»Er hat seinen Namen nicht genannt, ich soll dir nur Grüße ausrichten, du wüsstest schon, von wem. Ich habe seine Stimme wiedererkannt, es muss dieser Anrufer von neulich gewesen sein. Wer ist das?«

Isla versuchte sich in gespielter Ahnungslosigkeit. »Woher soll ich das wissen, wenn er seinen Namen nicht nennt?« Sie machte eine gleichgültige Handbewegung, doch sie spürte ihren dumpfen, schnellen Herzschlag.

An diesem Abend ging sie nicht zum Essen hinunter, sondern blieb in ihrem Zimmer. Sie konnte die Blicke ihrer Eltern kaum mehr ertragen.

In den nächsten Tagen versuchte Isla, morgens den Briefträger abzufangen. Wenn sie das Scheppern der verrosteten

Fahrradklingel hörte, lief sie rasch aus dem Haus, immer darauf bedacht, ihrer Mutter zuvorzukommen.

Das entging ihren Eltern nicht. Doch sie sprachen Isla nicht mehr auf die Briefe an.

Erst Anfang Dezember kam der nächste Brief. Isla nahm ihn ungeöffnet mit ins Büro und riss dort hastig das Kuvert auf. Es war eine Weihnachtskarte mit ein paar Zeilen darunter.

Ich wünsche Ihnen ein schönes Fest. Weiß Ihre Familie übrigens, dass Sie mit Ihrem Mann gemeinsame Sache gemacht haben? Denken Sie an meine dreitausend Pfund!
Ich melde mich nach den Feiertagen.
F. T.

Er zog die Schlinge immer enger um ihren Hals. Vielleicht hielt er sich sogar hier in Penham auf, beobachtete sie. Von wo aus hatte er angerufen? Er wusste offenbar, dass sie die Tochter des Vikars war. War das nicht eine weitere Waffe, die er gegen sie einsetzen konnte?

Mit zitternden Händen nahm Isla den Brief hoch. Frank Turner wollte sich erst nach Weihnachten wieder melden, also hatte sie noch eine Galgenfrist. Aber wie konnte sie sich gegen ihn wehren, ihn überzeugen, dass sie von den angeblichen Fälschungen nichts gewusst hatte? Aber Frank Turner war es eh egal, ob sie von den Fälschungen wusste oder nicht, er wollte Geld. Woher sollte sie dreitausend Pfund nehmen? Er musste doch wissen, dass sie über keine finanziellen Mittel verfügte.

Gerade als sie die Karte in das Kuvert zurücksteckte, betrat Walter die Kanzlei.

»Guten Morgen«, begrüßte er sie. Mit einem schnellen Blick bemerkte er den Umschlag in ihren Händen. »Aha, wieder ein Brief von deinem heimlichen Verehrer?« Seine Stimme sollte locker klingen, doch sein Blick richtete sich durchdringend auf seine Schwägerin.

»Nein, nein«, erwiderte Isla, obwohl sie wusste, dass Walter ihr nicht glaubte. So steckte sie das Kuvert in ihre Handtasche, die sie für den Rest des Tages nicht mehr aus den Augen ließ. Sie wagte nicht einmal, die Karte zu zerreißen und wegzuwerfen. Sie war sich fast sicher, dass Walter aus Neugierde den Papierkorb durchwühlen würde, wenn sie in den Waschraum ging. Am Abend nahm sie den Umschlag mit nach Hause und steckte ihn zu den anderen Briefen in ihrer Kommode. Aber sie zögerte. Sollte sie die Schreiben nicht besser vernichten? Falls sie jedoch irgendwann zur Polizei ging, brauchte sie die Briefe als Beweise. Aber sprachen sie nicht auch gegen sie? Frank Turner erklärte sie schließlich zur Mitwisserin von Sebastians Machenschaften. Falls ihr Mann tatsächlich Franks Auftraggeber gewesen war. Es konnte ja sein, dass Sebastian den van Gogh in gutem Glauben gekauft hatte, ohne zu wissen, dass es eine Fälschung war. Frank Turner hatte kein Recht, ihr Andenken an Sebastian zu beschmutzen. Sie wollte einfach nicht an Sebastian zweifeln müssen. Doch tat sie das nicht längst?

Sechzehn

Weihnachten 1946

Am frühen Nachmittag hatte Walter aus dem Tea-Room Punsch bringen lassen und den Kuchen aufgeschnitten, den Vicky für die Kanzlei gebacken hatte. So hatten sie im kleinen Kreis eine kurze Weihnachtsfeier veranstaltet.

Dann waren Giles Forster und Sarah gegangen, Isla jedoch war auf Walters Bitte hin noch geblieben, damit sie einen wichtigen Schriftsatz fertigstellte.

Jetzt trat er aus seinem Büro und schloss die Tür hinter sich ab.

»Ich hoffe, es macht dir nichts aus, dass du noch etwas länger bleiben musstest«, sagte er zu Isla, die gerade die Hülle über ihre Schreibmaschine stülpte.

»Natürlich nicht, Walter. Außerdem habe ich es nicht besonders eilig, nach Hause zu kommen. Ich habe Angst vor der Erinnerung an das letzte Weihnachtsfest hier«, setzte sie leise hinzu.

»Es wird sicher nicht so schlimm werden«, versuchte Walter, seine Schwägerin zu trösten.

Isla antwortete ihm nicht, sondern trat ans Fenster und sah hinunter auf die Straße.

»Wirst du nachher abgeholt?«, fragte er neugierig.

Isla gab keine Antwort, sondern schüttelte nur den Kopf. Die Neugierde ihrer Familie, die ständige Überwachung und die misstrauische Fragerei zerrten an ihren Nerven.

»Paul und Robert kommen erst in zwei Stunden aus dem Internat, zum Tee schaffen wir es also nicht mehr zu euch.

Die beiden und ich kommen dann aber zum Abendessen und gehen mit in den Spätgottesdienst.«

»Und Vicky?«

»Sie ist jetzt schon bei deinen Eltern.«

»Ja, das kann ich mir denken«, antwortete Isla zerstreut und sah weiterhin auf die Straße hinunter.

»Hast du irgendetwas?«, wollte Walter wissen. »Du hast dich seit einiger Zeit so verändert, bist schreckhaft und nervös. Hat das etwas mit den Briefen zu tun?«

»Nein, nein.« Isla wandte sich vom Fenster ab und lächelte Walter gezwungen an. »Ich bin überarbeitet und darum etwas nervös«, erklärte sie, um Freundlichkeit bemüht.

»Du hast wieder einen Brief bekommen, habe ich gehört. Willst du mir nicht endlich verraten, wer dir schreibt?«

Walter zog sich bereits seinen Mantel an und sah sie dabei mit seinem durchdringenden Blick über den Brillenrand hinweg an.

»Deinen Anwaltsblick kannst du dir sparen«, antwortete Isla, »ich will nicht über die Briefe sprechen.«

»Na gut«, lenkte Walter ein. »Ich muss fahren. Kommst du mit? Ich setze dich noch schnell zu Hause ab.«

»Nein danke, ich räume erst noch meinen Schreibtisch auf.«

»Aber du solltest nicht allein in der Dunkelheit herumlaufen.«

»Walter, es sind doch viele Leute unterwegs, die in die Kirche hochgehen. Mach dir keine Sorgen.«

»Schon gut«, wiegelte Walter ab, griff in seine Anzugtasche und holte ein Kuvert heraus. »Hier, ein kleiner Weihnachtsbonus«, sagte er etwas verlegen und drückte ihr den Umschlag in die Hand.

»Oh, ich danke dir, Walter, den kann ich gut gebrauchen.«

»Kauf dir was Schönes«, sagte Walter. »Weißt du, ich hätte nicht gedacht, dass du so gute Arbeit leistest. Respekt, Isla. Also dann, bis später.«

»Bis später, Walter.«

Doch an der Tür drehte er sich noch einmal um. »Ein schöner Strauß übrigens.« Er zeigte kurz auf die Tannenzweige auf Islas Schreibtisch, in die weiße Rosen und goldene Mistelzweige eingebunden waren. »Von wem ist er?«

»Von Jon Markham. Aber bevor du weiterfragst, ich werde nicht mit ihm ausgehen. Er hat sich vorhin verabschiedet. Er wird Weihnachten bei seinen Eltern verbringen und erst im Januar wieder hier sein.« Ihre Stimme klang so ablehnend, dass Walter nichts mehr erwiderte, sondern die Kanzlei verließ.

Die Tür schloss sich hinter ihm, und Isla lauschte seinen Schritten auf dem Gang. Dann hörte sie, wie der Aufzug auf der Etage hielt und wieder nach unten fuhr.

Isla ordnete noch die Akten in den Schrank, sammelte die Stifte ein und räumte Kuverts und das Pauspapier in die Schubladen.

Als alles ordentlich an seinem Platz lag, schlüpfte sie in ihren Mantel und griff nach ihrer Handtasche. Doch dann trat sie noch einmal ans Fenster und sah hinunter auf die stille Straße mit den weihnachtlich geschmückten Häusern und Schaufenstern. Es hatte zu schneien begonnen, genau wie an Weihnachten 1940.

Ihre Tochter war zwei Jahre alt gewesen, so klein …

»Mami!«, hatte sie gejubelt, als sie die Schneeflocken sah, »Mami … Mami …«

Isla presste ihre Stirn gegen das kühle Fensterglas.

Mami ... Mami ... die Erinnerung kam grausam zurück.

Als Isla die Kanzlei verließ und den Gang entlanglief, hallten ihre Schritte auf dem Steinboden, und während sie auf den Aufzug wartete, sah sie sich immer wieder furchtsam in dem schlecht beleuchteten Flur um. Erst als der Aufzug hielt, rief sie sich zur Vernunft, stieg ein und fuhr nach unten. Sie verließ das Bürohaus und zögerte immer noch, nach Hause und in die Kirche zu gehen, deren Glocken jetzt zum ersten Weihnachtsgottesdienst läuteten. Alles in ihr wehrte sich dagegen, und so betrat sie entschlossen den Tea-Room gegenüber.

»Hallo, Mrs Jones«, begrüßte Mrs Cobb sie und kam auf Isla zu. »Fröhliche Weihnachten.«

»Danke, Ihnen auch«, antwortete Isla automatisch, setzte sich an einen Tisch am Fenster und sah sich in der leeren Teestube um. Nur zwei einsame Männer saßen an der Theke, tranken ihr Ginger-Ale und starrten neugierig zu ihr herüber. »Einen Tee«, bestellte Isla bei Mrs Cobb, »einen Darjeeling, bitte.«

Als die Wirtin den Tee brachte, zündete sie die Kerze auf dem Tisch an und beobachtete Isla heimlich.

»Möchten Sie ein Stück Rosinenkuchen, ganz frisch gebacken?«, bot sie an. Isla ahnte, dass Mrs Cobb sich fragte, was die Tochter des Vikars an Weihnachten in ihrer Teestube verloren haben mochte, anstatt mit ihrer Familie den Gottesdienst zu besuchen.

»Danke, Mrs Cobb, aber ich habe keinen Hunger.«

»Wir schließen in einer halben Stunde«, erklärte die Wirtin, während sie Isla den Tee einschenkte. Dann blieb sie abwartend stehen.

»Kann ich sonst noch etwas für Sie tun?«, fragte sie neugierig. Unter ihrem Blick wurde Isla nervös, außerdem fühlte sie sich beobachtet, und als sie sich umdrehte, entdeckte sie ein Mädchen, das hinter der Theke stand und zu ihr herüberstarrte.

»Das ist meine Enkelin Joanna«, stellte Mrs Cobb vor, die Islas Blick bemerkte. »Joanna, gleich holt dich deine Mutter ab, zieh schon einmal den Mantel an!«, rief sie ihrer Enkelin zu. Isla lächelte das Mädchen an, das weiterhin zu ihr herüberstarrte.

»Wie alt ist Joanna?«, wollte sie wissen.

»Zwölf«, antwortete Mrs Cobb. »Ist sie nicht hübsch?«, fragte sie voller Stolz.

»Ja, das ist sie.« Isla verspürte einen Kloß im Hals. Ihre Tochter wäre jetzt acht Jahre alt ... Isla ballte ihre Hände zu Fäusten. Sie durfte nicht daran denken, nicht heute. Sie musste Weihnachten irgendwie überstehen, die Zähne zusammenbeißen und weitermachen. Mit ihrer Einsamkeit im Herzen, der Sehnsucht nach ihrem Kind. Nicht daran denken ... nicht daran denken ...

Mrs Cobb hatte sich entfernt, da Isla so gar keine Anstalten machte, sich auf eine Unterhaltung einzulassen. Hastig trank diese ihre Tasse aus, zahlte und verließ den Tea-Room. Sie konnte das Heimgehen nicht länger hinauszögern.

Die Straße lag wie ausgestorben vor ihr, und Isla fragte sich, ob heute viele Leute in die hiesige Kirche gegangen oder ob sie in den nächsten Ort gefahren waren. Sie lief die Hauptstraße entlang und geradewegs auf den kleinen Weg zu, der am Weiher vorbei die Anhöhe hinaufführte. Als sie einen flüchtigen Blick zur Seite warf, nahm sie einen Mann wahr, der unbeweglich auf der Bank unter dem Weidenbaum saß. Doch Isla lief weiter und war froh, dass das Licht aus den

Kirchenfenstern den Weg hell erleuchtete. Da hörte sie schnelle, leichte Schritte hinter sich, und unwillkürlich warf sie einen Blick über die Schulter zurück.

»Guten Abend, Mrs Jones«, vernahm sie eine hohe Stimme, die jedes Wort dehnte und sie erstarren ließ. »Da hat sich das Warten ja gelohnt.«

Schon stand der Mann neben ihr, griff nach Islas Arm und zwang sie, innezuhalten. Es war Frank Turner.

Islas Lippen zitterten, sie spürte ein nervöses Frösteln, das ihren Körper überzog und sie hinderte, klar zu denken. Er hatte geschrieben, dass er sich erst nach Weihnachten wieder melden würde. Wie hatte sie ihm nur glauben können?

»Was wollen Sie von mir?« Sie musste ruhig bleiben, nachdenken. Hatte sie nicht vorgehabt, mit ihm zu sprechen? Aber nicht heute, nicht so unvorbereitet.

Frank Turner lachte leise und wandte sich kurz ab. Diese Sekunde nutzte Isla und machte einen hastigen Schritt, landete aber fast in den verwilderten Sträuchern, die auf der anderen Seite den Weg säumten.

Frank reagierte blitzschnell. Er packte sie am Kragen ihres Mantels und zog sie nahe zu sich heran. Die Stille des Heiligen Abends lag über dem Weiher, ein paar Schneeflocken wirbelten vereinzelt vom Himmel, so dass Isla Franks Gesicht nicht mehr genau wahrnehmen konnte.

»Was ich will?« Plötzlich griff er in ihre Haare, bog ihren Kopf nach hinten und beugte sich über sie. Es ging eine Gewaltbereitschaft von ihm aus, die Isla unendliche Angst einjagte. Sie spürte seinen Atem im Gesicht und versuchte, sich aus dem eisernen Griff zu befreien, doch jede Bewegung ließ sie vor Schmerzen aufschreien.

»Vor einigen Jahren habe ich das Bild *Frau mit Spitzen-*

schleier gemalt, Sie haben es im August teuer verkauft, und jetzt will ich meinen Anteil.«

»Was reden Sie denn da? Ich dachte, es geht Ihnen um den van Gogh und plötzlich …«, antwortete sie flüsternd. »Die *Frau mit Spitzenschleier* gehörte mir, damit hatten Sie nichts zu tun.«

Frank starrte sie einen Moment lang an, dann lachte er auf.

»Das sehe ich anders, Mrs Jones. Der Mittelsmann Ihres Mannes brachte mir das Original, und ich hatte verdammt wenig Zeit für meine Arbeit.«

»Wann?«, konnte Isla gerade noch flüstern, während sich ihre Gedanken verwirrten und sie Frank Turners harten Griff in ihren Haaren spürte.

»Wann? Etwa im Mai 1940, kurz bevor ich mich an den van Gogh machte.«

Es war wie ein Schlag ins Gesicht, denn Isla musste nicht erst nachdenken. Damals, im Mai 1940, war sie drei Wochen bei ihren Eltern gewesen.

»Fahren Sie mit Ihrer Kleinen für eine Weile aufs Land, frische Luft wird ihr guttun, sie ist so blass«, hatte ihr der Kinderarzt geraten.

Isla schloss für einen Moment die Augen, sie spürte den Schmerz und hörte Franks Stimme wie aus weiter Ferne. Dann schüttelte sie abwehrend den Kopf, nein, nein, sie wollte nichts hören!

Doch sein Gesicht näherte sich ihrem Ohr und war ihr ganz nahe, als er ihr zuflüsterte: »Sebastian, Ihr lieber Mann, hat Ihnen die Fälschung übers Sofa gehängt. Und diese Fälschung haben Sie vor einigen Monaten an Alistair Flythe verkauft.«

»Das ist nicht wahr!« Islas Stimme bebte, und sie rang nach Luft. »Lassen Sie mich los!«

Frank Turner beachtete sie nicht, sondern sprach weiter: »Ich bin ein Genie, verstehen Sie? Ich habe sogar Sir Flythe getäuscht.«

»Das ist Unsinn«, keuchte Isla mit letzter Kraft. »Wo soll das Original denn sein?«

Wieder lachte Frank Turner.

»Ich nehme an, Ihr Mann hat es noch zu einem hohen Preis verkauft, bevor er sich …«

»Lassen Sie mich los!«, schluchzte Isla auf. »Warum verfolgen Sie mich? Was habe ich Ihnen denn getan?«

»Sie? Nichts, gar nichts. Ihr Ehemann hat mich hereingelegt, und jemand soll dafür büßen. Besser noch, mich bezahlen, und warum nicht Sie?«

Abrupt ließ er sie los. Isla taumelte, suchte Halt und krallte ihre Hände in die Zweige eines Strauches.

»Sie wollen mich nur quälen«, flüsterte sie tonlos. »Warum? Was habe ich Ihnen getan? Sie wollen mir einreden, mein Mann habe sich aus dem Staub gemacht. Aber das stimmt nicht. Er und ich wollten in Aden gemeinsam ein neues Leben beginnen.«

Wieder lachte Frank. »Sebastian Jones wollte gar nicht, dass Sie nachkommen, jeder hat das gewusst, nur Sie nicht. Er verließ England, weil ihm der Boden unter den Füßen zu heiß wurde, und er hat Sie einfach zurückgelassen. Das ist die Wahrheit.«

Vor Islas Augen verschwamm alles, der dunkle Weiher, die Sträucher, der Weg, das starre, bleiche Gesicht Frank Turners.

»Woher wollen Sie das wissen?«, hauchte sie.

»Von meinem Mittelsmann, er arbeitete ja eng mit ihm zusammen.«

Plötzlich zog er Isla wieder zu sich heran, legte seine Hand auf ihren Mund und zerrte sie hinter den Weidenbaum. Schritte näherten sich, Stimmen, ein lautes Lachen. Kirchgänger auf dem Weg zum Gottesdienst. Während Frank Turner still verharrte und lauschte, versuchte Isla, sich loszureißen und Frank in die Hand zu beißen, um nach Hilfe rufen zu können. Doch aus Franks hartem Griff konnte sie sich nicht befreien, und er presste seine Hand so fest auf ihren Mund, dass sie kaum zu atmen vermochte. Als es wieder still wurde, nahm er die Hand von ihrem Mund und ließ sie los.

»Ich komme wieder«, flüsterte Frank, »ich will dreitausend Pfund. Am 31. Dezember, abends um zehn Uhr. Am Bahnhof von Penham, so kann ich anschließend gleich in den Abendzug nach London steigen.«

Lautlos verschwand er in der Dunkelheit, während Schneeflocken immer dichter vom Himmel wirbelten. Isla lehnte sich an den alten Weidenbaum und presste beide Hände auf ihren Mund, um nicht laut aufzuschreien. Er lügt, er lügt, hämmerte es in ihrem Kopf, doch als sich ihr Herzschlag und auch ihr Atem endlich beruhigten, ließ sie auch andere Gedanken zu. Zweifel an Sebastian, die Frage, ob Frank doch recht haben könnte. Klar und deutlich erinnerte sie sich jetzt wieder an den Besuch von Benjamin. Hatte ihr Bruder nicht schon vor Jahren von Gerüchten erzählt, Sebastian habe sich aus dem Staub gemacht?

Islas eiskalte Finger krallten sich in den Stamm der knorrigen Weide. Sie musste mit jemandem reden, sich endlich jemandem anvertrauen. Und plötzlich wusste sie auch, wem.

Isla rannte die Anhöhe hinauf, an der kleinen Gruppe

Menschen vorbei, deren Stimmen Frank verscheucht hatten, und lief direkt auf die Kirche zu. Keuchend blieb sie vor der Tür stehen. Sie musste jetzt mit Vicky sprechen, egal, ob sie die Predigt ihres Vaters störte.

Isla zog heftig die schwere Tür auf und stürmte hinein. Sie achtete nicht auf die Gesichter der Gemeinde, die sich ihr erstaunt zuwandten, sondern lief an den Reihen entlang bis zu ihrer Schwester. Vicky sah von ihrem Gesangbuch hoch, als Isla sie am Ärmel ihres Mantels zerrte.

»Was ist los, ist etwas passiert? Du bist ja ganz blass«, flüsterte Vicky beunruhigt.

»Vic, ich ...«

»Isla, willst du dich nicht setzen?« Lydia saß in der ersten Reihe und drehte sich jetzt zu ihrer Tochter um.

»Vic«, flüsterte Isla, ohne ihre Mutter zu beachten. »Bitte, komm mit raus. Ich muss dich sprechen, dringend!«, setzte sie hinzu, als sie das Zögern ihrer Schwester bemerkte. Vicky warf einen Blick auf ihren Vater, der gerade, während des Krippenspiels, neben seiner Frau saß, missbilligend den Kopf schüttelte und seinen Finger auf den Mund legte.

Trotzdem erhob sich Vicky sofort und verließ zusammen mit Isla die Kirche. Neugierige Blicke folgten den beiden Frauen, und leises Getuschel setzte ein.

Draußen blieb Vicky stehen und griff nach Islas Arm.

»Was ist denn los, du bist ja ganz außer dir!«

»Komm, ich glaube, wir werden beobachtet«, flüsterte Isla, »lass uns ins Haus gehen.«

Schon rannte sie Vicky voraus.

»Beobachtet? Von wem?«, wollte Vicky verständnislos wissen, doch Isla schwieg, öffnete das Gartentor und lief ins Haus, direkt ins dunkle Wohnzimmer und ans Fenster. Sie schob den Vorhang beiseite und spähte hinaus, doch als Vicky hinter ihr verwundert das Licht anmachte, drehte sie sich um.

»Offenbar ist er mir nicht gefolgt.«

»Wer, Isla, wer ist dir nicht gefolgt?«

»Frank Turner.«

»Wer ist das?«

Isla ließ sich auf einen Stuhl fallen und zog nicht einmal ihren Mantel aus. »Vic, ich hätte schon im Oktober mit dir sprechen sollen, aber ich wollte dich nicht mit in die Sache hineinziehen.«

»Mit hineinziehen? Ich verstehe dich nicht. Ist etwas passiert?«, drang Vicky in ihre Schwester, die starr und bewegungslos auf dem Stuhl verharrte. Dann plötzlich verbarg sie ihr Gesicht in den Händen.

»Ich werde bedroht und erpresst. Ich weiß nicht mehr, was ich machen soll.«

Vicky zog einen Stuhl heran, setzte sich ganz dicht neben sie und griff nach ihrer kalten Hand.

»Komm, sieh mich an. Wer erpresst dich?«

»Dieser Mann, Frank Turner, erinnerst du dich an ihn? Er war bei mir, als du mich im Juni abgeholt hast.«

Vicky zuckte mit den Schultern. »Nur vage.«

»Als er damals zu mir kam, war er gerade aus dem Gefängnis entlassen worden.«

»Und schon macht er weiter? Womit erpresst er dich denn, was hat er gegen dich in der Hand?«

Isla richtete sich auf. »Er behauptet, dass ich im Sommer eine Fälschung der *Frau mit Spitzenschleier* an Sir Flythe verkauft habe.«

»Und woher will er das wissen?« Vicky blieb ruhig und überlegt, doch Isla brach jetzt in Schluchzen aus.

»Weil er es im Auftrag von Sebastian selbst gefälscht hat.«

»Moment, nicht so schnell. Wenn er die *Frau mit Spitzenschleier* gefälscht hat, wo ist dann das Original?«

»Das hat Sebastian angeblich verkauft, bevor … bevor er England verließ. Und jetzt will Turner das Honorar für seine Arbeit und erpresst mich.«

Vicky brauchte eine Weile, um das Gehörte zu verstehen, und atmete dann mehrmals tief durch. Sie drückte fest Islas Hand, die sie nicht losließ. »Dann musst du zur Polizei gehen, und zwar schnell.«

Isla schüttelte heftig ihren Kopf. »Verstehst du denn nicht, Vic, ich kann nicht. Ich habe eine Fälschung verkauft, und ich kann nicht beweisen, dass ich es nicht gewusst habe. Frank Turner wird behaupten, ich hätte mit meinem Ehemann gemeinsame Sache gemacht.«

Vicky legte ihren Arm fest um Islas Schulter. Ihre Schwester war blass, ihre Augen waren weit aufgerissen, und ihre Lippen zitterten. »Warum bist du nicht gleich zu mir gekommen?«

»Ich wollte euch nicht mit in das Ganze hineinziehen.« Vicky schwieg, sie überlegte angestrengt. Jetzt stand Isla auf und ging wieder zum Fenster.

»Da ist noch etwas anderes …« – sie sah ihre Schwester fest an, als sie weitersprach –, »und Vic, bitte sag mir die Wahrheit.«

»Ja, natürlich. Was willst du denn wissen?«

Isla senkte den Kopf und legte die Hand über die Augen. Wie war es genau gewesen? Sebastian und sie standen am Quai, kurz bevor er aufs Schiff ging. Er hatte unruhig um sich gesehen und sie nur flüchtig zum Abschied geküsst.

»Ich habe Reisefieber!« Mit diesen Worten hatte er seine Unruhe erklärt. »Aber, mein Schatz, ich habe eure Passagen gebucht, darum musst du dich nicht kümmern. Die Tickets werden dir eine Woche vor Abfahrt von der Reederei zugeschickt.«

Sebastian hat England verlassen, weil ihm der Boden unter den Füßen zu heiß wurde. Er hat Sie verlassen, hatte Frank Turner behauptet.

»Erinnerst du dich an den Tag«, begann Isla, »als ich zum Telegraphenamt ging?«

»Ja, natürlich«, antwortete Vicky, »wir sind in diesen furchtbaren Luftangriff geraten.«

»Während ich auf dem Amt war, gingst du zum Büro der Reederei, um meine Passage für die Überfahrt nach Aden zu stornieren.«

»Ja, und?«

»Was hat man dir dort gesagt?«

»Nun, dass du das Geld nicht zurückbekommen kannst«, antwortete Vicky vorsichtig. »Die Buchung wurde aber storniert.«

Isla ging zu Vicky, beugte sich zu ihr hinunter und umfasste ihre Schultern.

»Vic, lüg mich jetzt nicht an! Waren überhaupt Tickets gebucht worden? Sag mir die Wahrheit, Vic. Die Wahrheit. Bitte!«

Vicky schwieg und erhob sich langsam von ihrem Stuhl. Sie versuchte, ihre Schwester zu umarmen, die jedoch vor ihr zurückwich.

»Die Wahrheit, Vic, die Wahrheit«, wiederholte Isla immer wieder.

»Gut«, antwortete Vicky schließlich und atmete noch einmal tief durch, bevor sie weitersprach. »Die Wahrheit lautet, dass im Januar überhaupt kein Schiff mehr nach Aden ging.«

Isla richtete sich wieder auf, blieb aber reglos stehen. Als Vicky abermals auf sie zukam, stieß sie ihre Schwester heftig von sich.

»Warum hast du mich damals angelogen, Vic, warum?«

»Warum?«, wiederholte Vicky leise. »Weil du die Wahrheit nicht auch noch ertragen hättest. Ich wollte dir nicht den Glauben an Sebastians Liebe nehmen. Isla, die Wahrheit hätte dich umgebracht.« Vicky war ruhig geworden.

»Ja«, antwortete Isla tonlos, »ja, das stimmt.« Sie barg ihr Gesicht in den Händen. Als Vicky ihr leicht die Hand auf die Schulter legte, sah sie hoch. »Weißt du, ich habe es geahnt, vielleicht sogar gewusst, aber ich wollte es nicht wahrhaben. Ich wollte mir die Erinnerung an Sebastians Liebe erhalten, ich habe sie gebraucht.« Isla wandte Vicky den Rücken zu und stellte sich wieder ans Fenster. »Lass mich allein«, bat sie nach einer kleinen Pause. »Bitte geh in die Kirche zurück.«

»Nein, Isla. Ich möchte jetzt alles wissen. Du hast doch gar keinen Beweis, dass dieser Mann die Wahrheit sagt. Im Sommer hast du Sir Flythe die *Frau mit Spitzenschleier* verkauft. Ich kann mir nicht vorstellen, dass dieser Kunstexperte eine Fälschung kauft. Das ist ausgeschlossen.«

»Turner behauptet, er sei ein Genie, darum habe sogar Sir Flythe die Fälschung nicht erkannt.«

»Weißt du was? Ruf Sir Flythe an«, schlug Vicky ihr vor. »Und zwar sofort, auch wenn heute Weihnachten ist. Nur er kennt die Wahrheit. Er wird dir bestätigen, dass es das Original ist, und dann kannst du zur Polizei gehen und diesen Turner wegen Erpressung anzeigen. Wegen des van Goghs kann er dir eine Mitwisserschaft ja nicht nachweisen.«

Isla überlegte. »Du hast recht, das ist die einzige Möglichkeit.« Vickys Ruhe übertrug sich plötzlich auf sie. Gefolgt von ihrer Schwester ging sie in die Diele, um Sir Flythe anzurufen. Sie musste endlich die Wahrheit erfahren.

Die Verbindung kam schnell zustande, doch Sir Flythes Butler wehrte ab und erklärte, Sir Flythe sei nicht zu sprechen.

»Bitte«, drängte Isla, »sagen Sie ihm, Mrs Jones muss ihn unbedingt sprechen, es geht um ihre Existenz, bitte! Er will mich sprechen, ich bin mir ganz sicher, es ist … lebenswichtig«, setzte sie noch hinzu.

Der Butler zögerte, doch dann bat er sie zu warten. Es dauerte nicht lange, und Alistair Flythe war am Telefon.

»Ist etwas passiert?«, fragte er beunruhigt.

»Es tut mir so leid, dass ich Sie heute stören muss«, sagte Isla beklommen. Sie konnte kaum sprechen.

»Das macht doch nichts. Kann ich etwas für Sie tun?«

»Sir Flythe«, flüsterte sie in den Apparat, »als Sie mir die *Frau mit Spitzenschleier* abkauften, haben Sie da irgendetwas an dem Gemälde bemerkt?«

»Was meinen Sie?«, fragte Alistair vorsichtig.

»Ich meine, es war doch das Original, oder war es … eine Fälschung?«

»Wieso fragen Sie? Was ist los?«

»Ich muss es wissen, bitte!« Isla presste sich mit dem Rücken fest gegen die Wand. Sollte sie ihm die ganze Geschichte erzählen? Nein, sie musste nur erfahren, ob das Bild eine Fälschung war. »Sie müssen mir die Wahrheit sagen, bitte! Sie dürfen mich nicht schonen.«

Am anderen Ende der Leitung herrschte langes Schweigen.

»Warum?«, fragte er dann. »Wieso ist das so wichtig für Sie?«

»Sir Flythe«, beschwor Isla ihn, »sagen Sie mir bitte die Wahrheit. Es gibt jemanden, der behauptet, im Auftrag meines Mannes damals Gemälde gefälscht zu haben. Unter anderem mein Gemälde *Frau mit Spitzenschleier*.«

»Schicken Sie diesen Mann zu mir«, schlug Sir Flythe vor, »ich werde die Angelegenheit für Sie in Ordnung bringen.«

»Nein!«, schrie Isla auf. »Nein, das sollen Sie nicht, ich muss es wissen. Ich … Für mich, verstehen Sie? Ich muss die Wahrheit erfahren, es geht schließlich um meinen Mann«, fügte sie dann leiser hinzu.

»Ich weiß«, antwortete Alistair langsam, »dass Sie mir dieses Bild in gutem Glauben verkauft haben.«

»Also war es eine Fälschung?«

Am anderen Ende der Leitung entstand eine Pause, sie hörte nur noch ein Knacken, ein Knistern, und Isla erschrak. Hörte die Frau von der Telefonvermittlung mit? Doch das war gleichgültig, entscheidend war nur, dass sich die Pause jetzt qualvoll in die Länge zog. Sir Flythe zögerte zu lange, um den einen kurzen Satz zu formulieren, es sei natürlich das Original gewesen.

Und dann sprach Alistair die Worte aus, die Isla fast zusammenbrechen ließen.

»Ja, Mrs Jones, es war eine Fälschung.«

»Warum?«, fragte Isla tonlos. »Warum haben Sie das gemacht? Warum haben Sie mir so viel Geld für eine Fälschung gegeben?«

Alistair Flythe schwieg, dann antwortete er ruhig: »Ich denke, Isla, Sie wissen, warum ich es getan habe.«

Isla schloss die Augen und glitt an der Wand entlang zu Boden.

»Ja, ich … weiß«, flüsterte Isla. »Danke, Sir Flythe, danke für alles und … Adieu.«

»Was hat er gesagt?« Vicky, die in der Tür des Wohnzimmers stand, nahm ihr den Hörer aus der Hand und hängte ihn zurück auf die Gabel.

»Hallo? Wo seid ihr denn?«

Plötzlich stand Lydia in der Tür. Die beiden Schwestern hatten sie nicht gehört.

»Wieso seid ihr einfach aus dem Gottesdienst gerannt, ist irgendetwas passiert? Wieso kauerst du am Boden, Isla?«

»Mom, alles ist in Ordnung, Isla ist auf dem Weg nach Hause hingefallen, darum hat sie mich geholt.«

»Wo hast du dir denn weh getan?«, wollte Lydia wissen und sah auf Islas Beine. »Hast du dir die Knie aufgeschürft? Aber man sieht gar nichts.«

»Auf den Kopf, ich bin auf den Kopf gefallen, und es tut noch sehr weh.«

»Hast du Doktor Greenwood angerufen? Wieso seid ihr hier?« Lydias Misstrauen wuchs bei dem Anblick ihrer blassen Tochter, die auf dem Boden kauerte.

»Bitte, Mom, lass mich in Ruhe«, bat Isla ihre Mutter mit lauter, fast hysterischer Stimme, »es ist alles in Ordnung.«

»Nun, wenn ihr mich nicht braucht, gehe ich wieder.« Lydia schien gekränkt, doch dann wandte sie sich Vicky zu. »Mach deiner Schwester kalte Umschläge auf die Stirn. Isla soll sich ganz ruhig halten, nicht dass sie eine Gehirnerschütterung hat.« Lydia drehte sich um und hastete wieder aus dem Haus, sie wollte nicht riskieren, die Predigt ihres Mannes zu versäumen.

Als die Eingangstür hinter der Mutter zufiel, zog Vicky ihre Schwester sanft hoch.

»Ich bleibe bei dir«, entschied sie dann. »Also, was hat Sir Flythe gesagt?«

»Es ist eine Fälschung.« Isla war ruhig geworden, fast teilnahmslos, jetzt, da sie die Wahrheit kannte.

»Dann kannst du nicht zur Polizei gehen, denke ich, oder?«

Isla schüttelte den Kopf. »Nein, das kann ich nicht.«

»Aber wenn Sir Flythe erklärt, er habe gewusst, dass es eine Fälschung ist, könntest du doch –«

»Nein«, unterbrach Isla ihre Schwester mit harter Stimme. »Ich gehe nicht zur Polizei, es käme zu viel ans Tageslicht, woran man nicht rühren sollte.«

»Aber was willst du denn jetzt tun?«

»Ich weiß es nicht, aber ich habe noch etwas Zeit.« Dann erzählte sie Vicky, dass Frank Turner sie am Silvesterabend um zehn Uhr abends am Bahnhof von Penham treffen wolle. »Mit dem Geld«, fügte sie hinzu.

»Ich bleibe jetzt bei dir«, schlug Vicky noch einmal vor, doch Isla schüttelte den Kopf. »Nein, ich will allein sein.«

»Du tust doch nicht irgendetwas Unüberlegtes, oder?« Vicky war zutiefst besorgt.

»Ich schieße mir schon keine Kugel in den Kopf, wenn du das meinst«, antwortete Isla mit einem verzweifelten Auflachen. »Ich habe so viel durchgestanden, dann schaffe ich das auch noch.«

Vicky blieb einen Moment lang stehen und zögerte, bevor auch sie erneut das Haus verließ.

Es war still, und nur aus der Kirche hörte Isla den Gesang herüberwehen, bevor die Gläubigen wieder Platz nahmen und der Vikar seine Weihnachtspredigt hielt.

Isla ging ins Wohnzimmer, löschte das Licht, schob die

Vorhänge zur Seite und sah hinaus. Es schneite nicht mehr, die Wolken hatten sich aufgelöst, und die Sterne funkelten über der hell erleuchteten Kirche. Islas Augen wanderten weiter bis hinunter zum Weiher, der im Sternenlicht größer wirkte, als er eigentlich war. Dunkel und still lag er dort am Fuß der Anhöhe, umgeben von Sträuchern und Bäumen.

Isla presste ihr Gesicht gegen die Fensterscheibe und weinte. Sie weinte, weil Sebastian sie allein gelassen hatte. Auf der Flucht vor Gläubigern, um ein neues Leben ohne sie zu beginnen. Ohne sie und das Kind. Wieso aber ohne seine Tochter? Seine Prinzessin, er war doch ganz vernarrt in die Kleine!

Isla konnte den Blick nicht vom dunklen Weiher lösen. Wie würde es sein, wenn man einfach loslief, den Hügel hinunter und weiter, immer weiter, bis man spürte, wie das kalte Wasser an den Beinen hochstieg, den Körper umspülte, über dem Kopf zusammenschlug? Wie würde es sein, wenn man sein Leben aufgab, das einem so wenig bedeutete? Das keinen Sinn mehr in sich barg?

Lydia hatte sie immer gewarnt, dass der tiefe Weiher niemanden mehr loslasse, sondern jeden in die Tiefe zog. War das nicht ein tröstlicher Gedanke?

Siebzehn

London, 2001

Sir Flythe beendete seine Erzählung, da Mrs Hunt ihren Kopf zur Tür hereinsteckte und ihn und Georgia zum Lunch bat.

Während des Essens sprachen sie wenig. Georgia spürte Alistairs Müdigkeit, und so erzählte sie schließlich kurz von den Kritiken zu *Tosca* und dass sie erst einmal nach Paris fahren würde, um die Wohnung ihrer Mutter aufzulösen.

»Kommen Sie dann nach London zurück?«, wollte Sir Flythe wissen.

»Ja, ich habe mit meiner Freundin Jessica vereinbart, dass ich bis zum ersten September in ihrem Haus wohne. Mein Appartement in Paris habe ich bis dahin vermietet.«

Sir Flythe, der jetzt seine Crème brûlée zur Seite schob, sah Georgia direkt in die Augen. Er hatte ihr beim letzten Satz kaum zugehört.

»Was ist mit Ihrem Bild?«

»Ich lasse es im Haus meiner Freundin, sie hat eine hochmoderne Alarmanlage, und ich denke, dort ist es gut aufgehoben.«

»Und danach? Sie kennen mein Angebot.«

»Ich weiß es nicht, ehrlich gestanden«, gab Georgia zu, noch ganz verfangen in seiner Erzählung. »Ich brauchte das Geld dringend, aber ich kann mich nicht von dem Gemälde trennen.«

»Ich will Sie nicht bedrängen«, erklärte Sir Flythe bedächtig. Als Georgia schwieg, wechselte er das Thema. »Eigentlich sollte ich längst in meinem Haus in Kent sein, doch es gibt Dinge, die ich hier regeln möchte … regeln muss«, setzte er nach einer Weile hinzu. »Angelegenheiten in Verbindung mit meinem Museum. Und, Miss Georgia, Sie kennen meinen größten Wunsch, die *Frau mit Spitzenschleier* dort hängen zu sehen. Sie könnten es jeden Tag im Museum bewundern.«

Er zwinkerte ihr zu, und Georgia lächelte zurück. Es war bezaubernd, wie charmant der alte Mann sein konnte.

»Das ist natürlich ein Argument, dumm ist nur, dass ich in Paris lebe.«

»Ja, ja, ich weiß«, sagte Sir Flythe und machte eine resignierende Handbewegung. »Haben Sie bereits Pläne für die Zukunft?«

»Nein, ich bin Freiberuflerin, und ich kann erst nach der Sommerpause mit verschiedenen Leuten telefonieren, jetzt erreiche ich niemanden.«

»Also ist Ihre Zukunft offen?«

»Wenn man so will, ja. Ich gehe in Wahrheit nicht gern zurück nach Paris«, erzählte sie. »Ich habe zwar Freunde dort, aber Paris war nur so lange meine Heimat, wie meine Mutter lebte. Aber jetzt … Ich weiß noch nicht«, erklärte sie abschließend. »Ich weiß nur eines: Wenn ich die Wohnung meiner Mutter aufgelöst habe, werde ich erst einmal nach London zurückkommen.«

»Wann fahren Sie nach Paris?«

»Morgen, ich muss die Wohnung in der kommenden Woche geräumt haben, das habe ich mit dem Vermieter so vereinbart.«

»Dann können Sie morgen nicht zum Tee kommen?«, bedauerte Alistair.

»Nein, aber sobald ich aus Paris zurück bin, melde ich mich.«

Nach einem Klopfen betrat Mrs Hunt das Esszimmer.

»David Ryder ist da, soll ich ihn in die Bibliothek führen? Oder soll ich ihm sagen, Sie sind müde und er …«

»Unsinn!«, unterbrach Sir Flythe sie. »Sagen Sie ihm, ich komme sofort. David Ryder ist mein Anwalt und Berater. Er wird auch im Vorstand des Museums sitzen«, wandte sich Alistair Flythe erklärend an Georgia, während er sich langsam von seinem Stuhl erhob und um den Tisch herumging. Dabei hangelte er sich vorsichtig an der Tischkante entlang. »Er ist der Enkel meines besten Freundes, der leider schon verstorben ist. David ist ein sehr fähiger Mann. Übrigens seit vier Jahren geschieden«, fügte er hinzu und sah Georgia scharf an, um ihre Reaktion auf seine Bemerkung zu testen. Sie lächelte amüsiert, es war zu offensichtlich, was er mit seinen Worten bezweckte.

Als sie das Esszimmer verließ, stieß sie in der Diele fast mit David Ryder zusammen. Ihr flüchtiger Eindruck von ihm war der eines gutaussehenden Mannes, der ihr einen raschen Blick zuwarf und sie anlächelte.

*

Gegen Mittag des nächsten Tages fühlte sich Alistair Flythe erschöpfter als die Tage zuvor. Er hätte nicht sagen können, welcher Wochentag und welches Datum gerade war. Als Mrs Hunt ihm ein leichtes Mittagessen in der Bibliothek an seinem Lieblingsplatz servieren wollte, reagierte er verwirrt: Hatte er denn nicht gerade schon gegessen?

»Ich habe keinen Hunger«, erklärte er in barschem Ton,

um seine Unsicherheit zu überspielen. »Außerdem kommt ja heute Nachmittag Miss Georgia zum Tee, da esse ich *scones,* das reicht mir dann.«

Mrs Hunts Sorge um ihn wuchs.

»Nein«, sagte sie vorsichtig. »Miss Georgia ist heute nach Paris gefahren, aber sie wird sofort zu Ihnen kommen, wenn sie wieder in London ist.« Mrs Hunt erkannte die wachsende Schwäche von Sir Flythe, seine leichte geistige Verwirrtheit und die rasch fortschreitende körperliche Gebrechlichkeit. Darum hatte sie ihm auch das Essen in der Bibliothek servieren wollen, das ersparte ihm den Weg ins Speisezimmer, den er nur noch mit dem verhassten Rollator bewältigen konnte.

»Ich gehe schon in den Wintergarten und mache es mir in meinem Sessel bequem, bis sie kommt. Und ... Mrs Hunt, ich brauche den Rollator nicht.«

»Haben Sie mich nicht verstanden? Miss Georgia kommt heute nicht.«

»Ach so, ja, natürlich, ich habe es verwechselt.«

Sir Flythe gab sich gleichgültig, doch Mrs Hunt verließ die Bibliothek mit einem besorgten Kopfschütteln. Wenn Sir Flythe nicht schon so alt gewesen wäre, hätte man fast glauben können, er sei verliebt. Doch dann schämte sie sich ihrer Gedanken.

Sie ließ die Tür zur Bibliothek einen Spalt offen und spähte vorsichtig hinein, um Sir Flythe auf seinem Weg in den Wintergarten zu beobachten. Sollte er ihre Hilfe benötigen, wollte sie sofort zur Stelle sein. Als sie sah, dass er den Weg ohne Gehhilfe geschafft hatte, ging sie mit einem besorgten Seufzer zurück in die Küche und stellte das Tablett mit dem Mittagessen ab.

Wenn er nur nicht so unvernünftig gewesen wäre! Jeden

Tag rauchte er trotz des Verbots seines Arztes zwei seiner schweren Zigarren und trank ein Glas schottischen Whiskey. Aber er ließ sich ja nichts sagen, er war so dickköpfig!

Während sie das Geschirr in die Maschine einsortierte, horchte sie angestrengt, ob Sir Flythe mit der alten, unmöglichen Klingel nach ihr läutete, doch es blieb still.

*

Alistair blieb mit geschlossenen Augen ganz ruhig sitzen. Er erinnerte sich an den ersten Januar 1947. Niemals würde er diesen Tag vergessen. Der erste Tag des Jahres, ein grauer, öder Nachmittag … Er hatte seinem Butler freigegeben, und als es klingelte, zögerte er, ob er überhaupt öffnen sollte. Doch dann ging er durch die Halle zur Eingangstür.

Und da stand sie. Blass, fast noch schöner in ihrer Zartheit, in ihrer offensichtlichen Verwirrung. Sie trug eine Tasche und einen Koffer bei sich und fragte ihn mit leiser Stimme, ob sie kurz ins Haus kommen dürfe. Alistair verbarg seine Verwunderung darüber, bat sie in die Bibliothek und bot ihr eine Tasse heißen Tee an.

In der Küche hantierte ein Dienstmädchen, die Haushälterin hatte ebenfalls frei. Seine Frau war im Sanatorium, in dem ihr Sohn Tag für Tag einen aussichtslosen Kampf austrug, um atmen, um weiterexistieren zu können.

Als das Dienstmädchen mit dem Tee in die Bibliothek kam, stand Isla vor dem Gemälde und starrte es an.

»Damit hat alles angefangen«, flüsterte sie, »alles … der Betrug an mir, an Ihnen, an meiner Familie …«

Achtzehn

Rose Hill Garden House, Dezember 1946

Isla blieb lange am Fenster stehen. Sie hatte es einen Spaltbreit geöffnet und sah hinunter auf den Weiher. Vic hatte gewusst, dass Sebastian sie und sein Kind nicht nach Aden nachholen wollte, und sie hatte es sechs Jahre lang verschwiegen.

»Vic«, flüsterte Isla, »du hättest es mir sagen müssen.« Doch wäre dann alles anders gekommen? Vielleicht hätte sie weniger um ihren Mann getrauert, doch wer wusste das schon.

Auch Sir Flythe hatte ihr nicht die Wahrheit gesagt. Er hatte ihr damit helfen wollen, ein neues Leben zu beginnen, und doch funktionierte es nicht, da Frank Turner aufgetaucht war.

Isla wandte den Kopf und horchte auf den Gesang aus der Kirche. Jahr für Jahr das gleiche Ritual, jedes Weihnachten das *Silent night, holy night* … Sie konnte es nicht mehr hören, nicht mehr ertragen.

Gleich kam die Familie zurück, und ihr Vater würde sie fragen, warum sie den Gottesdienst gestört hatte. Er würde ungehalten sein und mit seiner schlechten Laune die Familie in Atem halten. Lydia würde mit leiser Stimme ihre Töchter verteidigen, Isla sei hingefallen und Vicky habe ihr geholfen und ihr Umschläge gemacht.

Es wurde kalt im Zimmer. Isla fröstelte und schloss das Fenster. Ohne auf die Familie zu warten, verließ sie das Wohnzimmer und ging nach oben in ihr Zimmer. Dort legte sie sich aufs Bett und starrte zur Decke hinauf, die bemalt war mit kleinen weißen Wölkchen auf hellblauem Himmel, ein Motiv, das noch aus ihrer Kinderzeit stammte.

Jetzt öffnete sich unten die Haustür, und Isla hörte, wie sich die Familie leise flüsternd unterhielt. Sie ahnte, was sie besprachen. Sie würden Vicky mit Fragen bestürmen, und so quälte sie sich vom Bett hoch und ging die Treppe hinunter, um ihrer Schwester beizustehen.

»Kind, hat Vicky dir einen Umschlag gemacht?«

»Ja, das hat sie, und mir geht es schon wieder besser.« Lydia blieb besorgt um ihre jüngste Tochter, ergriff ihren Arm und führte sie wie eine Schwerkranke ins Esszimmer. Dort drückte sie Isla sanft auf einen Stuhl.

Robert Duncker war besser gelaunt als sonst, denn an diesem Weihnachtsabend hatten sich endlich wieder mehr Gläubige in der Kirche eingefunden. Er überging den Vorfall, dass seine beiden Töchter hinausgelaufen waren und nur Vicky wieder zurückkam. Auch Walter war inzwischen eingetroffen und fragte Isla beunruhigt, was denn passiert sei.

»Isla ist hingefallen, direkt auf den Kopf«, berichtete Lydia, bevor Isla antworten konnte. »Hoffentlich hat sie keine Gehirnerschütterung. Nach Weihnachten soll sie sofort zum Arzt gehen.«

»Das tut mir leid«, bedauerte Walter, »hoffentlich ist es nichts Ernstes. Ich brauche dich in der Kanzlei.«

»Isla geht es nicht gut«, fuhr seine Frau ihn an, die gerade den Braten auf einer Platte hereinbrachte. »Siehst du das nicht?«

»Ja, aber sie kann sich bis zum Siebenundzwanzigsten erholen, das sind noch drei Tage. Wie gesagt, ich brauche Isla.«

»Natürlich kann ich arbeiten, mach dir keine Gedanken, das lenkt mich ab und tut mir gut«, versicherte Isla rasch.

»Wenn du Kopfschmerzen hast, trink einen Schluck Whiskey, das ist die beste Medizin«, schlug der Vikar vor und erhob sich bereits, um eine Flasche zu holen.

»Nein, ich mache ihr einen Kamillentee, sie braucht keinen Whiskey!« Lydia widersprach ihrem Mann mit schriller Stimme. Ihr war nicht entgangen, wie schnell die Whiskeyflasche immer leer war und durch eine neue ersetzt wurde. Lydia befürchtete, im Ort würde man schon tuscheln, dass der Vikar gern zu tief ins Glas schaue.

Während des Essens sprach Isla wenig und fühlte sich unter den verstohlenen Blicken der Familie äußerst unwohl.

»Kind, geh lieber nicht mit in den zweiten Gottesdienst, es ist so kalt in der Kirche«, schlug Lydia ihr vor.

Doch Isla schüttelte den Kopf. »Ich werde mitkommen«, erklärte sie.

Als es dann Zeit für die Kirche wurde, nahmen Paul und Robert ihre Tante fürsorglich in ihre Mitte. Die Kirche war auch jetzt gut besucht, und Isla setzte sich neben Vicky in die zweite Reihe.

Als der Gottesdienst begann, fühlte sich Isla plötzlich beobachtet. Unwillkürlich drehte sie sich um und ließ ihren Blick unruhig über die Bänke und durch den Raum schweifen.

»Er ist da«, flüsterte sie Vicky mit erstickter Stimme zu.

»Wo?«

»Hinter der Säule, im Halbdunkel, rechts.«

»Ich sehe niemanden.« Vicky hatte sich bereits ebenfalls verstohlen umgesehen.

Als Isla den Kopf erneut halb nach hinten wandte, war

Frank Turner verschwunden. War es nur Einbildung gewesen? Ein Ergebnis ihrer zerrütteten Nerven?

*

Am zweiten Feiertag erklärte der Vikar beim Mittagessen, dass er eine Einladung seines Kollegen McFadden aus Hillham angenommen habe. »Es wird am Silvesterabend dort einen Gemeinschaftsgottesdienst geben. Anschließend veranstalten wir für die Gemeinden im Kirchensaal ein kleines Fest. Eure Mutter und ich werden also am einunddreißigsten Dezember vormittags abfahren, in Hillham übernachten und erst am ersten Januar zurückkommen.«

»Genau«, fügte Lydia hinzu und wandte sich an Isla, die bei dieser Nachricht erleichtert aufhorchte. »Und wir dachten, du kommst mit uns. Vikar McFadden hat uns eingeladen, bei ihm im Pfarrhaus zu übernachten. Die Einladung gilt auch für dich, Isla.«

»O nein, danke«, wehrte Isla sofort ab. »Es macht mir nichts aus, hierzubleiben.« Vicky und sie warfen sich einen raschen Blick zu. Das Schicksal hatte ein Einsehen, sie würde sich nicht rechtfertigen müssen, wenn sie um halb zehn das Haus verließ, um Frank Turner am Bahnhof zu treffen.

»Warum willst du nicht mitkommen?«

»Weil ich einfach lieber hierbleibe.«

»Vicky, die Jungs und ich sind bis zum ersten Januar bei Freunden in Guildford. Wenn du willst, frage ich sie, ob –«

Noch bevor Walter zu Ende sprechen konnte, wehrte Isla bereits heftig ab.

»Ich will nicht das fünfte Rad am Wagen sein«, erklärte sie, »und es macht mir nichts aus, allein hierzubleiben. Ich arbeite in der Kanzlei, bis Walter dann am späten Nachmittag mit Vicky losfährt und dann …«

»Dann?«

»Gehe ich nach Hause, lege mich ins Bett und schlafe. Ganz einfach. Man muss doch diesen Tag nicht auf Teufel komm raus feiern, oder?«

Niemand ahnte, wie erleichtert sie war, an diesem Abend allein zu sein. Sie konnte über ihre Zeit verfügen. Gleichzeitig wurde sie jedoch von einer beklemmenden Angst ergriffen. Wie würde Frank Turner reagieren, wenn sie ihm sagen musste, dass sie ihm das Geld nicht geben konnte?

Die anderen schwiegen betreten und warfen sich gegenseitig vielsagende Blicke zu.

»Weißt du was?« Vicky wandte sich entschlossen an ihren Mann. »Du gehst mit Paul und Robert auf das Fest, und ich bleibe bei Isla.« Der Blick, den sie Isla zuwarf, signalisierte der Schwester, ich lasse dich nicht allein, ich bin bei dir, wenn du mich brauchst.

Die vierzehnjährigen Zwillinge zuckten mit den Schultern, ihnen war es gleichgültig. Walter war in Gedanken hauptsächlich mit dem anstehenden Prozess beschäftigt, und ihm bedeutete Silvester sowieso nichts. Die Einladung hatte er nur angenommen, weil er dort einige seiner Mandanten und Kollegen treffen würde.

»Ich denke, das ist das Beste«, sagte er deshalb. »Geht doch in den Tea-Room, dort veranstalten sie ein großes Fest«, schlug er vor. »Die Hauptstraße wird das Zentrum der Silvesterfeier sein, mit großem Feuerwerk und anderen Attraktionen«, erzählte er.

»Mal sehen«, wich Isla aus.

»Vor Silvester ist ja auch noch Mutters Geburtstag. Wie

willst du den Tag begehen?«, wandte sich Vicky an ihre Mutter.

»Gar nicht, wirklich. Ihr braucht mir auch nichts zu schenken«, wehrte Lydia sofort ab. »Ich werde einundsechzig, also kein besonderer Grund zum Feiern. Wir können hier Kaffee trinken und Kuchen essen.«

»Willst du niemanden einladen?«, fragte Paul. »Das ist ja öde, immer nur die Familie …«

»Ich möchte wirklich nicht groß gefeiert werden, bitte haltet euch daran«, beharrte Lydia. »Ich freue mich, wenn ich mit meiner Familie zusammen sein kann. Das ist genug.«

*

Isla wollte sich mit ihrer Schwester beraten, doch leider fand sich an den Feiertagen keine Gelegenheit dazu.

Vicky hatte vor Weihnachten überlegt, einen Kredit aufzunehmen, aber ohne die Erlaubnis und Unterschrift ihres Mannes gab ihr keine Bank Geld.

Auf der verzweifelten Suche nach Dingen, die sie zu Geld machen konnte, sah Isla ihren Schmuckkasten durch. Sie nahm ihre schmale Perlenkette heraus, die Tante Louisa ihr zum einundzwanzigsten Geburtstag geschenkt hatte. Doch sie besaß keinen großen Wert. Als Isla die Kette zurück in den Kasten legte, erinnerte sie sich an einen peinlichen Besuch in einem renommierten Londoner Schmuckgeschäft. Es musste irgendwann im Jahr 1943 gewesen sein. Sie zeigte dem Juwelier ihr Rubinarmband und ein Collier, das Sebastian ihr geschenkt hatte, weil sie hoffte, eine größere Summe dafür zu bekommen. Doch der Juwelier erklärte ihr, das seien Kopien, zwar sehr gut gemacht, aber eben nur Kopien. Dann hatte er sie höflich aufgefordert, sein Geschäft zu verlassen. Sebastian besaß offenbar keine Skrupel, seiner Frau unechten Schmuck zu schenken und sie in dem Glauben zu lassen, es handle sich um kostbare Stücke. Sie hatte nichts, gar nichts, um Frank Turner auch nur eine kleine Summe anbieten zu können, ihn damit vielleicht hinzuhalten.

Islas Angst wuchs mit jedem Tag, jeder Stunde. Was würde am Abend des einunddreißigsten Dezember passieren?

Sollte sie einfach nicht zum Bahnhof gehen? Abwarten, wie er sich verhielt?

Aber tief im Innern wusste sie um die wachsende Bedrohung, die von Frank Turner ausging und die sich nicht in Luft auflöste, nur weil sie nicht zum Bahnhof ging.

Am nächsten Morgen machte sich Isla für die Kanzlei zurecht. Sie war bereits spät dran, und so trank sie nur schnell im Stehen ihren heißen Tee. Durchs Fenster beobachtete sie, wie der Briefträger sein Rad die Anhöhe heraufschob. Ihre Mutter stand bereits am Zaun und wartete auf ihn. Heute war sie schneller gewesen als Isla.

»Nun?«, fragte der Vikar, der am Tisch saß und frühstückte, ironisch, »neugierig auf einen Brief deines Verehrers?«

»Ach, Vater, lass das doch.«

Aber beide sahen Lydia gespannt entgegen, die tatsächlich ein weißes Kuvert in der Hand hielt, das sie schweigend ihrer Tochter überreichte. Isla griff möglichst gleichgültig danach und verließ das Esszimmer.

»Hast du auch wirklich keine Kopfschmerzen mehr?«, fragte Lydia, die ihr gefolgt war, besorgt. »Ich finde es von Walter nicht richtig, dass er dich heute schon wieder in die Kanzlei beordert.«

»Walter hat Anfang Januar einen wichtigen Prozess, der muss vorbereitet werden. Das ist schon in Ordnung. Es geht mir wieder gut«, setzte Isla noch schnell hinzu.

Während sie den Mantel anzog, blieb Lydia neben ihr stehen. »Willst du ihn nicht aufmachen?«

»Nein, ich bin eh schon spät dran. Also, bis dann.« Isla warf die Haustür hinter sich zu und lief rasch die Anhöhe hinunter. Den Brief hatte sie in die Manteltasche gesteckt. Sie konnte den Blick ihrer Mutter im Rücken spüren, die ihr vom Fenster aus nachsah. Erst am Weiher war sie außer Sichtweite und riss ungeduldig den Umschlag auf.

Ich komme wie vereinbart. Seien Sie pünktlich!

Isla steckte den Brief in ihre Handtasche und ging weiter, Schritt für Schritt, wie in Trance. Es gab keine Lösung, keinen Ausweg.

Am Mittag kam Vicky in die Kanzlei, um ihre Schwester auf ein Sandwich einzuladen.

»Sie kann doch eine kurze Pause machen, oder?«, fragte sie Walter, der Isla nur ungern gehen ließ.

»Aber nur eine halbe Stunde«, ermahnte er sie.

»Mit welchem Auto bist du da?«, wollte Isla wissen, als sie mit dem Aufzug nach unten fuhren.

»Mit dem Wagen der Gemeinde. Ich mache für Vater einen Besuch im Altenheim, bringe zwei Kuchen dorthin, die ich gestern noch gebacken habe.«

Als sie im Tea-Room an einem Fenstertisch saßen, erzählte Isla von der Nachricht, die sie heute erhalten hatte. Beide Frauen spürten ihre Machtlosigkeit Frank Turner gegenüber. Alle Trümpfe waren in seiner Hand.

»Wenn wir zur Polizei gehen, kommt alles heraus«, murmelte Vicky. »Du stehst als Betrügerin da.«

»Er kann nichts beweisen«, sagte Isla zum wiederholten Male, »gar nichts.«

»Es reicht schon aus, wenn die Polizei beginnt, Nachforschungen anzustellen. Das kann jemanden fertigmachen, auch wenn nichts dabei herauskommt. Denk an Walter! Turner braucht nur das Gerücht in die Welt zu setzen, die ganze Familie, inklusive des integren Anwalts Walter Hathaway, habe von den Betrügereien gewusst. Solche Gerüchte können Existenzen zunichtemachen.«

»Du machst mir ja Hoffnungen!« Isla lachte bitter auf.

Schweigend würgten beide ihr Sandwich hinunter, zahlten und verließen den Tea-Room.

»Mir wird schon etwas einfallen«, versuchte Isla sich und ihre Schwester zu beruhigen, ohne eine Ahnung zu haben, was das sein sollte. »Also, bis dann, ich muss zurück, Walter wartet auf mich.«

»Bis dann«, murmelte Vicky, drehte sich um und ging auf das alte Auto der Gemeinde zu. Isla blieb vor dem Bürogebäude stehen und sah zu, wie ihre Schwester einstieg und mit einem kleinen Winken abfuhr.

Isla konnte sich nicht konzentrieren, immer wieder vertippte sie sich, formulierte falsch. Nach einer Stunde erhob sie sich und ging in den Waschraum. Sie war allein und setzte sich auf den Schemel in der Ecke neben dem Waschbecken. Nervös holte sie den Brief aus ihrer Tasche, stand wieder auf, trat in eine Kabine, zerriss das Schreiben und spülte die Schnipsel hinunter, bis nichts mehr von ihm übrig war. Dann ging sie ins Büro zurück.

»Wo warst du denn so lange? Geht es dir nicht gut?«, fragte Walter beunruhigt.

»Doch, doch, aber ich habe eine Bitte. Kann ich morgen freibekommen? Ich möchte nach London fahren.«

»Ist das wirklich nötig? Ich habe dir doch gesagt, dass ich dich in diesen Tagen dringend brauche.« Walter war gereizt und machte daraus kein Hehl. Dann aber sah er Isla scharf an, und sein Ton wurde freundlicher. »Du bist ja ganz blass. Du hast den Sturz noch nicht ganz verkraftet, oder?«

»Doch, das schon. Aber ich brauche diesen Tag. Ich kann gern am Vormittag hier sein und erst den Mittagszug nach London nehmen. Abends bin ich zurück. Dann kann ich die Stunden noch nacharbeiten.«

»Also gut«, gab Walter nach. »Aber was gibt es denn so Dringendes in London zu erledigen?«

»Mutter hat übermorgen Geburtstag, und ich will ihr ein Geschenk kaufen.«

»Was? Deswegen lässt du mich hier im Stich?« Wieder kam bei Walter Verärgerung auf. »Ich dachte, du und Vicky schenkt ihr den teuren Schal aus dem Geschäft eurer französischen Schneiderin.«

»Das ist richtig. Aber ich muss trotzdem nach London.«

»Willst du deinen Briefschreiber treffen, ist es das?« Walter ließ nicht locker.

»Mein Gott!« Isla reagierte gereizt. »Lass mich bitte in Frieden, Walter. Ich bin erwachsen, und ich habe nichts Ungesetzliches vor, also kannst du ganz beruhigt sein.«

Neunzehn

Von der Victoria Station aus nahm Isla ein Taxi zu Sir Flythes Haus. Vor vielen Jahren war sie mit Sebastian einmal zum Lunch hier gewesen.

Als sie die Stufen hinaufging und die Klingel drückte, gab sie fast ihrem Impuls nach, sich umzudrehen und wegzulaufen. Doch Sir Flythe hatte ihr seine Hilfe angeboten, und heute war sie gekommen, um dieses Angebot anzunehmen.

So wartete sie ab, bis sich endlich die Tür öffnete.

»Sie wünschen?« Ein Mann im schwarzen Anzug erschien auf der Schwelle. Sir Flythes Butler. Isla konnte sich noch an diesen großen, schlanken Mann erinnern.

»Ich möchte zu Sir Flythe. Mein Name ist Isla Jones.«

»Sind Sie angemeldet?«

»Nein, es ist ein Überraschungsbesuch.« Isla versuchte, ihrer Stimme einen leichten, unbekümmerten Ton zu geben.

»Es tut mir leid, aber Sir Flythe ist verreist und kommt erst am ersten Januar gegen Mittag zurück.«

»Kann ich ihn denn irgendwo erreichen? Bitte! Es ist sehr wichtig.«

»Das denke ich nicht. Aber ich werde ihm Grüße von Ihnen ausrichten.«

Stumm nickte Isla. Sie hatte sich auf der Bahnfahrt hierher jeden der Sätze überlegt, mit denen sie Sir Flythe überreden wollte, ihr dreitausend Pfund zu leihen. Doch damit, ihn nicht anzutreffen, hatte sie nicht gerechnet.

»Danke, auf Wiedersehen«, murmelte sie, während sich die Tür bereits wieder schloss.

Sie hatte übereilt gehandelt, als sie in den Zug nach London stieg. Zu Hause hatte sie sich noch gefragt, ob sie Sir Flythe lieber anrufen und auf ihren Besuch vorbereiten sollte, doch unter den Argusaugen ihrer Eltern war das nicht möglich gewesen und ebenso wenig in der Kanzlei. Es war ein Fehler gewesen.

Aber vielleicht hatte der Butler sie nur abgewimmelt, weil er sie nicht kannte und sie ihm nicht wie eine Dame der Gesellschaft erschien.

Isla sah an sich hinunter. Sie trug den Pelzmantel, den ihr Sebastian vor vielen Jahren geschenkt hatte. Damals ein extravagantes Haute-Couture-Modell aus Paris, hatte er die kalten Kriegswinter nicht gut überstanden. Sie hatte ihn als Decke benutzt, sich in ihn eingerollt, hatte ihn bei Luftalarm und Sirenengeheul übergezogen und damit stundenlang auf dem Boden oder den Stufen der U-Bahn gekauert, als die Deutschen London überflogen. Der Mantel hatte alles mitgemacht, und jetzt sah er aus wie eine alte Decke. Auch ihr hellgrauer Hut war längst nicht mehr modern und wies vorn eine Delle auf. Was musste der Butler für einen Eindruck von ihr gehabt haben?

Isla beschloss, ein wenig die Straße auf und ab zu gehen, vielleicht hatte sie ja Glück, und Sir Flythe kam plötzlich in seinem Wagen vorgefahren.

Es war kalt, und Islas Nervosität wuchs. Die Zeit verging, doch plötzlich öffnete sich die dunkelgrüne Tür mit dem goldenen Türklopfer noch einmal. Der Butler kam mit undurchdringlichem Gesicht die Stufen herunter und direkt auf sie zu.

»Madam, Sie verschwenden nur Ihre Zeit. Wie ich Ihnen schon sagte, ist Sir Flythe am ersten Januar gegen Mittag zurück.«

»Aber könnten Sie ihn nicht anrufen und ihm sagen, dass ich hier bin? Ich werde warten, auch wenn es Stunden dauert.«

Islas Verzweiflung nahm ihr die angeborene Zurückhaltung, und sie war kurz davor, die Fassung zu verlieren. Sie wusste nur eines: Sie musste Sir Flythe sprechen, er war ihre letzte Hoffnung.

»Ich bin sicher«, rief sie, »dass er mich sehen will!«

»Sie sind sich sicher?«, wiederholte der Butler höflich, doch Isla erkannte an dem ironischen Unterton in seiner Stimme, dass er ihr nicht glaubte.

»Ja, ich bin mir sicher«, antwortete sie in bestimmtem Ton. »Bitte rufen Sie ihn an.«

»Selbst wenn ich es wollte, ich kann es nicht tun, Madam, ich habe meine strikten Anweisungen. Guten Tag, Madam.« Er drehte sich um und ging mit kerzengeradem Rücken wieder die Stufen zum Haus hinauf.

»Dann sagen Sie mir doch bitte, wo er sich aufhält!«, rief Isla ihm verzweifelt nach.

Sie wusste, dass ihr der Butler nichts sagen würde, und doch wollte sie einfach nicht aufgeben.

Der Butler gab ihr tatsächlich keine Antwort, er drehte sich nicht einmal mehr um.

»Sie werden es bereuen!«, schrie Isla ihm nach, ungeachtet der Leute, die jetzt auf der Straße stehen blieben und sie neugierig beobachteten. Sie, Isla Jones, früher Liebling der Gesellschaft, stand hier in einem abgewetzten alten Pelzmantel und einem ausgebeulten Hut und flehte einen Butler an, sie ins Haus zu lassen.

Schon schloss sich die Tür hinter ihm.

Aber Isla blieb immer noch dort. Fieberhaft überlegte sie,

wie sie Alistair erreichen konnte. Am Weihnachtsabend hatte er ihr seine Hilfe angeboten, und sie hatte abgelehnt. Und jetzt war es zu spät. Fehler über Fehler – wieso machte sie nichts mehr richtig?

Irgendwann gab Isla auf und verließ ihren Posten vor Sir Flythes Haus. Ziellos lief sie durch die Straßen von London. In verzweifelte Gedanken versunken, bog sie automatisch in eine kleine Seitenstraße ein, blieb vor dem Schaufenster eines Trödelladens stehen und starrte mit leerem Blick hinein, bis sie ein Paar Granatohrringe wahrnahm. Da fiel ihr ein, dass sie Walter gegenüber ihre Fahrt nach London mit der Suche nach einem Geschenk für ihre Mutter erklärt hatte. Ohne zu zögern, betrat sie den kleinen Laden und kaufte die Ohrringe von dem Weihnachtsgeld, das ihr Walter gegeben hatte.

In tiefer Verzweiflung stieg sie drei Stunden später in den Zug und fuhr nach Penham zurück. Während der Fahrt kämpfte sie mit Tränen der Wut und der Hilflosigkeit. Wie konnte sie Frank Turner bloß von seinem Vorhaben abbringen? Nur mit Geld. Sie musste ihn also vertrösten, ihn hinhalten, ihn überzeugen, ihr noch ein paar Tage Zeit zu geben, das war die einzige Möglichkeit. Sie würde sich Anfang Januar gleich noch einmal an Sir Flythe wenden, irgendwann erreichte sie ihn sicher.

Am nächsten Tag feierten sie Lydias Geburtstag so, wie sie es sich gewünscht hatte, also nur im Familienkreis. Vicky hatte einen Madeirakuchen und kleine Mandeltörtchen gebacken, und die beiden Enkel schenkten ihrer Großmutter einen Kochtopf. Walter brachte Blumen, und Vicky übergab ihrer Mutter den Schal. Isla überreichte die Granatohrringe, die bei Lydia große Freude auslösten. Es rührte sie, dass ihre

Tochter extra nach London gefahren war, um für sie ein Geschenk zu kaufen.

»Kind, du solltest doch nicht so viel Geld für mich ausgeben und dann noch extra nach London fahren, um mir ein Geschenk zu kaufen.«

Vicky kannte den wahren Grund für Islas Ausflug. Sie wusste auch, dass ihre Schwester mit ihrem Vorhaben gescheitert war. Übermorgen kam der Erpresser nach Penham, und sie hatten kein Geld, um ihn zum Schweigen zu bringen.

Als der letzte Nachmittag des Jahres dem Ende zuging, stülpte Isla die Hülle über ihre Schreibmaschine und legte die Blätter mit den Durchschlägen sorgfältig zusammen.

»Bleibst du noch?«, rief sie Walter durch die offene Bürotür zu.

»Ja, aber nicht mehr lange«, antwortete er. »Ich arbeite den Schriftsatz noch rasch durch. Es tut mir leid, Isla«, fügte er bedauernd hinzu, »aber ich kann dich nicht nach Hause fahren.«

Isla sah, wie sich Walter auf seinem Stuhl umdrehte und einen kurzen Blick aus dem Fenster warf. »Es ist schon dunkel. Vicky will dich abholen. Sie kommt zu Fuß, denn eure Eltern sind ja mit dem Auto der Pfarrei nach Hillham gefahren.«

»Das macht doch nichts.«

»Warte lieber hier auf sie, damit du nicht allein in der Dunkelheit nach Hause gehen musst.«

Gehorsam blieb Isla sitzen, doch da Vicky nicht kam, stand sie irgendwann auf.

»Ich gehe schon mal«, erklärte sie. Sie war unruhig und konnte einfach nicht länger stillsitzen und warten. Sie griff nach ihrer Tasche und holte den Mantel aus dem Kleiderschrank im Vorraum.

»Ein gutes neues Jahr, Walter«, wünschte sie ihrem Schwager noch rasch.

»Danke, dir auch, Isla, und feiert schön, du und Vicky«, rief er zerstreut, als sie bereits an der Eingangstür zur Kanzlei stand. Sie winkte ihm noch kurz zu, bevor sie die Tür der Kanzlei hinter sich schloss und mit dem Aufzug nach unten fuhr.

Nur noch ein paar Stunden bis zur Begegnung mit Frank Turner.

Vor dem Gebäude blieb sie stehen und presste ihre Handtasche fest an sich. Sie hatte Sebastians Revolver eingesteckt, und das gab ihr eine gewisse Sicherheit. In den vergangenen zwei Tagen hatte sie jede Vorsicht aufgegeben und von zu Hause aus versucht, Sir Flythe telefonisch zu erreichen. Doch jedes Mal erklärte sein Butler mit kühler Ablehnung, Sir Flythe sei weiterhin nicht im Hause. Er käme am ersten Januar gegen Mittag zurück.

Das große Fest von Penham hatte bereits begonnen. Die Tür zum Tea-Room stand weit offen. Isla sah Mrs Cobb an der Theke stehen und aus einer großen Keramikschüssel mit Zimt und Nelken gewürzten Punsch ausschenken. Auch die Türen der anderen Häuser entlang der Straße waren weit geöffnet, jeder konnte ein und aus gehen, selbst wenn man sich nicht näher kannte. Doch die meisten Leute holten sich Punsch aus Mrs Cobbs Tea-Room und standen in Gruppen zusammen auf der Straße. Es herrschte eine euphorische Stimmung, denn es war bereits das zweite Silvester nach Kriegsende. Man wollte feiern.

Viele Leute riefen Isla ein gutes neues Jahr zu und forderten sie gut gelaunt auf, mitzufeiern. »Vielleicht später, mit meiner Schwester!«, rief Isla zurück und machte sich hastig auf den Heimweg.

Vicky würde sie begleiten, wenn sie um zehn Uhr zum Bahnhof ging. Sie mussten ihn einfach überreden, sich auf eine neue Frist einzulassen. Er hatte letztendlich keine andere Wahl, denn er wollte schließlich das Geld.

In nervöse Gedanken versunken, lief sie rasch die Hauptstraße entlang, ehe sie mit ausholenden Schritten in den kleinen Weg hoch zum Pfarrhaus einbog. Sie horchte auf das Lachen, die lauten Rufe, von denen sie sich immer weiter entfernte. Melodienfetzen eines Walzers wehten Isla auf dem einsamen, dunklen Weg hinterher. Heute beleuchtete kein Licht aus den Kirchenfenstern den Weg die Anhöhe hinauf.

Schon lief sie am Weiher entlang, düster in seiner stillen Unergründlichkeit. Wo war bloß Vicky, sie wollte sie doch abholen? Isla beschleunigte ihre Schritte noch. Ein Geräusch, ein leises Knacken. Sie spürte ihr Herz rasen, und doch blieb sie wie angewurzelt stehen. Sie hätte weiterlaufen sollen, so schnell sie konnte, nur fort. Aber die eine Sekunde, die sie zögerte, entschied alles.

Aus der Dunkelheit trat Frank Turner heraus und versperrte ihr den Weg.

»Guten Abend, Mrs Jones«, begrüßte er sie mit seiner hohen Stimme.

Blitzschnell drehte sie sich um, doch schon packte er sie, stieß seine Faust unter ihr Kinn und zwang sie, ihn anzusehen. Sein Gesicht war ganz nahe, direkt über ihr, und seine Augen starrten sie ausdruckslos an.

»Lassen Sie mich los«, flüsterte Isla heiser. Kaum konnte sie sich bewegen, kaum ihren Mund öffnen. »Lassen Sie mich los. Bitte«, fügte sie hinzu. Ruhig bleiben, vernünftig argumentieren, nichts sonst würde ihr noch helfen können. Der Griff um ihren Arm wurde härter, und der Druck der Faust unter ihrem Kinn schmerzhafter. Sie vermochte nicht zu schreien. Ein kaltes Zittern lief durch ihren Körper.

»Sie können mir keine Angst einjagen.« Mit Franks Faust unter dem Kinn bekam sie die Zähne kaum auseinander.

Frank lachte auf und ließ sie so rasch los, dass Isla taumelte und ihre Handtasche zu Boden fiel. Sie bückte sich und tastete danach. Durch das weiche Leder fühlte sie den Revolver. Ihre rechte Hand glitt in die Tasche und umschloss fest den Griff. Sie konnte die Waffe herausholen, ihm zeigen, dass er keine Macht über sie besaß, sie konnte Turner in die Flucht schlagen, ihm Angst einjagen. Bei diesen Gedanken spürte sie neu gewonnene Sicherheit. Isla richtete sich wieder auf.

»Haben Sie das Geld?«

»Wir wollten uns doch erst um zehn Uhr am Bahnhof treffen«, wich Isla seiner Frage aus.

»Ich habe es mir anders überlegt«, antwortete er frech. »Und? Haben Sie das Geld?«, wiederholte er.

Isla zögerte. Sie spürte eine innere Schwäche, die ihr die Kraft nahm, ihn davon zu überzeugen, dass er noch einige Tage warten musste. Sie hatte sich jeden Satz, jedes Argument unzählige Male vorgesagt, doch jetzt, da er ihr gegenüberstand, war ihr Gehirn leer, und alles blieb unausgesprochen.

»Sie haben keine Beweise gegen mich in der Hand, nichts, gar nichts«, entgegnete sie und wusste selbst, dass ihre Worte töricht und hilflos klangen. Frank ging nicht darauf ein.

»Ein letztes Mal: Haben Sie das Geld?«

»Nein, aber … ja, doch …«, stotterte sie.

Frank lachte höhnisch auf. »Ich überlege gerade, ob ich zuerst Walter Hathaway einen Brief schreibe oder einen Artikel in die Lokalzeitung setze, die haben ja immer eine Seite für Klatsch und Tratsch. Oder doch unter der Rubrik Verbrechen? *›Isla Jones, Tochter des Vikars, Schwägerin des ehrenwerten Anwalts Walter Hathaway, in Betrug und Bilderfälschungen verstrickt‹.«* Frank lachte erneut, ihn schien die Situation jetzt zu amüsieren. In diesem Moment umschloss Islas Hand den Griff der Pistole in ihrer Tasche noch fester. Ihre Wangen brannten.

Frank sah ihre Bewegung und reagierte sofort. Er stieß sie zu Boden, so heftig, dass sie mit dem Kopf auf dem steinigen Boden aufschlug. Ihr wurde schwarz vor Augen, sie versuchte, sich gegen eine Ohnmacht zu wehren, wollte aufstehen, stolperte, doch da trat er mit dem Fuß auf sie ein.

»Isla! Um Himmels willen, Isla!« Vicky war plötzlich von irgendwoher aufgetaucht und warf Frank Turner einen entsetzten Blick zu. Ehe sie sich auf ihn stürzen konnte, war er mit einem Satz bei ihr, hielt ihr den Mund zu und umschloss mit der anderen Hand fest ihren Hals. Ein gurgelnder Laut kam aus ihrem Mund.

Isla sah, dass ihre Schwester keine Luft mehr bekam, dass sie mit den Armen ruderte, bis sie kraftlos herabsanken. Frank Turner schien zu jeder Grausamkeit bereit. Von unten aus dem Ort nahm Isla wieder das gedämpfte Lachen der Leute und die heitere Musik wahr. Ihre Hand zitterte, ihr Mund war wie ausgetrocknet. Die Silhouette von Frank wurde jetzt klarer, scharf hob sie sich gegen den Himmel ab, an dem sich die Wolken gerade auflösten und der Mond die Gegend hell beleuchtete. Isla starrte auf Franks Hand, die Vickys Hals mit eisernem Griff fest umschloss.

Vickys Augen waren geweitet in hilfloser Todesangst. Isla sah Franks verzerrtes Gesicht, in dem sich kalte Wut und der Wille nach Rache zeigte, und ihre Hand umklammerte abermals den Revolver in ihrer Tasche. Jetzt, jetzt musste sie ihn herausholen, jetzt ... Vicky ... liebste Vic ...

Jetzt ... genau jetzt ... Das war alles, was Isla denken konnte. Jetzt! Sie zog den Revolver aus der Tasche und zielte. Ihre Hand war mit einem Mal ganz ruhig. Vic, niemand darf dir etwas antun, niemand.

Der Schuss hallte durch die Nacht, und Isla sah, wie Franks Hand sich von Vickys Hals löste, er langsam in die Knie ging und zu Boden sackte. Isla ließ den Revolver fallen und starrte auf den Mann, der reglos dalag, die Beine zur Seite gedreht und das Gesicht ihr zugewandt.

»Isla.« Vickys Mund formte den Namen ihrer Schwester, doch sie brachte keinen Ton heraus, dann hustete sie, rang nach Luft und fasste sich keuchend an den Hals. Auch sie war in die Knie gegangen, geschwächt, benommen noch vor Todesangst.

»Er hätte ... mich ... umgebracht.« Nur stoßweise brachte sie die Worte heraus. Isla blieb stehen und sah erstarrt zu, wie sich Vicky mit letzter Kraft über Frank Turner beugte. Im kalten Licht des Mondes tastete sie den Körper ab und öffnete sein Hemd, dann drehte sie ihn auf den Bauch.

»Der Schuss hat ihn durch den Rücken direkt ins Herz getroffen.« Vicky sah zu ihrer Schwester hoch. »Deshalb tritt auch kaum Blut aus.«

»Ich habe ihn getötet«, flüsterte Isla, »und ich wollte es!«

Versteinert beobachtete sie, wie Vicky ihre Finger an die Halsschlagader von Frank Turner legte und dann wieder zu Isla hochsah.

»Er war wohl sofort tot.«

Ein Zittern lief durch Islas Körper, ihre Zähne schlugen aufeinander. Stöhnend presste sie beide Hände vor den Mund. Ihr Körper krümmte sich, und sie brach in die Knie.

»Die Polizei …« Sie erkannte ihre eigene Stimme nicht mehr, die dünn und fremd klang. »Wir müssen sie holen …«

Vicky aber hatte sich erhoben. Sie war ganz ruhig geworden.

»Und was sollen wir sagen, Isla? Dass er dich erpresst hat? Die Polizei wird Fragen stellen, die unserer Familie schaden und dich ruinieren, vielleicht sogar ins Gefängnis bringen.«

»Wer will beweisen, dass ich ihn gekannt habe? Er hat uns überfallen, hat dich angegriffen, und du warst in Lebensgefahr, Vic. Wir können es beweisen, dein Hals –«

»Isla!«, unterbrach Vicky ihre Schwester. »Es ist zu riskant. Wir können uns nicht auf die Polizei einlassen. Irgendwann werden sie auch die Eltern befragen, und die erzählen doch sofort von den Briefen. Es würde alles herauskommen, hörst du? Alles! Damit müssen wir allein fertig werden«, fügte sie hinzu.

»Vic, es war doch Notwehr! Bitte sag mir, dass es Notwehr war.«

»Ja, Isla, es war Notwehr.« Vicky machte einen großen Schritt über den Toten hinweg, ging zu Isla, die noch immer am Boden kauerte, und zog sie hoch. Die Schwestern umarmten sich still, bis Vicky Isla zuflüsterte: »Trotzdem können wir nicht zur Polizei gehen, hörst du? Dann hätte Frank Turner gesiegt.«

Im nächsten Moment ließ ein Geräusch sie beide aufschreien, und entsetzt drehten sie sich um. Doch es war nur eine Ente, die aus dem Schilf auftauchte und über den See schwamm.

»Was sollen wir denn bloß machen?«, schluchzte Isla auf.

Vicky ließ ihre Schwester los, beugte sich noch einmal zu dem Toten hinunter und durchsuchte seinen Mantel und seine Anzugtaschen.

»Pass auf, ob jemand den Weg heraufkommt!«, wies sie ihre Schwester an.

Isla gehorchte und starrte angestrengt in beide Richtungen. Doch niemand war zu sehen. Alle Bewohner des Ortes schienen unten bei dem Fest zu sein.

»Kein Pass«, hörte sie Vicky sagen, »er hat keine Papiere bei sich, nur eine Rückfahrkarte London-Penham, ein Portemonnaie mit etwas Geld und … ein Taschentuch … einen Kamm.«

Vicky leerte die Taschen, doch dann steckte sie alles wieder zurück. Nur die Fahrkarte zerriss sie in winzig kleine Stücke und schob diese in ihre Manteltasche.

»Und jetzt? Was … was machen wir mit ihm?«, stammelte Isla.

»Also …« Vicky sah sich um. Doch in diesem Moment verlor sie ihre Beherrschung, die Ruhe, mit der sie bis jetzt gehandelt hatte. Ihr Körper kribbelte vor Angst und Nervosität und vor dem Entsetzen, einen Toten beiseiteschaffen zu müssen.

»Der Weiher«, hörte sie Isla flüstern. »Der Weiher gibt niemanden mehr her. Ja … das ist … das ist die Lösung.«

Vicky überlegte fieberhaft. Dann nickte sie. »So machen wir es. Aber schnell! Isla, stell dich wieder an den Weg und pass auf! Es muss alles schnell gehen, schnell, schnell«, wiederholte sie, während sie den Toten bei den Armen nahm. »Geh schon, Isla, du musst aufpassen!«

»Ich muss dir helfen, du kannst ihn doch nicht allein …«

»Doch! Du stellst dich da vorn hin, niemand darf uns sehen«, keuchte sie, als sie den Toten mit letzter Kraft bei den Armen packte und ihn bis zum Ufer des Weihers zog. Mehrmals richtete sie sich auf, rang nach Atem, bevor sie ihn wieder an den Handgelenken packte. Sie musste ihn weiter ins Wasser schaffen, bis zu der Stelle, an der der Grund des Teiches steil abfiel. Dorthin, wo das Verbotsschild stand, wo eine tödliche Gefahr lauerte, wenn man sich zu weit vorwagte.

Plötzlich tauchte Isla bei ihr auf. Schweigend ergriff sie Franks Füße und hob ihn hoch.

»Pass auf, Vic, gleich bist du am Schild! Ganz vorsichtig. Jetzt nicht weiter, bleib stehen!«, gab sie ihrer Schwester leise Anweisungen. Beide waren wieder ruhig geworden, handelten präzise und vorsichtig, denn jeder Schritt, den Vicky tat, konnte sie in den Weiher hineinziehen. Dann ließ Vicky den Toten los, und sofort versank er im Wasser. Ein Plätschern, ein Gurgeln, das weiße Gesicht verschwand im dunklen Weiher. Der Flügelschlag einer Ente, dann war Stille. Vicky kroch auf allen vieren am Ufer hoch, ihr Atem ging keuchend, und ihre Beine trugen sie keinen Meter mehr.

Die beiden Frauen ließen sich auf die Bank unter der Weide fallen und starrten auf das dunkle Wasser, in dem sich der kalte Mond spiegelte. Gott sei Dank – das war das Einzige, was sie im Moment denken konnten. Dann aber wandte sich Isla an ihre Schwester: »Ich bin eine Mörderin. Ich habe eine Todsünde begangen.«

»Ach, hör doch auf!«, fuhr Vicky sie an. »Fang jetzt nicht mit solchen frommen Sprüchen an. Im Krieg wurden Tausende von Menschen getötet, und niemand sprach von Todsünde.«

»Aber wir sind nicht mehr im Krieg«, flüsterte Isla.

»Es war Notwehr, Isla, das musst du dir immer sagen. Du hast mir das Leben gerettet, und du hast dich vor einem Erpresser schützen müssen. Wer weiß, was er dir – *uns* – als Nächstes angetan hätte.«

Es war kalt, und die beiden drängten sich eng aneinander. Sie konnten den Blick nicht vom Wasser lösen, voller Angst, das weiße Gesicht Frank Turners tauche plötzlich wieder auf.

Doch dann schoss Isla ein anderer, ein beängstigender Gedanke durch den Kopf.

»Frank hat von einem Mittelsmann gesprochen, einem Helfer. Was ist, wenn dieser Mann weiß, wohin Turner heute gefahren ist? Was, wenn er Nachforschungen anstellt?«

»Das ist ein Risiko«, bestätigte Vicky, »aber wir müssen jetzt nur zusammenhalten. Wir werden sagen, ich bin dir unten an der Straße entgegengekommen, und wir sind in den Ort zum Feiern gegangen. Dabei müssen wir bleiben! Niemand kann uns etwas nachweisen, daran müssen wir immer denken, hörst du?«

Sie waren beide aufgestanden, und Vicky packte ihre Schwester am Arm. »Wir müssen nur bei dieser Version bleiben, dann kann uns nichts passieren.«

Isla nickte, doch sie konnte den Blick nicht vom Wasser lösen.

»Wenn Franks Leiche doch wieder auftaucht, was machen wir dann?«

»Wir kennen ihn nicht, basta. Außerdem gibt der Weiher niemanden mehr her, hast du das vergessen?«

»Wir müssen die Blutspuren verwischen.« Schon beugte sich Isla zu Boden und suchte die Steine und das Gras ab.

»Isla, bitte, wir müssen einfach nur schnell von hier verschwinden. Frank ist innerlich verblutet, also hat er kaum Blut verloren«, erwiderte Vicky.

»Aber die Schleifspuren, Vic.« Isla rutschte auf den Knien auf dem Boden und fuhr mit der Hand über das Gras. Da erfasste sie den Revolver. »Was machen wir damit? Auch ins Wasser werfen?«

»O mein Gott, an die Waffe habe ich gar nicht gedacht«, antwortete Vicky hektisch. »Ist sie auf deinen Namen eingetragen?« Doch Isla holte schon weit aus und warf den Revolver ins Wasser. Dann drehte sie sich zu ihrer Schwester um.

»Sebastian hat ihn auf dem Schwarzmarkt gekauft.«

Vicky zog ihre Schwester vom Weiher fort. Beide sahen an sich hinunter. Vicky war bis zur Taille nass, und Isla, die nicht so weit ins Wasser gewatet war, hatte nasse Schuhe und Strümpfe.

»Komm schnell!« Vicky nahm ihre Schwester an der Hand, und sie liefen den Hügel hoch und stolperten keuchend ins Haus. »Rasch, rasch!« Vicky rang nach Atem. »Es geht jetzt um jede Minute.« Isla nickte nur, und wortlos rannten sie die Treppe hinauf und schlüpften aus ihren Schuhen und Strümpfen. Vicky zog sich rasch ein Wollkleid von Isla über und griff nach ihrem großen Wolltuch. Ihren nassen Mantel und die anderen Sachen hängte sie in der Küche vor den Herd, der noch Wärme ausstrahlte.

»Komm, wir müssen runter zum Fest, die Leute müssen uns sehen!« Die beiden Frauen hasteten aus dem Haus und liefen den Hügel wieder hinunter, am Weiher vorbei, der sich ruhig und dunkel im spärlichen Mondlicht präsentierte, und weiter zu dem Platz, auf dem die Leute ausgelassen feierten.

Vicky hatte recht gehabt, niemand sah sie kommen, doch alle konnten die Duncker-Schwestern im Laufe der Nacht irgendwo entdecken und auch hie und da einmal tanzen sehen. Als das Feuerwerk nach Mitternacht zu Ende ging, bot sich der alte Mr Cobb an, die beiden jungen Frauen nach Hause zu fahren. Vicky und Isla tauschten einen Blick und nahmen das Angebot dankend an. Als das Auto den schmalen Weg zur Anhöhe vorsichtig hochfuhr und am Weiher dann noch die Fahrt verlangsamte, wandten sie den Kopf ab und sahen nicht aufs Wasser, das von Kaskaden bunter Lichter des abklingenden Feuerwerks beleuchtet wurde. Für sie war der Weiher zu einem Ort des Grauens geworden.

Oben angekommen, bedankten sie sich erneut bei dem netten Mr Cobb. Nur langsam und zögernd schloss Vicky die Haustür auf. Die Schwestern fürchteten sich davor, das stille Haus zu betreten und allein im Rose Hill Garden House die letzten Stunden der Nacht zu verbringen. Zu warten, ob die Polizei klingelte, zu warten, bis am nächsten Tag die Familie zurückkam.

»Mir ist eiskalt«, klagte Vicky, die trotz ihres Wolltuchs fror.

Sie krochen zusammen in Islas Bett und drängten sich fröstelnd aneinander. Irgendwann erhob sich Isla, rannte ins Bad und erbrach sich, wieder und immer wieder. Stöhnend erhob sie sich schließlich vom Boden und blieb vor dem Spiegel stehen. Blass, mit tiefen Ringen unter den Augen starrte sie sich an.

In dieser Nacht hatte sie einen Menschen getötet, und das nahm ihr die Möglichkeit, jemals das ruhige, beschauliche Leben zu führen, nach dem sie sich so sehr gesehnt hatte.

Zwanzig

Am frühen Morgen schlich sich Vicky aus dem Zimmer. Isla nahm es im dämmrigen Halbschlaf wahr, doch dann schloss sie die Augen wieder. Sie wollte nicht erwachen, sie wollte schlafen und vergessen können, dass sie einen Mann getötet hatte. Ihr Körper fühlte sich bleiern und schwer an, das Atmen allein wurde zur Anstrengung. Sie wandte ihren Kopf ein wenig zur Seite und lauschte auf das Prasseln des Regens, der gegen die Fensterscheibe klatschte.

Sie wusste nicht, wie lange sie so gelegen hatte, doch dann kam Vicky wieder ins Zimmer, beugte sich über sie, rüttelte sie sanft am Arm und setzte sich aufs Bett.

»Komm, trink, ich habe dir einen Kaffee gebracht.«

Mühsam richtete sich Isla auf und nahm die hingehaltene Tasse. Sie trank von dem heißen, süßen Kaffee mit Milch in kleinen Schlucken, während Vicky mit fester Stimme auf sie einredete: »Wenn die Eltern kommen, dürfen sie uns nichts anmerken. Wir erzählen, dass wir gestern auf dem Fest waren. Wir haben uns unten an der Straße getroffen und sind zusammen zurück in den Ort, um zu feiern, und kurz nach Mitternacht hat uns Mr Cobb heimgefahren.«

»Ich weiß nicht, Vic, sollen wir den Eltern nicht die Wahrheit sagen?«

»Auf keinen Fall, Isla! Du musst jetzt stark sein. Für was soll es gut sein, ihnen alles zu erzählen? Niemandem wäre damit geholfen, und die Wahrheit würde sie für immer belasten.«

»Und wenn die Polizei kommt? Vielleicht hat uns doch jemand beobachtet, oder er war unten im Ort und hat sich mit irgendwelchen Leuten unterhalten.« Isla stellte die Tasse auf dem Nachttisch ab und zog die Bettdecke hoch. Das Zittern in ihrem ganzen Körper wollte nicht aufhören.

»Pass auf, Isla. Er wollte niemanden treffen oder gesehen werden. Sonst hätte er dir nicht zweimal am Weiher aufgelauert, da, wo ihn niemand sehen konnte. Kein Mensch war dort oder ging vorbei, als … es passierte. Niemand hat den Schuss gehört. Vorhin, während du noch geschlafen hast, war ich unten. In den letzten Stunden hat es wie aus Kübeln gegossen. Es gibt keine Spuren, kein Blut, nichts. Wir haben nichts zu befürchten, auch … er … der Tote ist nicht hochgekommen. Wir sind sicher.«

»Aber wenn Frank Turner in London vermisst wird und die Spur zu mir führt, was dann?«

»Du hast ihn nicht gesehen, wir beide waren zusammen. Basta.«

»Und seine Briefe?«

Vicky sprang vom Bett auf. »Du hast sie noch? Du hast sie nicht vernichtet?«, schrie sie auf. »Isla! Wir müssen sie sofort verbrennen. Ich mache unten den Kamin an, bring sie runter, aber schnell.«

»Den letzten, in dem er sein Kommen ankündigt, habe ich vernichtet.«

»Wieso den und die anderen nicht?« Vicky sah sie verständnislos an.

»Ich hatte ihn in der Kanzlei dabei und wollte sichergehen, dass Walter ihn nicht irgendwie in die Hände bekommt, falls er meine Tasche durchsucht oder so. Also habe ich diesen letzten in der Toilette runtergespült.«

»Es war ein Fehler, die anderen zu behalten. Also rasch, hol sie! Wir haben keine Zeit zu verlieren.«

Doch als Isla die Schublade ihrer Kommode aufzog, waren die Briefe verschwunden.

Erst am Nachmittag kamen die Eltern nach Hause zurück, und auch Walter traf wieder in Penham ein. Isla stand am Fenster und schaute auf den Weg, der die Anhöhe heraufführte.

Den ganzen Vormittag hatten sie bereits gewartet, waren bei jedem Geräusch zusammengezuckt. Vicky betätigte sich mit nervöser Geschäftigkeit, indem sie die Gläser aus Lydias Geschirrschrank holte und jedes einzelne mit einem Tuch auf Hochglanz polierte. Sie trug einen hochgeschlossenen Pullover von Isla, hatte sich sogar noch ihren Wollschal um den Hals gewickelt, um die Würgemale zu verbergen. In die nassen Schuhe hatten sie Zeitungspapier gesteckt und sie direkt vor den Kamin gestellt. Vickys nasser Mantel und ihr Kleid waren am Morgen nur noch feucht gewesen, und sie hatte die beiden Sachen trocken gebügelt. Niemand sollte sich wundern, wieso ihre Kleider nass waren. Zu den noch feuchten Schuhen konnten sie sagen, sie hätten am Morgen einen kleinen Spaziergang gemacht.

Isla hatte den Vormittag über das ganze Haus abgesucht, doch Franks Briefe blieben verschwunden.

»Vielleicht hast du sie mit in die Kanzlei genommen, du warst ja in der letzten Zeit oft recht zerstreut«, sagte Vicky. Doch Isla schüttelte den Kopf. Langsam ließ sie den Gedanken zu, dass ihre Eltern heimlich ihr Zimmer durchsucht und die Briefe an sich genommen hatten.

Isla stand am Fenster, und bevor sie jetzt ihren Verdacht laut aussprechen konnte, sah sie den Bentley langsam den Weg herauffahren.

»Sie kommen!« Isla drehte sich zu ihrer Schwester um. »Walter ist auch dabei.«

»Walter?« Vicky war beunruhigt.

»Ja, er wird dich abholen wollen«, nahm Isla an.

Die Haustür wurde aufgeschlossen, und Vicky ging in die Diele, um ihre Eltern und ihren Mann zu begrüßen.

»Kommt ins Wohnzimmer, ich habe den Kamin angezündet und aufgeräumt. Dann kannst du uns von deinem Fest erzählen, Walter. Wie geht es Paul und Robert?« Vicky redete und redete, während sie ihren Mann auf die Wange küsste. Doch ihr Ehemann schob sie schweigend zur Seite, wechselte mit seinem Schwiegervater einen Blick und bat die ganze Familie ins Esszimmer.

Vicky und Isla, die ihrer Schwester gefolgt war, gehorchten schweigend Walters Aufforderung. Isla wollte ihre Mutter umarmen, doch Lydia wich ihr aus und hielt ihren Blick gesenkt. In der Hand hielt sie eines ihrer weißen Spitzentaschentücher. Vorbereitet für einen Tränenausbruch?, schoss es Isla durch den Kopf, und sie erschrak. Hatten sie im Ort irgendetwas erfahren?

Schweigend nahmen alle um den großen Tisch Platz.

»Wollen wir nicht lieber ins Wohnzimmer gehen?«, schlug Vicky vor, »da ist es wärmer, ich habe den Kamin –«

»Das hast du uns schon gesagt«, unterbrach Walter sie. »Aber hier können wir besser reden, und wir haben etwas zu besprechen. Isla wird wissen, worum es geht.«

Der Vikar war trotz Walters Worten ins Wohnzimmer gegangen, und durch die offene Verbindungstür sah Isla, wie er sich bückte und eine halbvolle Whiskeyflasche aus dem Schrank holte. Er setzte die Flasche an den Mund, und nach ein paar kräftigen Schlucken stellte er sie zurück und kam wieder ins Esszimmer. Auch Vicky war der Abstecher ihres Vaters an den Wohnzimmerschrank nicht entgangen, und die Schwestern tauschten einen raschen Blick. Lydia aber gab vor, nichts zu bemerken, und schob stattdessen mit einer Hand fahrig imaginäre Krümel vom Tisch. Walter schien ebenfalls nervös zu sein und trommelte mit den Fingern irgendeinen Rhythmus auf den Holztisch. Robert Duncker nahm würdevoll auf seinem Stuhl Platz und sah Isla lange an.

»Ich habe heute Morgen Walter angerufen«, begann er. »Bevor wir hierherkamen, haben wir uns in seiner Kanzlei lange beraten. Wir trafen eine Entscheidung, die dich, Isla, betrifft.«

»Was meinst du damit?«

Ohne zu antworten, zog der Vikar eine Reihe Kuverts aus seiner Jackentasche und legte sie schweigend auf den Tisch.

»Das sind meine Briefe, Vater, was soll das?« Isla wollte es nicht glauben. Aber sie hätte wissen müssen, dass ihre Familie keine Ruhe gab, bevor sie nicht den Inhalt der Briefe kannte.

»Ich habe deine Mutter gestern gebeten, in deinem Zimmer danach zu suchen.«

»Dazu hattest du kein Recht!«, fuhr Isla ihn an. »Wie kommst du dazu?«

Vicky schüttelte kaum merklich den Kopf. Wie hatte ihre Schwester so leichtsinnig sein können, die Briefe zu behalten?

»Recht?«, höhnte der Vikar. »Du sprichst von Recht? Ich als dein Vater habe jedes Recht dazu. Wir mussten wissen, was das für Briefe sind, die du bekommen hast.«

»Vater, ich bin erwachsen, ich weiß selbst –«

»Das ist jetzt nicht von Bedeutung«, fiel Walter ihr ins Wort. »Ich denke, in diesem Fall war es die richtige Entscheidung. Wann wolltest du uns darüber informieren, dass du erpresst wirst?«

Alle Augen richteten sich auf Isla. Vicky signalisierte ihr mit einem Blick, mit dem, was sie jetzt preisgab, vorsichtig zu sein.

Die Stille wurde unerträglich, das Schweigen erdrückend. »Also! Wir warten!« Robert Dunckers Stimme hatte an Schärfe zugenommen.

»Ich wollte euch nicht damit belasten. Ich denke, er will mir nur drohen, nichts weiter.« Isla machte einen letzten Versuch, die Sache als harmlos darzustellen.

»Isla! So naiv kannst du doch gar nicht sein. Aber der Reihe nach: Wer ist dieser Mann, wie lautet sein Name? Woher kennst du ihn?«, wollte Walter jetzt wissen.

So entschloss sich Isla, zumindest in Teilen die Wahrheit zu sagen. Sie berichtete vom Besuch des unbekannten Mannes bei ihr, kurz bevor Vicky sie abholen kam, von seiner Beziehung zu Sebastian, von den Bildern.

»Und jetzt will er das Geld von mir«, beendete sie ihren Bericht.

Walter schüttelte ungläubig den Kopf. »Dieser Mann kam zu dir, um sein Honorar einzufordern? Er hat im Auftrag von Sebastian gemalt? Die Wahrheit ist wohl eher, er hat Bilder gefälscht, oder?«

Stumm nickte Isla.

Bevor Walter weitersprechen konnte, übernahm der Vikar wieder das Wort.

»In einem dieser Briefe verlangt er Geld für einen van Gogh, den er gemalt hat. Bitte sag, dass es nicht *der* van Gogh ist, von dem du uns vor einigen Jahren an Weihnachten erzählt hast? Das unbekannte Selbstporträt?«

»Doch, genauso ist es.«

»Das ist ja alles noch schlimmer, als ich dachte«, brauste der Vikar auf. »Dein Mann hat also Bilder fälschen lassen und sie teuer verkauft. An wen hat er das Selbstporträt verkauft?«

»Ich weiß es nicht!«, rief Isla aus und sprang hoch. Auf ein Zeichen ihrer Schwester hin setzte sie sich jedoch wieder. »Ich habe von Sebastians Machenschaften keine Ahnung gehabt, das müsst ihr mir glauben.« Sie wandte sich an Walter, doch auf seinem Gesicht erkannte sie nur Ablehnung und Unverständnis. Sie sah sich in der Runde um. Ihre Mutter hielt ihren Kopf gesenkt und fing bereits leise an zu weinen. Ihr Vater war noch einmal schnell ins Wohnzimmer gegangen und hatte einen Schluck aus der Flasche genommen. Nachdem er wieder saß, ging das Grauen weiter.

»Isla!«, begann er mit erhobener Stimme. »Ich habe dir immer gesagt, dass dein feiner Ehemann ein Betrüger ist. Aber du hast ja nicht auf mich hören wollen.«

»Robert, bitte!« Walter hinderte seinen Schwiegervater daran, sich weiter darüber auszulassen, dass er Sebastian richtig eingeschätzt hatte. »Das ist jetzt nicht mehr relevant. Sie hat ihm offenbar geglaubt.«

»Ja, weil sie ihn geliebt hat«, warf Vicky schnell dazwischen.

»Von welchem anderen Bild spricht dieser Mann in seinem Brief?«, wollte Walter wissen.

Da war die Frage, vor der sich Isla gefürchtet hatte. Würde man ihr noch glauben, dass sie nichts von den Fälschungen gewusst hatte, wenn sie darauf antwortete?

»Er spricht von meinem Gemälde, Walter. Von der *Frau mit Spitzenschleier*.«

»Das hat er auch gefälscht? Wo ist denn das Original?« Auch Walter verlor jetzt die Fassung.

»Ich weiß es doch nicht!«, antwortete Isla verzweifelt. »Sebastian muss es verkauft und zu Hause die Fälschung aufgehängt haben.«

Alle starrten sie an, bis Vicky bat, Isla nicht so zu quälen, sie sei doch nicht die Verbrecherin, sondern das Opfer. Aber der Vikar und sein Schwiegersohn beachteten den Einwand nicht.

»Da hast du also im Sommer vergangenen Jahres die Fälschung an diesen bekannten Kunsthändler verkauft?«

Isla nickte.

»Und er hat das nicht gemerkt? Da muss dieser Fälscher ja ganze Arbeit geleistet haben«, fügte der Vikar sarkastisch hinzu. »Damit also erpresst er dich, ist es so?« Lydia stieß einen kleinen Schrei aus, und der Vikar erhob sich zu seiner vollen Größe. »Du hast also nicht gemerkt, dass dein Ehemann *unser* Bild gestohlen hat und es fälschen ließ? Und als du es verkauft hast, hast du davon angeblich auch nichts gewusst?«

»Nein, Vater, das habe ich nicht gewusst«, erklärte Isla mit ruhiger Stimme. »Sonst hätte ich es Sir Flythe nicht angeboten.«

Langsam ließ sich der Vikar wieder auf seinen Stuhl sinken, doch er streckte seinen Zeigefinger in Richtung Isla aus.

»Du warst fünf Jahre mit einem Kriminellen verheiratet und willst behaupten, von nichts gewusst zu haben?«

»Vater, lass es endlich gut sein. Wenn Isla sagt, sie hat es nicht gewusst, dann ist es auch so«, wies Vicky ihn zurecht.

»Misch dich nicht ein!« Die Stimme des Vikars nahm an Schärfe zu, und er beugte sich über dem Tisch Isla entgegen.

»Der Kerl droht dir damit, diesem Kunsthändler zu erzählen, dass du ihm eine Fälschung verkauft hast. Und der würde natürlich zur Polizei gehen und dich anzeigen. Damit also hat dieser … dieser … dich in der Hand. Er wird jeden Eid schwören, dass du von der Fälschung gewusst hast.«

Isla schwieg in stummer Verzweiflung.

»Weißt du, Isla«, sprach Walter mit bedächtiger Stimme, und Isla ahnte, dass er jetzt zum Punkt kam, »wenn ich gewusst hätte, dass dich ein Krimineller verfolgt und du in einen Betrug und eine Erpressung verwickelt bist, dazu noch fünf Jahre mit einem Betrüger verheiratet warst, hätte ich dich niemals als meine Sekretärin einstellen dürfen. Wir sind hier in Penham, ich bin Anwalt und auf meinen tadellosen Ruf angewiesen. Hier geht es um meine Existenz, das verstehst du doch, oder?«

»Natürlich, Walter.« Sie hatte also recht gehabt. Hätte sie ihm früher von den Briefen erzählt, hätte er sich sofort von ihr distanziert. »Du willst mich entlassen, stimmt's?«

»Ich muss. So leid es mir tut. Du weißt, ein sehr wichtiger Prozess beim Landgericht steht an. Wenn meine Gegner herausfinden, in welche dunklen Machenschaften meine Sekretärin, dazu noch meine Schwägerin, verwickelt ist, bekomme ich große Schwierigkeiten. Man wird mir unterstellen, ich könnte von den kriminellen Aktivitäten meines Schwagers gewusst haben. Wie gesagt, hier geht es auch um mich, und da muss ich handeln.« Er holte ein Taschentuch aus seiner Hosentasche und wischte sich damit den Schweiß von der Stirn.

Der Vikar lachte auf, doch es klang hart und spöttisch, als er sich an seinen Schwiegersohn wandte.

»Was glaubst du denn, wie die Affäre für mich ausgeht? Ich als Vikar habe eine kriminelle Tochter!«

»So ein Unsinn, wie kannst du nur so etwas sagen«, fuhr Vicky ihn an. Doch der Vikar achtete nicht auf sie, sondern erhob sich schwerfällig und lief abermals ins Wohnzimmer. »Du kannst die Whiskeyflasche ruhig mitbringen, wir wissen alle, dass du trinkst!«, rief Vicky ihm nach.

»Victoria, wie sprichst du denn mit deinem Vater?« Lydia war zutiefst entsetzt und betupfte sich ihre Augen mit dem Spitzentaschentuch.

»Wieso? Ich sage nur die Wahrheit. Vater trinkt, und alle wissen es, aber jeder kehrt es unter den Teppich. Wenn du deiner Gemeinde predigst« – Vicky wandte sich wieder an den Vikar, der jetzt zurückkam –, »einer Versuchung zu widerstehen, wirkt das sehr unglaubwürdig, meinst du nicht auch? Und deine ewige Heuchelei: Wer im Glauben gefestigt ist, kann widerstehen. Was hast du damit gemeint? Den Alkohol? Oder andere Sünden?«

Lydia schluchzte laut auf und presste ihr Taschentuch fest gegen die Lippen. Robert Dunckers Gesichtsfarbe wechselte von dem gewohnten Rot in eine tiefe Blässe.

»Wenn euer Vater hin und wieder mal einen Schluck trinkt, ist das keine Sünde. Deswegen ist er noch lange kein Trinker«, verteidigte Lydia ihren Mann.

»Das ist jetzt nicht wichtig.« Walter wandte sich an Isla. »Du wirst erpresst, und das geht uns alle an. Dieser Mann kann uns sehr schaden, vor allem wenn herauskommt, dass er die Wahrheit sagt. Fälschung, Betrug, was kommt denn noch? Dich zu entlassen reicht ehrlich gesagt nicht«, fügte er hinzu.

»Vielleicht will er uns auch damit erpressen, dass Vater oft volltrunken seine Predigten hält«, fuhr Vicky wütend dazwischen.

»Victoria! Jetzt ist es aber genug! Wie drückst du dich überhaupt aus?« Lydia war zutiefst geschockt und griff nach der Hand ihres Mannes. »Außerdem ist das alles Lüge, alles erfunden.«

»Vicky, bitte bleib sachlich!«, wies auch Walter seine Frau zurecht. Er überlegte laut weiter: »Es geht hier um eine gewaltige Summe. Dreitausend Pfund. Aber in seinen Briefen hat er keinen Termin für eine Übergabe genannt. Kommt das noch, oder hast du ihn getroffen, als du am achtundzwanzigsten Dezember in London warst?«

»Nein, nein«, widersprach Isla sofort, »das habe ich nicht. Und ich weiß nichts von einem Termin. Vielleicht will er nur bluffen«, setzte sie hinzu. Sie war zutiefst erleichtert, dass sie Turners letzten Brief im Waschraum der Kanzlei entsorgt hatte.

»Also, kennst du seine Adresse, eine Telefonnummer?«

Isla schüttelte den Kopf.

»Nein, ich weiß gar nichts«, erklärte sie ausweichend. »Ich kann mich kaum mehr an ihn erinnern, ich war schon im Gehen, als er bei mir auftauchte. Ich kenne im Grunde auch nur die Initialen F. T.«

»Das sollen wir dir glauben?« Der Vikar ließ wieder sein hartes, spöttisches Lachen hören. »Du kennst nicht einmal seinen Namen? Dein Mann hat mit ihm ›gearbeitet‹, er schreibt dir Briefe, und du kennst nur seine Initialen? Was willst du uns noch alles weismachen?«

»Nun«, hier lenkte Walter ein, »das kann durchaus die Wahrheit sein. Isla kannte ihn ja nicht persönlich. Er hat auch nur mit F. T. unterschrieben, das haben wir ja gesehen. Und die Briefe trugen alle keinen Absender«, stellte Walter fest. »Aber was machen wir, wenn er hier auftaucht? Und ich denke, das wird er«, fuhr er fort. »Er wird keine Ruhe geben, bis er das Geld bekommt. Und da du keines hast und auch wir diese große Summe nicht aufbringen können, ist das für uns alle ein existenzielles Risiko.«

In die Stille hinein erhob der Vikar erneut seine Stimme.

»Dein Mann war ein Verbrecher, und es ist unwahrscheinlich, dass du nichts davon gewusst hast. Ich bin der Pfarrer in diesem Ort, und ich stehe für Ehrlichkeit, Gottesfürchtigkeit und Anstand. Es ist meine Aufgabe, sie zu erhalten und zu bewahren. Ich habe mein Leben nach diesen Prinzipien gelebt und will mir meinen Ruf nicht ruinieren lassen.«

Isla und Vicky starrten sich erschrocken an. Was kam jetzt? Walter schob seine Brille nervös zurecht, und Lydias unterdrücktes Weinen war das Einzige, das die Stille unterbrach.

»Also musste ich als Oberhaupt der Familie eine Entscheidung treffen, auch wenn es mich tief schmerzt.«

Lydias Weinen ging in ein lautes Schluchzen über.

»Isla, es ist das Beste, wenn du von hier weggehst. Und zwar heute noch. Wir wollen nichts mit diesen ganzen kriminellen Geschichten zu tun haben. Du kannst von mir auch nicht erwarten, dass ich zu dir stehe. Das kann ich mit meinem Glauben und meinem moralischen Gewissen nicht vereinbaren.«

»Das ist sehr christlich von dir«, fuhr Vicky auf, »eine wirklich menschliche Geste, eines Seelsorgers würdig«, spottete sie. Islas Schwester war außer sich vor Wut.

»Victoria, wo bleibt der Respekt deinem Vater gegenüber?«, jammerte Lydia.

»Respekt bekommt der, der ihn verdient.« Vicky war nicht mehr zu halten. »Und ich weiß eines, meine Schwester Isla hat ihn verdient, mehr, als ihr ahnt.«

Lydia schluchzte hemmungslos. Der Vikar überging den Gefühlsausbruch seiner Frau und wandte sich erneut an seine jüngere Tochter.

»Also, Isla«, wiederholte er, »verlasse noch heute das Pfarrhaus.«

Vicky sah ihren Mann an. Sie erwartete von ihm, dass er Isla helfen würde. Doch offenbar hatten die beiden Männer bei ihrer Besprechung in der Kanzlei gemeinsam die Entscheidung getroffen, dass Isla gehen sollte.

»Das könnt ihr nicht machen! Wo soll Isla denn hin?« Vicky war aufgesprungen und wandte sich wieder an ihren Mann. Aber Walter hob die Hände in einer Geste des Bedauerns.

Auch Isla stand jetzt auf. Sie war ganz ruhig geworden. »Es ist in Ordnung, Vic, lass es gut sein.« Sie legte den Arm um die Schultern ihrer Schwester. »Ich wäre sowieso gegangen, glaube mir, es ist besser so.«

Doch so leicht gab Vicky nicht auf.

»Das Schlimmste ist« – jetzt richtete sie ihre Worte an Lydia –, »dass *du* schweigst. Du lässt es zu, dass die Männer Isla im Stich lassen, und hältst dich aus allem raus. Was bist du nur für eine Mutter!«

Lydia warf einen hilflosen Blick auf ihren Mann. »Dein Vater weiß schon, was das Beste ist«, sagte sie leise.

»Das Beste für wen?«

»Es ist gut so, wirklich.« Isla sah zu Walter, der die Arme vor der Brust verschränkt hielt und sie inzwischen fast um Verständnis bittend ansah. Dann wanderte ihr Blick zu ihrem Vater, dessen Wangen inzwischen in einem dunklen Rot glänzten, während Lydia ihr Gesicht weiterhin hinter ihrem Spitzentaschentuch verbarg.

»Moment!«, rief Walter, als Isla das Esszimmer verlassen wollte. Er kam um den Tisch herum auf sie zu, griff nach ihrer Hand und drückte ihr einen zusammengefalteten Zettel in die Hand. »Du musst nicht glauben, dass wir dich ganz fallenlassen«, erklärte er unsicher. »Das hier ist die Adresse eines Hotels in London für alleinreisende und alleinstehende Frauen, da kannst du wohnen. Ich schicke dir ein sehr gutes Arbeitszeugnis, damit du dir möglichst schnell eine neue Stelle besorgen kannst. Wenn hier irgendetwas vorfällt, werden wir dich sofort benachrichtigen.« Stumm nahm Isla den Zettel entgegen. Dann aber wandte sie sich noch einmal an ihren Vater.

»Gib mir meine Briefe zurück«, forderte sie ihn auf.

Nur zögernd legte der Vikar sie zusammen und übergab sie seiner Tochter. Niemand sprach ein Wort, als Isla das Esszimmer verließ und die Treppe hinaufging. Oben in ihrem Zimmer zog sie den Koffer vom Schrank und legte ihn aufs Bett.

Während sie ihn packte, kam Vicky leise herein und setzte sich aufs Bett.

»Ich werde dir Geld schicken«, sagte sie. »Ich habe vom Haushaltsgeld immer etwas abgezweigt, ich wollte nicht jedes Mal Walter um Geld bitten, wenn ich mir ein Paar Strümpfe kaufen möchte.«

»Das brauchst du nicht zu tun, aber danke, Vic, danke für alles.«

»Ich muss *dir* danken«, flüsterte Vicky leise mit gesenktem Kopf. Beide dachten an die vergangene Nacht.

»Er hat dein Leben bedroht«, sagte Isla leise, »daran müssen wir immer denken, du warst in Lebensgefahr.«

»Ja, Isla, so ist es. Wir müssen nichts bereuen.«

Schweigend ließ sich Vicky neben dem Koffer aufs Bett fallen.

»Kann ich dir helfen?«, fragte sie, als Isla gepackt hatte und der Koffer sich nicht schließen ließ.

»Ja, setz dich drauf, Vic.«

Vicky tat, worum ihre Schwester sie gebeten hatte. Die beiden Schlösser schnappten zu, und Vicky rutschte von dem Koffer herunter. »Wirst du in die Pension gehen, die Walter dir vorgeschlagen hat?«

Isla schüttelte den Kopf. »Nein, Vic, sicher nicht. Aber ich schreibe dir sofort meine Adresse.«

»Versprochen?«

»Natürlich, Vic, oder ich rufe dich an.«

»Ich fahre dich zum Bahnhof«, schlug Vicky vor, »und bitte gib mir die Briefe, ich werde sie vernichten.« Doch Isla schüttelte den Kopf. »Nein, ich werde sie zerreißen und die Schnipsel aus dem fahrenden Zug werfen.«

Sie sahen sich an, und dann zog Vicky ihre Schwester an sich.

»Es war Notwehr«, murmelte sie an Islas Ohr. »Daran sollst du immer denken.« Isla nickte.

»Ja, Vic, das mache ich«, antwortete sie erschöpft. Sie war ohne jegliche Hoffnung. Wie sollte ihr Leben jetzt weitergehen?

»Ich weiß nicht«, fuhr Vicky zweifelnd fort, »ob es richtig ist, dass du so schnell aufgibst und weggehst. Bleib doch noch ein paar Tage, Vater kann doch nichts dagegen tun.«

»Es ist besser so, Vic. Glaube mir. Mir tut es nur leid, dass ich dich allein lassen muss. Wenn die Polizei bei dir erscheint, gib mir sofort Bescheid, ich werde dann zurückkommen. Auf keinen Fall sollst du Verhöre oder polizeiliche Nachforschungen allein durchstehen.«

»Ich werde auch immer zu dir nach London kommen, falls du mich brauchst, bitte denke daran!« Isla spürte, wie ihr die Tränen in die Augen stiegen. Nur Vicky stand zu ihr. Ihr Vater hatte sie verstoßen und fühlte sich durch seine Position als Vikar sogar noch im Recht. Ihre Mutter war zu schwach, um sich gegen ihn durchzusetzen. Und Walter? Ihn verstand Isla sogar. Er hatte eine Familie, durfte seinen Ruf als Anwalt nicht aufs Spiel setzen. Aber es war eh nicht mehr wichtig, befand sie, als sie nach ihrem Koffer griff.

»Ich muss gehen. Ich möchte den Abendzug nicht verpassen. Hilfst du mir mit der Tasche?«

»Natürlich, Isla, ich fahre dich doch zum Bahnhof.«

Walter und Lydia standen unten an der Treppe. Walter reichte Isla die Hand.

»Bitte gehe in dieses Hotel, du bist dort gut aufgehoben. Für uns ist es auch wichtig, deine Adresse zu kennen. Wir wissen ja nicht, was noch passiert und ob der Erpresser hier auftaucht. Du musst also erreichbar sein.«

Isla reagierte nicht, sondern wandte sich ihrer Mutter zu. Lydia umarmte ihre Tochter, während Tränen über ihre Wangen liefen. Dabei steckte sie schnell ein Kuvert in Islas Manteltasche.

»Was ist das, Mom?«, fragte Isla verwundert.

»Ein wenig Geld für den Anfang, mehr habe ich nicht«, flüsterte sie ihr zu und sah ängstlich in Richtung des Wohnzimmers, wohin sich der Vikar zurückgezogen hatte.

»Danke. Und pass gut auf dich auf.«

»Du auch«, flüsterte Lydia mit erstickter Stimme. Sie umarmte ihre Tochter noch einmal, fest und voller Verzweiflung. »Ich glaube dir, Isla, ich glaube dir, dass du nichts von

Sebastians Betrügereien gewusst hast. Du warst immer ein liebes, ehrliches Mädchen«, schluchzte sie plötzlich los, »aber bitte verstehe mich, ich kann mich nicht gegen deinen Vater stellen.«

»Ja, natürlich, ich verstehe es.« Isla küsste ihre Mutter auf beide Wangen. Sie erkannte, dass sich Lydia nach all den Jahren nicht mehr gegen ihren herrschsüchtigen Mann zur Wehr setzen konnte, auch nicht jetzt, da es um ihre Tochter ging.

Der Vikar erschien in der Wohnzimmertür, er schwankte leicht, doch er lehnte sich an den Türpfosten und glaubte, niemand bemerke es. Er hielt seiner Tochter die Hand hin.

»Gott sei mit dir«, sagte er mit schwerer Zunge. »Du hast uns nur Kummer gemacht. Ich hoffe, du findest rechtzeitig den Weg zurück zu Gott.«

»Zu *deinem* Gott will ich nicht finden. Niemals!«, erwiderte Isla hart und wandte sich ab, ohne seine Hand zu ergreifen. Sie drehte sich auch nicht mehr um, als sie das Rose Hill Garden House verließ, das Haus, in dem sie ihre Kindheit verbracht hatte und in dem sie zuletzt recht zufrieden gewesen war. Nie mehr würde sie zurückkehren. Nie mehr. Wieder lag ein Lebensabschnitt hinter ihr, und Isla fragte sich, was sie jetzt wohl erwarten mochte.

Während der Autofahrt zum Bahnhof schwiegen Isla und Vicky, und sie schwiegen auch noch, als Vicky ihre Schwester auf den Bahnsteig begleitete. Erst dort sprach Vicky wieder. »Also, wir bleiben bei unserer Version, so, wie wir es besprochen haben, dann kann uns nichts passieren, hörst du?«

»Ja, Vicky, natürlich, so machen wir es.« Sie warteten stumm, bis der Regionalzug langsam einfuhr. Dann umarmten sie sich hastig, ohne sich anzusehen, und versuchten beide, ihre Tränen zurückzuhalten.

»Wir bleiben in Verbindung, versprich es mir! Uns kann niemand trennen.«

»Natürlich, Vic, uns kann niemand trennen«, wiederholte Isla leise, wie einen Schwur.

Vicky half ihr mit dem Gepäck, und als Isla in ihrem Abteil das Fenster herunterließ, fuhr der Zug bereits an. Isla beugte sich weit hinaus, und Vicky lief neben dem Zug her. Sie streckte ihre Hand hoch, und ihre Schwester konnte gerade noch die Finger berühren, ehe der Zug sein Tempo beschleunigte und den Bahnhof verließ. Isla sah Vicky am Ende des Bahnsteigs stehen und verzweifelt winken. Ein letzter Blick auf sie, den einzigen Menschen, der zu ihr stand, der sie bedingungslos liebte. Isla wusste nicht, dass sie ihre Schwester nie mehr wiedersehen würde.

Einundzwanzig

London, 2001

Alistair schreckte aus seinen Gedanken hoch. Wie spät mochte es sein? Vier, fünf? Nein, sicher bereits sechs Uhr. Wieso kam Georgia nicht?

Er hatte jedes Gefühl für Zeit verloren, doch er wollte nicht nach Mrs Hunt klingeln, denn es war schön, den Erinnerungen nachzuhängen, den Erinnerungen an jenen Abend.

Er hatte Isla in die Bibliothek geführt und in der Küche das Mädchen angewiesen, eine Brühe zu kochen und Weißbrot zu rösten. Isla schien durchgefroren zu sein, sie zitterte am ganzen Körper. Dennoch musste er sie fast zwingen, die Brühe zu löffeln, die das Mädchen brachte, und von dem Toast abzubeißen. Dann trank sie noch einen heißen Tee, in den Sir Flythe einen Schluck Whiskey hineingegeben hatte. Erst danach erzählte sie ihm von den Ereignissen der vergangenen Tage.

Isla war hier gewesen, und sein Butler hatte ihn nicht sofort informiert. Erst an jenem Mittag war er aus dem Sanatorium zurückgekehrt, wo er mit seiner Frau und seinem Sohn Silvester verbracht hatte. Sir Flythe war außer sich vor Wut und erwog ernstlich, dem Butler wegen dieses eigenmächtigen Handelns zu kündigen. Doch dann konzentrierte er sich wieder auf Islas stockenden Bericht.

Er konnte fast nicht glauben, was sie getan hatte und welche Verzweiflung sie durchleiden musste. Er wusste nur eines: Sollte sie jemals Schwierigkeiten bekommen, er würde ihr helfen, würde den teuersten, den besten Anwalt engagieren. Alles hätte er für Isla getan.

Irgendwann kam es dazu, dass er sie an sich zog. Erst in seinen Armen hörte ihr Zittern auf, als er beruhigend auf sie einredete, mit seiner Hand über ihr seidiges, schwarzes Haar fuhr. Es ergab sich, dass seine Lippen ihren Mund suchten, und dieser sich willig öffnete. Es ergab sich auch, dass er ihr Gesicht, ihren Hals mit kleinen, zärtlichen Küssen bedeckte, und mit einem kleinen Aufseufzen zeigte sie ihm, dass sie es genoss. Sie lehnte sich an ihn, und da spürte er ihre Schwäche, ihren Wunsch, alles in seinen Armen zu vergessen. Sie wehrte sich nicht, auch nicht, als seine Zärtlichkeiten drängender wurden, er sanft ihr Kleid öffnete, ihre weiche Haut darunter berührte, sie langsam auszog, bis sie nackt vor ihm lag. Niemals hatte er einen so schönen Körper gesehen. Er war vollkommen. Die hellen, zarten Schultern, die Wölbung ihres Busens, die rosafarbenen Brustwarzen, die unter seiner Berührung hart wurden. Als seine Hand sich weiter nach unten tastete, öffnete sie ihre großen grauen Augen, die ihm in diesem Moment alles versprachen.

Schweigend liebten sie sich, nur ein leises Flüstern, ein kleines Seufzen.

Die Erfüllung seines Lebens.

*

Die Erinnerung überwältigte den alten Mann, und seine Hände umkrampften die Lehnen des Korbsessels.

Er konnte diese Stunden mit Isla niemals vergessen. Er hatte damals nicht begriffen, nicht begreifen wollen, dass sie am Morgen des zweiten Januar gegangen war.

Wochen danach bekam er endlich einen Brief von ihr, worin stand, dass sie sich niemals wiedersehen durften, denn er sei verheiratet, und sie wisse, dass sie beide das respektieren mussten.

Sie schrieb, dass sie sich um eine Stelle als Leiterin eines Waisenhauses in Kent beworben hatte und genommen worden war, weil niemand sonst diesen Posten haben wollte. Sie sei dort glücklich, das Leben mit den armen Kindern, durch den Krieg zu Waisen geworden, erfülle sie mit tiefer Freude.

Von diesem Tag an wurde er der anonyme Wohltäter, der das Waisenhaus mit großen Summen unterstützte und damit Isla Jones die Möglichkeit gab, endlich ein Leben zu beginnen, in dem sie glücklich war.

Ein neugebautes Haus für die Kinder, ein großer Garten, Sport- und Spielanlagen – er hatte alles bezahlt. Das war seine Art, Isla zu lieben, ihr Leben mitzugestalten, damit sie glücklich wurde. Hatte sie geahnt, dass er der anonyme Spender gewesen war?

Aber es gab noch einen anderen Tag, der für ihn unvergesslich blieb. Es war im Sommer darauf gewesen. Er saß im Garten seines Hauses in Kent und trank den Tee, den ihm sein indischer Butler Singh serviert hatte. Gerade wollte er aufstehen, als Singh einen Besucher meldete. Alistair war verärgert gewesen, denn er wollte an diesem schönen Sommertag eigentlich nicht gestört werden. Doch dann kam sie.

Er hatte ihr geschrieben, dass er sich in seinem Haus aufhielt, aber nicht mit ihrem Besuch gerechnet.

Sie stand in der Tür zur Terrasse, verharrte dort für einen Moment. Sie trug ein leichtes Sommerkleid, dessen Rock sich sanft bauschte und das um ihre Brüste und Taille eng anlag. Ihre plötzliche Anwesenheit nahm ihm den Atem. Er erhob sich und ging ihr entgegen. Sie hatte ihren Hut abgenommen und war mit der Hand durch ihre dunklen Haare gefahren. Sie war noch schöner als an jenem ersten Januar, denn heute strahlte sie wieder Lebensfreude aus, Energie, und sie lachte ihn an, als sie ihm ihre Hand gab, die er an seine Lippen zog.

»Es geht mir wunderbar«, erzählte sie, während er ihren Arm nahm und sie bat, ihr seinen kleinen Park zeigen zu dürfen. Sie schlenderten über die gepflegten, schmalen Wege durch die Blumenbeete mit Rittersporn, Lupinen, Rosen und Nelken, und sie ließ es zu, dass Alistair seinen Arm um ihre Taille legte und sie ein klein wenig enger an sich zog. Er spürte ihren Körper und atmete den Duft ihrer sonnendurchglühten Haut ein. Ein Hauch ihres Parfüms bedrängte ihn und ließ ihn an den Moment seines höchsten Glücks etliche Monate zuvor denken.

Sie hatte nichts dagegen, als sein Griff enger wurde, während sie von den Kindern erzählte, von der Freude, ihnen ein gutes Leben zu ermöglichen. Mit der Hilfe eines anonymen Wohltäters, dem sie so unendlich dankbar sei. Bei diesen Worten hatte sie ihn angelächelt und ihren Kopf leicht an seine Schulter gelegt. Er spürte ihren Atem nahe an seinem Ohr, auf seiner Wange, hörte ihr kleines Lachen, als sie ihm von einem ihrer Kinder erzählte, einem vierjährigen Mädchen, das ihr besonders ans Herz gewachsen sei. Sie habe es Jane genannt, nach Jane Austen, ihrer Lieblingsautorin.

Seine Hand lag jetzt auf ihrer Schulter. Er spürte mit seinen Fingern durch den zarten Stoff des Kleides den Ansatz ihrer Brüste, erinnerte sich an ihre rosafarbenen Brustwarzen, die er damals geküsst und mit seiner Hand zärtlich berührt hatte, bis sie leise aufstöhnte. Irrte er sich, oder seufzte sie auch jetzt bei seiner Berührung?

Doch da löste sie sich und blieb vor ihm stehen. Er zog sie leidenschaftlich an sich.

»Isla … Isla … ich liebe dich, ich liebe dich so sehr!« Er hatte es ihr niemals gestehen, sie nicht damit belasten oder verunsichern wollen. Auch war es unfair seiner Frau gegenüber. Doch die Worte, so lange nur gedacht und stets zurückgedrängt, ließen sich plötzlich nicht mehr zurückhalten.

»Ich liebe dich … ich liebe dich …« Immer wieder flüsterte er ihr die Worte ins Ohr, bis er sie küsste und schließlich in den Pavillon zog, wo sie zusammen auf das breite Sofa sanken. Er war wie von Sinnen und erkannte nicht, dass sie auf seine Worte nicht geantwortet hatte. Noch einmal gehörte sie ihm, einmal noch an diesem Nachmittag im Sommer, in seinem Haus in Kent.

Doch ein paar Tage später schrieb Isla ihm einen Brief.

Was zwischen uns geschehen ist, war wunderbar, und ich bereue es nicht. Ich fühle mich zu Ihnen sehr hingezogen, doch wir wissen beide, dass es nicht sein kann, nicht sein darf. Eine Beziehung hätte keine Zukunft. Wir dürfen nicht mehr daraus werden lassen. So haben wir eine schöne, gemeinsame Erinnerung, die wir nicht vergessen werden.

Diesen Brief bewahrte Sir Flythe auf und las ihn immer und immer wieder, obwohl er ihn längst auswendig kannte.

Drei Jahre später schrieb Isla ihm, dass es einen Mann in ihrem Leben gäbe und sie ihn wahrscheinlich irgendwann heiraten würde. Der Gedanke an diesen anderen Mann war ihm unerträglich. Fast hätte er ihrem Waisenhaus damals alle Zuwendungen gestrichen, doch dann hatte er sich selbst zur Vernunft gerufen und war der Wohltäter »ihrer« Kinder geblieben.

*

Jetzt stöhnte Alistair auf. Er bekam keine Luft und tastete mit einer Hand nach seiner altmodischen Klingel. Als Mrs Hunt erschien, fragte er jedoch nur nach der Uhrzeit.

»Jetzt trinken Sie bitte Ihren Tee«, schlug sie ihm vor, »und dann machen Sie ein Nickerchen, das tut Ihnen gut.«

»Sie müssen nicht mit mir reden, als sei ich ein seniler Greis«, knurrte Alistair sie an, fügte sich aber und trank von dem Tee, den sie mitgebracht hatte. »Miss Georgia hat doch nicht abgesagt, oder?«

»Miss Georgia kommt heute nicht«, erklärte Mrs Hunt mit sanftem Zögern. Sie verspürte großes Mitleid mit Sir Flythe, der in letzter Zeit immer öfter Ereignisse und Daten durcheinanderbrachte. »Sie wissen doch, dass sie nach Paris gefahren ist, um die Wohnung ihrer verstorbenen Mutter aufzulösen. Sie wird aber bald zurück sein, und dann ruft sie sofort an«, antwortete sie geduldig.

»Ja, ja … das weiß ich doch«, herrschte Alistair sie an, obwohl es nicht der Wahrheit entsprach. Er hatte sich so auf Georgia gefreut, wie konnte er vergessen, dass sie erst nach ihrer Parisreise wiederkam?

»Kann ich noch etwas für Sie tun?« Mrs Hunt drehte sich an der Tür noch einmal um, aber als Alistair hartnäckig schwieg, verließ sie den Wintergarten.

Sir Flythe fühlte sich müde und erschöpft. Schon wieder hatte er vergessen, wie spät es war, konnte sich nicht mehr orientieren. Doch er wollte Mrs Hunt nicht schon wieder rufen. Er stöhnte leise auf und sank dann kraftlos in seinem Korbsessel vornüber. Alles drehte sich, er rang nach Atem, gerade konnte er noch an der Klingel ziehen, bevor er bewusstlos zusammensackte.

Zweiundzwanzig

Paris, zehn Tage später

Sommerliche Hitze drang durch das offene Fenster in die Wohnung am Boulevard Raspail. Alle Möbel waren abgeholt und zu einer sozialen Einrichtung gebracht worden. Jetzt standen noch einige Kartons im leeren Wohnzimmer, vollgepackt mit Büchern, Hannahs Opern-CDs, alten Fotoalben. Sie enthielten Bilder von Hannahs Schulzeit im Internat, ihrem Aufenthalt im Vassar College, Hochzeitsfotos und viele Aufnahmen von Georgia als Baby, als Kleinkind, an ihrem ersten Schultag. Auch den Sekretär ihrer Mutter wollte Georgia behalten.

Ihn und die Kartons würde Germaine mit ihrem Freund Jean-Paul in den nächsten Tagen abholen und in ihrem Keller unterstellen, bis Georgia nach Paris in die eigene Wohnung zurückkehrte.

Georgia schloss alle Fenster und ging gerade ein letztes Mal durch die leeren Räume, als Aiden aus Zürich anrief.

»Wie geht's?«, wollte er wissen.

»Wie soll es mir schon gehen?«, war Georgias Antwort. »Ich habe die Wohnung meiner verstorbenen Mutter aufgelöst, in der ich aufgewachsen bin, das war nicht leicht, Aiden.«

»Es tut mir leid«, antwortete er steif. »Und was hast du jetzt vor?«

»Ich werde morgen nach London zurückkehren«, antwortete Georgia ruhig.

»Ich verstehe«, sagte Aiden. »Du willst nicht zu mir nach Zürich kommen.«

»Ich weiß es nicht, Aiden, ich möchte jetzt nur schnell hier aus der Wohnung raus.«

»Sehr verständlich. Bleibst du denn noch länger in London?«

»Natürlich. Bis ersten September, das weißt du doch. Meine Wohnung hier ist vermietet.«

»Wie geht's deinem Kunsthändler?«, wollte Aiden als Nächstes wissen. »Willst du seinetwegen so schnell nach London zurück?«

»Auch«, antwortete Georgia spröde. »Er liegt im Krankenhaus. Seine Haushälterin hat ihn bewusstlos in seinem Wintergarten gefunden. Er wurde in letzter Minute auf die Intensivstation gebracht. Ich hoffe«, setzte Georgia leise hinzu, »er schafft es noch einmal.«

»Nun, er ist doch schon alt, und wir müssen alle mal sterben.«

»Ja, Aiden, das stimmt wohl.« Georgia presste die Lippen zusammen, als ihr Tränen in die Augen stiegen und sie sich in der leeren Wohnung ihrer Mutter umsah. »Ich muss Schluss machen«, sagte sie rasch und beendete das Gespräch. Sie wollte schnell hier fort. Es hatte keinen Sinn, noch einmal durch die Wohnung zu gehen, nur um den Schmerz des endgültigen Abschieds immer wieder zu durchleben.

Sie hatte Aiden nichts von ihrem Plan erzählt, nach Penham in Surrey zu fahren, auf den Spuren von Isla Jones. Sie war neugierig geworden auf diese Frau.

Sie hatte Aiden auch nie von den letzten Worten ihrer Mutter erzählt, ebenso wenig, dass sie am gestrigen Tag noch alle Briefe, Unterlagen, sogar Steuererklärungen durchgesehen hatte, aber nichts fand, was irgendeinen Hinweis auf die Bedeutung dieser Worte geben konnte.

Lilly … Lilly auf dem großen Schiff …

Ein Satz, der Georgia ein Rätsel aufgab. Doch wahrscheinlich würde sie es nie mehr lösen können.

Ungeduldig sah sie auf ihre Armbanduhr. Jean-Paul würde sie erst in einer Viertelstunde abholen, doch sie beschloss, unten vor dem Haus auf ihn zu warten. Ein letzter Blick zurück, ein Durchatmen, dann verließ Georgia endgültig die Wohnung. Der Aufzug war defekt, daher ging sie die vier Etagen zu Fuß hinunter und trat aus dem Haus. Noch einmal sah Georgia an der grauen Fassade hoch.

Es war vorbei. Das Leben der Familie Atwell hier in diesem Haus, in dem sie dreiundvierzig Jahre gelebt hatte, schien ausgelöscht.

»Hallo, träumst du?« Jean-Paul, Germaines Freund, stand vor ihr und lachte sie an. »Ich bin schnell durchgekommen, gut, dass du schon auf mich wartest. Ich stehe nämlich im Halteverbot. Germaine hat vorgeschlagen, dass wir indisch essen gehen, hast du Lust?« Während er sprach, griff er bereits nach der zweiten Tasche, die Georgia trug.

»Du hast einen Laptop mitgenommen?«

»Ja«, antwortete Georgia, »er gehörte meiner Mutter. Ich will ihn durchsehen, wenn ich zurück in London bin, aber das hat Zeit. Außer meinen Mails und der Bestätigung ihrer Online-Einkäufe wird nichts darauf sein.«

*

Drei Tage später war sie wieder in London und bereitete sich früh am Morgen gerade auf ihre Reise nach Penham vor, als Mrs Hunt anrief. Sir Flythe sei wieder zu Hause, und er ließ Miss Atwell fragen, ob sie heute zum Tee kommen wolle.

»Natürlich, ich freue mich, dass es ihm bessergeht!« Eigentlich hatte Georgia ein paar Tage in Surrey bleiben wollen, doch sie entschloss sich spontan, den Neun-Uhr-Zug zu nehmen und am frühen Nachmittag wieder zurück zu sein.

Als sie am Bahnhof von Penham ankam, sah sie sich suchend um. Was sollte sie zuerst tun? Sie schlenderte die Hauptstraße entlang, vorbei an kleinen, modernen Geschäften und Kleiderständern, an denen auf Bügeln hübsche Sommersachen wehten, und an einem Tisch vor einer Schuhboutique, auf dem Sandaletten und bunte Flipflops angeboten wurden. Ein paar Leute saßen auf Stühlen vor den Türen und grüßten Georgia freundlich.

Der Ort schien nicht überlaufen zu sein, und die alten, gepflegten Häuser mit den kleinen Fenstern und Erkern erinnerten in ihrer Bauweise an die Zeit vor dem Krieg. Georgia verließ die Hauptstraße und kam bald an einem Weiher vorbei. Sie setzte sich vorsichtig auf eine morsche Holzbank, die versteckt unter einer Weide stand.

Dann sah sie den Enten zu, horchte auf ferne Kinderrufe und auf das Schwirren der Insekten, die als Einzige die Stille durchbrachen.

Doch bald riss sich Georgia wieder vom Anblick des verwunschenen Weihers los und lief die kleine Anhöhe hoch. Das leise Plätschern und Glucksen des dunklen Wassers begleitete sie bis vor die Kirche aus bräunlichem Backstein, deren schwere, dunkle Holztür weit offen stand. Georgia zögerte, dann ging sie hinein und sah sich in dem hohen, schmucklosen Raum um. Sie fröstelte, denn hier drinnen war es trotz des strahlenden Sommertags sehr kalt. Wie frostig muss es damals an Weihnachten gewesen sein, schoss es ihr durch den Kopf, als sie durch den Mittelgang lief und ihre Schritte auf dem Steinboden in der Stille laut hallten. Es gab nichts in diesem Gotteshaus, was heiter oder freundlich angemutet hätte, außer den üppigen Sommerblumen, die in großen Vasen auf dem Altar standen.

Leise verließ Georgia die Kirche wieder, blieb stehen und sah sich um. Dann ging sie entschlossen auf das Pfarrhaus zu. Die schmalen Fenster standen weit offen, an den Mauern des Hauses kletterten Rosen empor, und der kleine Vorgarten war mit blühenden Rhododendren bepflanzt. Georgia blieb staunend davor stehen. In ihrer Vorstellung war das Haus nicht halb so malerisch gewesen.

Im Garten arbeitete ein älterer Mann, der sich jetzt aufrichtete und sie mit freundlicher Neugier begrüßte.

»Kann ich Ihnen helfen?«, wollte er wissen.

»Ich weiß nicht, ich hoffe es.« Georgia lächelte ihn an. »Ich komme aus London und wollte mich ein wenig umhören, ob sich jemand an Isla Jones erinnert, die Tochter des Vikars Robert Duncker. Sie wuchs hier in den dreißiger Jahren auf, ging nach London, kehrte aber im Jahr 1946 zurück.«

»Isla Jones«, wiederholte der Mann langsam, während er seine Arbeitshandschuhe auszog. »Tut mir leid, aber mir sagt der Name gar nichts.«

»Aber vielleicht kann mir der Vikar weiterhelfen.«

Der Mann lachte und stellte sich dann vor. »Edwin Marler, ich bin der Vikar dieser Gemeinde.« Er öffnete ihr das niedrige Gartentor und lud sie zu einem Tee ein. Georgia freute sich über die Einladung und folgte dem Vikar ins Haus.

In seinem Wohnzimmer bot er ihr Platz an und entschuldigte sich, dass er kurz in die Küche gehen müsse, um den Tee zu kochen, er sei im Moment Strohwitwer. »Meine Frau und meine Kinder sind auf Mallorca«, erklärte er.

»Kann ich Ihnen helfen?«, bot Georgia an, doch er lehnte

ab, und sie hörte ihn in der Küche hantieren. Als er den Tee brachte und die Tassen verteilte, hatte sich Georgia ausführlich in dem Raum umgesehen und bewunderte nun einen großen, alten Schrank. Dieser sei Eigentum der Pfarrei, stehe also immer schon hier, erzählte der Vikar. Alles andere bringe sich jeder neue Pfarrer selbst mit.

Edwin Marler war gesprächig und berichtete Georgia, dass er in diesem Haus aufgewachsen sei, denn schon sein Vater sei hier Vikar gewesen.

»Dann war Robert Duncker sicher sein Vorgänger.«

Edwin Marler überlegte kurz. »Ja, jetzt erinnere ich mich. Duncker wurde vorzeitig pensioniert. Er muss sich einiges geleistet haben.«

»Wie meinen Sie das?«

»Er vergaß zuletzt oft den Text seiner Predigt oder kam zu spät zu seinem eigenen Gottesdienst. Meine Eltern erfuhren es durch Bewohner des Ortes und haben es mir später erzählt. Er hat offenbar dem Whiskey sehr zugesprochen, deshalb wurde er vorzeitig in Pension geschickt. Das muss im Jahr 1947 oder 1948 gewesen sein. Damals kamen wir hierher, da mein Vater den Posten übernahm.«

»Wissen Sie, was aus den Dunckers geworden ist?«

Vikar Marler zuckte mit den Schultern. »Ich weiß nur so viel, dass sie ins Altersheim der Gemeinde gingen. Eine sehr nette, gepflegte Einrichtung mit einem großen Park. Aber sie müssen schon lange tot sein. Wenn Sie mehr erfahren möchten, gehen Sie in den alten Tea-Room. Die Inhaberin, Mrs Hurley, ist hier aufgewachsen, ich denke, sie kennt alle Familien und die dazugehörigen Geschichten. Soviel ich weiß, ist sie jedoch derzeit im Urlaub«, setzte er noch bedauernd hinzu.

Während sie ihren Tee tranken, erzählte der Vikar ein wenig über Penham. Früher sei es ein kleiner, idyllischer Ort gewesen. »Heute jedoch ist es fast zu einem Vorort von London geworden. Alles wird zugebaut, die Grundstückspreise steigen, und bald werden hier nur noch reiche Pendler wohnen«, klagte er. »Die Struktur verändert sich.«

»Heißt das Haus immer noch Rose Hill Garden House?«, wollte Georgia wissen.

»Nein, davon weiß ich gar nichts. Aber das ist ein schöner Name.«

Als sie ausgetrunken hatten und der Vikar das Geschirr in die Küche trug, sah Georgia auf ihre Armbanduhr.

»Ich muss leider gehen«, bedauerte sie, sobald er wieder im Wohnzimmer stand. »Ich möchte den Drei-Uhr-Zug nach London erreichen.«

Sie erhob sich, und während der Vikar sie hinausbegleitete, bedankte er sich für ihren Besuch. »Wenn Sie wieder einmal hier sind, besuchen Sie mich gern.«

»Das mache ich, vielen Dank.«

»Es tut mir wirklich leid, dass ich Ihnen so wenig helfen konnte und so wenig zu erzählen hatte. Penham ist trotz allem ein ziemlich verschlafener Ort geblieben. Ach ja, vor einigen Jahren gab es hier allerdings eine kleine Sensation. Nein, ich erinnere mich, es muss schon in den Achtzigern gewesen sein. Mein Gott, wie die Zeit vergeht.«

»Was meinen Sie?« Georgia wurde neugierig.

»Der Weiher sollte gesäubert werden. Dazu hat man das gesamte Wasser abgepumpt. Und da wurde ein männliches Skelett gefunden, mit einem Einschuss im Schulterblatt.«

»Ein Mord?«

»Ja, davon ging man aus. Aber das Verbrechen muss schon viele Jahre zuvor passiert sein.«

»Und weiß man, wer der Ermordete war?«

»Nein, offenbar ein Fremder, es gab Ermittlungen, die aber nach einiger Zeit ohne Erfolg eingestellt wurden.«

Als Georgia sich auf den Rückweg machte, wurde es kühl. Wolken zogen am Himmel auf, und als sie am Weiher vorbeikam, wehte eine leichte Brise über das Wasser. Der Weiher wirkte verwaist, und auch die Enten hatten sich zurückgezogen.

Dreiundzwanzig

Also, ich habe Miss Georgia angerufen und sie zum Tee eingeladen, so, wie Sie es gesagt haben. Aber ist das nicht zu viel für Sie? Gestern sind Sie ja erst aus dem Krankenhaus entlassen worden.«

Sir Flythe überging ihre Frage. »Haben Sie ihr auch gesagt, dass es mir wieder gutgeht?«

»Na ja … ich habe gesagt, dass es Ihnen den Umständen entsprechend gutgeht.«

»Unsinn«, knurrte Alistair Flythe, »mir geht es prächtig, ganz prächtig.«

Mrs Hunt warf ihm einen besorgten Blick zu. Sein Aussehen sagte etwas anderes. Er war grau im Gesicht, hatte noch mehr abgenommen, und der abgemagerte Hals ragte aus dem Kragen seines gestärkten Hemdes heraus. Es tat Mrs Hunt weh, ihn so zerbrechlich zu sehen.

»Miss Georgia wird bald hier sein, ich führe sie dann zu Ihnen.« Nur zögernd verließ sie den Wintergarten.

Wieder spürte Sir Flythe den Schmerz in seiner Brust, er konnte nur schlecht atmen, es strengte ihn so sehr an. Er keuchte, sein Kopf fiel vornüber, doch rasch straffte er seinen Oberkörper und lehnte sich gegen das Kissen, das ihm Mrs Hunt ins Genick geschoben hatte.

Warum kam sie nicht? Er hatte ihr immer geholfen, war für sie da gewesen, wenn sie ihn brauchte. Und jetzt ließ sie ihn allein, jetzt, da *er* sie einmal brauchte. Wieso kam Isla nicht?

Die Lilien dufteten so stark, sie machten ihn ganz benommen … Wo war er? Alistair sah sich um, alles verschwamm vor seinen Augen. Er war in seinem Garten in Kent … Wieso sagte seine Haushälterin, er sitze im Wintergarten? Blödsinn! Sommer … ja, es war Sommer, die schönste Zeit. Er musste Gott danken, falls es ihn gab, dass er noch einmal einen Sommer erleben durfte.

Isla … Er sehnte sich sehr nach ihr, so sehr … Er war schläfrig, aber auch so glücklich.

Ja, er wusste es jetzt, er saß in seinem blühenden Garten in Kent. Es war ein schöner Tag, so wie damals. Er hatte im Garten gesessen und die Wiese betrachtet, voller blühendem Löwenzahn. Eine Hummel hatte sich auf seinen leichten Panamahut gesetzt, und tief sog er den Geruch nach Linden, nach bunten Wiesenblumen und Sommer ein.

Warum kam sie nicht, er hatte ihr doch noch einmal geschrieben? Sie hatte ihm durch einen Boten einen Brief schicken lassen … sie käme nie mehr … Doch Unsinn, er hatte sich getäuscht … leise, ganz leise kam sie jetzt auf ihn zu, er ahnte schon den Duft ihres Parfüms. Er war so müde, doch auch glücklich, denn sie war ja da. Isla … Es war Sommer … es duftete stark, der Duft ihres Parfüms vermischte sich mit dem Duft der Lilien … Er sah sie schon von weitem, sie kam näher, ganz sacht, lautlos ihre Schritte im Gras … Isla!

Sein Kopf fiel vornüber auf seine Brust, er war glücklich.

»Sir Flythe?« Georgia stand vor seinem Korbsessel und beugte sich zu ihm hinunter. »Sir Flythe?«, flüsterte sie, während sie bereits erkannte, was sie noch nicht zulassen wollte. »Es tut mir so leid, aber mein Zug hatte Verspätung, und ich konnte kein Taxi bekommen, aber jetzt bin ich da. Sir Flythe?«

Alistairs Kopf war vornübergefallen, die Hände hingen leblos über die Armlehnen seines Korbsessels.

»Sir Flythe?«, flüsterte Georgia noch einmal, während

Furcht nach ihr griff. Langsam musste sie sich eingestehen, dass der alte Mann tot war. Gestorben, während er auf sie gewartet hatte.

Da kniete sich Georgia still neben den Sessel, nahm seine Hand und legte ihre Wange dagegen.

*

Georgia hatte nicht erwartet, dass Sir Flythes Tod sie so tief treffen würde. Erst jetzt wurde ihr klar, wie viel ihr die Besuche in seinem Haus und die Gespräche mit ihm bedeutet hatten. Sie hatte ihm noch so viel erzählen, ihn so viel fragen wollen.

Sie trauerte um ihn, als sei er ihr Großvater gewesen. Hatte sie in ihm vielleicht einen Ersatz gesucht?

In Gedanken ging sie immer wieder die Gespräche mit ihm durch, erinnerte sich an seine Erzählungen über Isla Jones, die sie in ihren Bann gezogen hatten. Durch seinen Tod war auch die Verbindung zu dieser Frau abrupt beendet. Warum dachte sie so oft an Isla? War sie mit ihrem eigenen Leben nicht ausgelastet? Versuchte sie, sich mit dem Leben der anderen zu beschäftigen, um nicht über ihr eigenes nachdenken zu müssen? Durch die Krankheit ihrer Mutter hatte sie viele Jahre sich selbst und ihre Bedürfnisse in den Hintergrund gedrängt. Doch jetzt?

Georgia gestand sich ein, dass sie seit dem Tod ihrer Mutter ihr eigenes Leben in Frage stellte, doch die Antworten noch nicht zulassen wollte. Denn das würde Konsequenzen erfordern – und war sie dazu bereit? Liebte sie ihren Beruf zum Beispiel noch? Er bereitete ihr keine Freude mehr, zumindest nicht bei den wenigen Möglichkeiten, die sich ihr boten. Und wie ging es mit Aiden weiter? Oder war die Beziehung bereits zu Ende? Waren sie nicht längst gescheitert?

Die Zeitungen brachten einen Nachruf auf den Kunsthändler und Galeristen Sir Alistair Flythe, der bereits zu Lebzeiten zu einer Legende geworden war. Legendär war natürlich vor allem seine einzigartige Sammlung wertvoller Gemälde. Leider könne er nun die Eröffnung des Museums für die *Alistair-Flythe-Stiftung* nicht mehr miterleben. Dann wurde über seinen Werdegang berichtet, sein Heranwachsen in einer reichen englischen Upperclass-Familie, beste Schulen, ein Studium an Elite-Universitäten in England und Amerika.

Sein Privatleben habe er jedoch immer vor der Öffentlichkeit geheim gehalten, hieß es.

Einmal telefonierte Georgia mit Mrs Hunt. Von ihr hörte sie, dass die Beerdigung nur im engsten Familienkreis stattfand. »Das bedeutet«, erzählte Mrs Hunt bereitwillig, »sein Neffe Timothy Flythe, dessen Frau und ihre erwachsenen Kinder. Sir Flythes Asche wird im Garten seines Hauses in Kent verstreut werden, das war sein letzter Wunsch.«

»Was werden Sie denn jetzt machen?«, hatte Georgia sie gefragt. Mit einem kleinen Seufzer erklärte Mrs Hunt, dass sie ja alt genug sei, um in Rente zu gehen, und der gute Sir Flythe habe sie auch mit einer größeren Summe bedacht, so dass sie den Rest ihres Lebens gut zurechtkäme.

»Ich werde ihn nie vergessen, er war ein so feiner Gentleman«, weinte sie. Dann erzählte sie noch, sie wisse, dass Sir Flythe das Londoner Haus seinem Neffen Timothy vererbt habe, das Anwesen in Kent aber ginge an dessen beide Söhne, also an die Großneffen. »Und fast hätte ich es vergessen«, sagte Mrs Hunt abschließend, »ich schicke Ihnen morgen einen Kurier mit den Büchern.«

»Mit welchen Büchern?«, fragte Georgia erstaunt.

»Nun, diese riesigen, schweren Bildbände, die Sir Flythe so gehütet und geliebt hat. Timothy Flythe hat mich angewiesen, sie Ihnen zu schicken. Sir Flythe hat sie Ihnen vererbt.«

Georgia wäre beinahe in Tränen ausgebrochen. Die Bildbände bedeuteten eine wertvolle Erinnerung an den Mann und die Stunden in seinem Wintergarten.

Am nächsten Morgen brachte ihr ein Kurier einen großen Karton, und als Georgia die Bücher auspackte, entdeckte sie auch ein Kuvert, mit einer Klammer an dem Band über die Renaissance befestigt und an sie adressiert.

Liebe Georgia,

ich spüre, dass der Tod kommt, obwohl ich mich wehre und vorgebe, die Anzeichen nicht zu bemerken. Auch wenn man sehr alt ist, der Tod kommt immer zu früh.
Gestern hat man mich aus dem Krankenhaus entlassen, soll ich es als gutes Zeichen sehen? Ich denke nicht.
Heute Nachmittag kommen Sie zu mir zum Tee, ich bin unruhig, und so schreibe ich diese Zeilen, obwohl ich hoffe, Ihnen alles persönlich sagen zu können.
Ich möchte, dass Sie meine geliebten Bildbände bekommen. Ich wüsste niemanden, dem ich sie lieber schenken würde als Ihnen, Georgia.
Die Liebe zur Kunst und zur Malerei hat in meinem Leben sicher die größte Rolle gespielt. Für sie bin ich von Kontinent zu Kontinent gereist. Bei Ihnen, liebe Georgia, habe ich einen

Funken gespürt, und ich hoffe, ich konnte sie in Ihnen entfachen: die Liebe zur Malerei. Ich habe mich selten in Menschen getäuscht, und darum glaube ich, dass sich meine Leidenschaft auf Sie übertragen hat.

Lesen Sie sorgfältig, lernen Sie, liebe Georgia, Sie werden es brauchen.

Mit Ihnen konnte ich auch über die Frau sprechen, die ich mein ganzes Leben lang geliebt habe. Ich habe es nie ausgesprochen, aber ich denke, Sie wissen es längst.

Neulich sagte ich zu Ihnen, dass es eine Liebe gibt, die sich nie erfüllt oder die niemals gelebt werden darf. Und ich sagte Ihnen auch, welche Qual eine solche Liebe bedeutet, aber das entspricht nicht der Wahrheit. Ist man nicht glücklicher, überhaupt zu lieben, als niemals die Liebe erlebt zu haben? Gehört zur Liebe nicht auch der Schmerz, sind sie nicht eng miteinander verbunden?

Ich habe Isla Jones im Sommer 1947 zum letzten Mal gesehen, doch niemals vergessen. Vor über zwanzig Jahren bereits starb sie in Kent an einer Lungenentzündung. Sie wurde nur fünfundsechzig Jahre alt. Ich gebe Ihnen das einzige Foto, das ich von ihr besitze, denn Sie, Georgia, sind der einzige Mensch, dem ich von Isla Jones erzählt habe. Es ist ein Schwarzweißfoto, daher können Sie die außergewöhnliche Augenfarbe nicht erkennen.

Immer noch stellt sich mir die Frage, wo sich der Kreis zwischen Isla und Ihrer Mutter schließt. Ist es ein Zufall, dass Ihre Mutter das Gemälde besaß? Leider werde ich es nicht mehr erfahren, aber ich bin sicher, Sie finden es heraus.

Die Briefe, die Isla mir schrieb, habe ich zerrissen. Niemand sollte erfahren, was mich mit dieser Frau verband. Niemand weiß davon, außer Ihnen, Georgia.

Bitte halten Sie mich in guter Erinnerung,
Ihr
Alistair Flythe

Georgia konnte ihre Tränen nicht zurückhalten. Doch bevor sie den Brief ein zweites und drittes Mal las, zog sie ein kleines Schwarzweißfoto aus dem Kuvert. Sie hatte sich so oft ausgemalt, wie Isla Jones wohl ausgesehen haben mochte, denn mit den Angaben eines ehemals verliebten alten Mannes hatte sie nicht allzu viel anfangen können. Lange betrachtete sie das Foto.

Isla trug darauf eine helle Hose, ganz im Schnitt der dreißiger Jahre, dazu einen Pullover und Schuhe mit Keilabsätzen. Sie lehnte an einem Zaun und lachte offenbar jemandem zu, der in ihrer Nähe stand. Ihr Gesicht war ein wenig zur Seite gewandt, so sah man ihr Profil, aber zugleich die Form ihres ebenmäßigen Gesichts, die großen Augen unter betonten Brauen und einen schön geschwungenen Mund. Die langen Haare trug sie zu einer Innenrolle frisiert, die ihr auf die Schulter fiel. Obwohl es offensichtlich nur eine Momentaufnahme war, erkannte man die Schönheit dieser Frau.

Georgia erinnerte sich an ihren ersten Besuch in der Galerie, als sie Sir Flythe zum ersten Mal gegenüberstand, einem Gentleman, zurückhaltend, ruhig, beobachtend. Niemals hätte sie sich seinerzeit vorstellen können, dass dieser Mann solche Worte über die Liebe fand, sich zu einer großen Leidenschaft bekannte und sogar darüber schrieb.

Langsam faltete Georgia den Brief zusammen und steckte ihn ins Kuvert zurück.

Am nächsten Tag rief Germaine sie an. Als Georgia den Namen der Freundin auf dem Display sah, erinnerte sie sich, dass heute der Tag war, an dem Germaine und ihr Freund Jean-Paul die Sachen aus der Wohnung ihrer Mutter holen wollten.

»Georgia?« Die Stimme ihrer Freundin klang aufgeregt, als sie ohne Gruß sofort zu reden anfing. »Die Nachbarin deiner Mutter hat mich angesprochen. Sie hat gesagt, vorgestern sei ein alter Mann da gewesen. Er hat bei ihr geklingelt und sich nach Hannah Atwell erkundigt. Es schien ihn getroffen zu haben, als Madame Goll ihm erzählte, sie sei am zweiundzwanzigsten Mai gestorben. Dann sei er schnell wieder gegangen. Hallo, Georgia, bist du noch dran?«

»Ja, ja natürlich … Ich …«

»Du glaubst, es könnte dein Großvater gewesen sein, oder?«

»Ja, Germaine, das könnte sein. Hat Madame Goll gesagt, wie er aussah?«

»Sie hat ihn beschrieben, groß, schlank, ziemlich alt, und er trug einen sehr eleganten Anzug. Aber seinen Namen nannte er nicht, sondern er war, wie gesagt, sehr schnell wieder verschwunden. Madame Goll konnte ihn gar nichts fragen.«

»Danke, Germaine«, flüsterte Georgia, »danke. Ich rufe Madame Goll gleich an, vielleicht erinnert sie sich doch noch an irgendetwas.«

»Das hat keinen Sinn, sie ist schon auf dem Weg in eine Rehaklinik. Sie stand praktisch schon mit ihrem Koffer vor der Tür.«

Nach dem Gespräch vermochte sich Georgia lange nicht zu beruhigen. Es konnte ja auch ein Bekannter ihres Vaters gewesen sein, irgendein früherer Kollege aus der Kanzlei. Oder hatte ihre E-Mail an das Hotel Mamounia tatsächlich einen Sinn gehabt? Hatte Lionel Gorman, den man angeblich im Hotel nicht kannte, ihre Nachricht doch bekommen, wenn auch zu spät?

Noch am Abend setzte sich Georgia an ihren Laptop und schrieb eine zweite Mail an das Hotel in Marrakesch mit der Bitte, sie an Lionel Gorman weiterzuleiten. Sie konnte nicht aufgeben, sie wollte einfach glauben, dass ihr Großvater noch lebte. Und es mochte ja sein, dass er der Mann in Paris gewesen war.

*

Nach einigen ruhelosen Tagen beschloss Georgia, in London auf Entdeckungstour zu gehen und nicht ständig an den Tod ihrer Mutter oder an den von Sir Flythe zu denken – auch nicht an ihre eigene ungewisse Zukunft. Und erst recht nicht an den alten Mann, der nach ihrer Mutter gefragt hatte.

Sie besuchte die Tate Gallery of Modern Art, die National Gallery, die Tate Britain, schloss sich Führungen für Touristen an und ließ die Bilder auf sich wirken. Und je länger ihre »Museumstour«, wie sie es in Gedanken nannte, dauerte, desto mehr interessierte sie sich für die Malerei.

An einem dieser Tage machte sie einen Abstecher in die Flythe-Galerie und wurde von Miss Alberta Beck mit einer herzlichen Umarmung begrüßt. Sie trug ein plissiertes dunkelrotes Kleid und dazu antike schwarze Ohrringe aus Onyx.

»Ich bin so glücklich«, erzählte sie, »niemals hätte ich gedacht, dass Sir Flythe mir die Galerie zu fünfzig Prozent vererben würde.« Alberta war vollkommen überdreht, und sie sprach rasch weiter: »Ich habe spontan einige Kunden zu einer kleinen improvisierten Party eingeladen. Champagner und Weißwein sind schon unterwegs hierher.« Inzwischen drängten sich bereits viele Leute in der Galerie, so nickte Alberta Georgia noch schnell zu, begrüßte ihre neuen Gäste und blieb dann bei einem Mann stehen, mit dem sie sich lebhaft unterhielt. Georgia stand inmitten des Trubels und beobachtete sie. Offenbar erzählte Alberta Beck ihm etwas über sie, denn der Mann drehte sich zu ihr um. Sie kannte ihn, wusste jedoch nicht sofort, wo sie ihn schon einmal gesehen hatte. Dann aber fiel es ihr ein: der gutaussehende Mann, den sie im Haus von Sir Flythe kurz kennengelernt hatte, Alistairs Anwalt und Berater.

Als er sah, dass sie ihn beobachtete, lächelte er sie an und kam kurz darauf zu ihr.

»David Ryder«, stellte er sich vor.

»Ich weiß«, antwortete sie. Er sah nicht aus wie ein Engländer, eher wie ein Franzose. Sein Gesicht war markant, mit einer langen Nase und einem energischen Kinn. Nachdem er sich vorgestellt hatte, blieben seine Augen interessiert auf Georgia gerichtet. »Wir haben uns bei Sir Flythe gesehen«, half sie ihm auf die Sprünge.

»Natürlich. Ich erinnere mich. Sie sind Georgia Atwell. Sir Flythe hat mir erzählt, dass Ihnen das Gemälde *Frau mit Spitzenschleier* gehört.«

»Dann wissen Sie sicher auch, dass ich es nicht verkaufen will.«

»Ja, auch das hat er mir berichtet. Ich war sein Anwalt und Berater.«

»Und sehen Sie, auch das weiß ich bereits«, antwortete Georgia und lächelte zu ihm auf. »Also wissen wir beide schon eine ganze Menge voneinander.«

»Ja, offensichtlich.«

Er gefiel Georgia, und an seinem Lächeln erkannte sie, dass auch sie ihm gefiel.

»Ich glaube, der Champagner ist jetzt da.« David hatte sich umgesehen und winkte einen Kellner heran. »Möchten Sie?«, wollte er wissen.

Georgia wehrte ab. »Nein danke, ich muss gehen.« Sie fühlte sich zwischen all den eleganten Leuten unbehaglich. Sie selbst trug nur ihr Museumsoutfit, Jeans, eine weiße Bluse und Sneakers.

»Ich muss eigentlich auch los«, erklärte David sofort, »ich hätte Ihnen nur noch bei einem Glas Champagner Gesellschaft geleistet.« Dann erzählte er, dass er in den kommenden zwei Wochen in New York, Amsterdam, Paris und Essen sein würde. »Ich habe Sir Flythe versprochen, mich selbst um den Rücktransport seiner ausgeliehenen Gemälde zu kümmern. Morgen fliege ich als Erstes nach Amsterdam.«

Er fügte noch etwas hinzu, doch Georgia konnte ihn bei dem Lärm ringsum nicht verstehen, und so beugte sich David ganz nahe an ihr Ohr und wiederholte seinen letzten Satz: »Ich hoffe, wir sehen uns bald wieder.«

Sein Mund berührte leicht ihr Ohr, und für Georgia war diese kleine flüchtige Berührung geradezu sinnlich und drängend. Oder hatte sie sich getäuscht?

Er wartete ihre Reaktion nicht mehr ab, sondern kämpfte sich jetzt durch die Leute bis zum Ausgang der Galerie. Dort wandte er sich um, stellte sich auf die Zehenspitzen und winkte ihr noch einmal kurz zu.

Auch Georgia blieb nicht länger. Sie verabschiedete sich von Alberta und sah sich draußen in der Dämmerung suchend nach einem Taxi um.

Plötzlich stand David Ryder vor ihr.

»Darf ich Sie irgendwohin fahren?«

»Nach Hause, wenn Sie Zeit haben«, antwortete sie.

»Hätte ich sonst auf Sie gewartet?« Er brachte sie zum Lachen, und seine Worte schmeichelten Georgia. Also war er wohl doch nicht so sehr in Eile … Während der Fahrt sprach David über Sir Flythe und dass er in den letzten Tagen seines Lebens noch sein Testament geändert habe. Aber er sei ja immer für Überraschungen gut gewesen.

»Von ihm weiß ich auch, dass Sie nur vorübergehend in London sind.« David wandte sich kurz Georgia zu.

Sie nickte, und dann erzählte sie ihm von ihrer Arbeit an der Oper, die leider nicht sehr erfolgreich gewesen war.

»*Tosca?* Sie haben die Kostüme für *Tosca* entworfen?« Aus Davids Stimme klang Erstaunen, fast Bewunderung, wie Georgia fand. Aber da musste sie sich getäuscht haben. Vielleicht war es grundsätzlich der Klang seiner Stimme, der sie faszinierte.

»Ja«, antwortete Georgia mit einem Gefühl des Unbehagens. »Ich weiß, sie waren nicht gut, und …«

»Wie kommen Sie darauf? Ich war bei der Premiere, und ich fand die Kostüme sehr schön, gerade in ihrer Schlichtheit. Ich mag diese opulenten Ausstattungen nicht besonders, sie wirken oft so überladen.«

»Sie wollen mir nur etwas Nettes sagen, nicht wahr?« Georgia wandte sich ihm zu. »Aber das müssen Sie nicht, ich bin über die schlechten Kritiken hinweg.«

»Nein, ich sage meine ehrliche Meinung. Mir gefielen die Kostüme, auch das Bühnenbild, von den Sängern ganz zu schweigen. Nur die Inszenierung war etwas harmlos, nichtssagend.«

Wenn das Aiden hören würde, schoss es Georgia durch den Kopf, doch sie schwieg.

»Sie wohnen in einer schönen Gegend«, stellte David fest, als sie in die Fulham Road einbogen.

»Ja, aber nur vorübergehend. Es ist das Haus einer Freundin.«

David stieg aus, ging um den Wagen herum und öffnete Georgia die Tür.

»Nun, dann … auf Wiedersehen und bis bald.«

»Bis bald«, antwortete sie und wartete noch, bis David abgefahren war.

In der Dämmerung sah Georgia Aiden erst, als sie bereits die Stufen zum Haus hinaufging. Er lehnte an der Haustür und sah ihr wortlos entgegen.

»Aiden, wieso …?«

»Es war eine spontane Idee«, antwortete er reserviert. »Und wie so oft warst du nicht erreichbar.«

»Ja, mein Akku ist leer. Seit dem Tod meiner Mutter passe ich nicht mehr so auf«, antwortete sie mit einem Gefühl des Unbehagens.

Er löste sich von der Tür, blieb aber in einigem Abstand von ihr stehen. In Georgias Gedanken blitzte die Erinnerung an jenen Abend im Mai auf, als sie nach London gekommen war und er hier auf den Stufen auf sie gewartet hatte. Es hatte fürchterlich geregnet, und doch hatten sie sich innig umarmt und geküsst und hatten den Regen überhaupt nicht gespürt. Heute berührten sie sich nicht einmal. Sie gab den Code für die Eingangstür ein, und Aiden folgte ihr schweigend ins Haus.

»Wie lange bleibst du?«, wollte sie wissen.

»Morgen um zwei Uhr geht mein Flug zurück nach Zürich. Ich denke, wir sollten miteinander reden«, schlug er vor. Seine Stimme klang ruhig, und sie erwiderte nachdenklich seinen Blick.

»Das kommt überraschend«, sagte sie, »aber lass uns essen gehen, Aiden.«

»Einverstanden.«

»Dann ziehe ich mich nur rasch um, ich brauche nicht lange.« Schon lief sie die Treppe nach oben, stieg aus ihren Jeans und holte ein weißes Leinenkleid aus dem Schrank. Während sie den Reißverschluss zuzog, schlüpfte sie in passende Sandaletten, fuhr sich kurz durch die Haare und lief wieder nach unten.

Aiden war inzwischen ins Wohnzimmer gegangen, stand im Dunkeln am Fenster und sah hinaus. Im Licht, das von der Straße hereinfiel, sah sie ihn bewegungslos dort verharren. Seine Haltung war angespannt, seine Schultern hochgezogen.

Er drehte sich nicht um, als er sie kommen hörte.

»Ich musste das Angebot annehmen«, sagte er.

»Ich mache dir keinen Vorwurf daraus, das weißt du.« Georgia blieb stehen und lehnte sich gegen den Türpfosten. »Es hat mich nur verletzt, dass du nie von *wir* sprichst«, sagte sie. »Du triffst jede Entscheidung für *dich,* obwohl es Folgen für uns *beide* hat.«

»Es geht um den Beruf, Georgia. Und das ist allein meine Entscheidung.«

»Das sagte ich ja gerade. Es geht um dich, nie um uns.«

»Du hast dich nicht beschwert, das ist richtig. Aber du setzt mich unter Druck.«

»Das ist doch Unsinn«, widersprach Georgia heftig.

»Ich empfinde es aber so. Seit du nach London gekommen bist, gibst du mir das Gefühl, deine Erwartungen nicht zu erfüllen.«

»Wie meinst du das? Wann denn?« Georgia konnte nicht glauben, was sie hörte. Aiden machte *ihr* Vorwürfe, obwohl er es war, der sie im Stich gelassen hatte?

»Immer, Georgia. Aber ich bin nun mal nicht der Mann, der bei einer Beerdigung Händchen hält. Ich habe versucht, dir auf meine Weise zu helfen, doch diese Hilfe hast du nicht gewollt.«

»Was meinst du?«

»Ich wollte dich unterstützen, dein eigenes Leben zu leben, dich von deiner Mutter nicht so vereinnahmen zu lassen.«

»Sie ist gestorben, Aiden.«

»Ja, natürlich. In diesem Fall kam meine gutgemeinte Hilfe zu spät. Ich will damit nur sagen, dass ich dir in vielen Dingen nicht wichtig bin. Du hast deinen eigenen Kopf und willst dir nichts sagen lassen. Jedenfalls nicht von mir.«

»Das stimmt so nicht«, widersprach Georgia, doch Aiden überging ihren Einwand.

»Ich habe dir geraten, das Gemälde zu verkaufen, es schien mir das Vernünftigste. Du hast keinen Job, kaum Geld. Also, warum warst du so ablehnend, geradezu aggressiv, als ich dir den Vorschlag machte?« Als Georgia dazu schwieg, sprach er weiter: »Ich musste nach Zürich und habe dir angeboten, mich dort zu besuchen, wir hätten dort zusammen sein können. Aber du willst nicht, obwohl du hier in London nichts zu tun hast. Was hält dich hier?«

Jetzt endlich drehte sich Aiden um. Georgia spürte seine Nähe, seinen Wunsch, sie zu umarmen, doch sie rührte sich nicht. Alles, was er sagte, klang vernünftig und überzeugend.

Und doch hatte er sie nicht verstanden, ihre Gefühle nie nachempfinden können.

»Was mich hält?«, antwortete sie. »Vielleicht die Vorstellung, dass du in Zürich gar keine Zeit für uns hast.«

»So macht das keinen Sinn, Georgia. Ich habe lange überlegt und es mir nicht leichtgemacht. Ich konnte dir nicht geben, was du dir wünschst, und du kannst nicht akzeptieren, dass für mich der Beruf absolute Priorität hat.«

»Ich denke eher, dass du einfach keine Beziehung eingehen willst, vielleicht nur nicht mit mir, oder generell, das weiß ich nicht«, antwortete Georgia ruhig.

»Kann sein, dass du recht hast«, antwortete Aiden nach einer kleinen Pause. »Ich muss frei sein für berufliche Entscheidungen. Ich möchte kein schlechtes Gewissen haben müssen, wenn ich irgendwo auf der Welt ein Engagement annehme. Wenn eine Frau deswegen frustriert und enttäuscht ist, gibt mir das ein mieses Gefühl.«

Georgia erkannte zum ersten Mal ganz klar, was sie seit der Beerdigung ihrer Mutter verdrängt hatte.

»Im Grunde, Aiden, willst du nur diese unverbindliche Affäre, die wir hatten. Dass wir uns sehen, wann es *dir* irgendwie in den Kram passt, und wieder auseinandergehen, wenn *du* es für richtig hältst.«

»Du hast recht«, antwortete Aiden schlicht.

»Ich habe dich aber nie unter Druck gesetzt, bleib bitte fair.«

»Unbewusst schon. Denn du suchst etwas anderes bei einem Mann, etwas, das ich dir nicht geben kann.«

»Das ist richtig, ich will mehr als eine Affäre. Davon hatte ich in meinem Leben schon einige zu viel. Jetzt will ich eine richtige Beziehung.«

»Es ist vorbei, nicht wahr?«, fragte Aiden leise.

Da ging Georgia zu ihm und legte ihren Kopf an seine Schulter. Keiner von ihnen hatte noch Lust, essen zu gehen. Sie verharrten einfach nur schweigend, bis Aiden Georgia fest an sich zog. So standen sie im Dunkeln, ein wenig verzweifelt und doch auch erleichtert, endlich alles gesagt zu haben.

Aiden schlief in dieser Nacht im Wohnzimmer auf dem Sofa. Oben im Gästezimmer fand Georgia keine Ruhe. Sie war müde, gleichzeitig überdreht, wälzte sich von rechts nach links.

Als sie nach dem Tod ihrer Mutter nach London zurückgekommen war, hatte sie bereits gefühlt, dass Aiden und sie nicht mehr zueinanderfinden würden. Sie hatte dieses Gefühl verdrängt, doch in dieser Nacht war es endlich ausgesprochen worden. Und erst als sich Georgia eingestehen konnte, wie erleichtert sie darüber war, fand sie endlich in einen tiefen Schlaf.

Am nächsten Morgen kam Aiden leise ins Schlafzimmer, nahm seine Reisetasche, die er am Abend zuvor nicht ausgepackt hatte, und verließ den Raum genauso leise wieder. Georgia hörte die Dusche im Bad gegenüber, und wenig später schlich Aiden die Treppe hinunter. Wie elektrisiert schwang Georgia die Beine aus dem Bett, schlüpfte in ihre Frotteelatschen und den Bademantel und lief ebenfalls die Treppe hinunter. In der Diele zog sich Aiden gerade seinen Mantel an.

»Ich wollte dich nicht wecken«, sagte er ruhig. »Mein Taxi kommt gleich, und ich frühstücke am Flughafen.«

»Du wolltest dich heimlich davonschleichen?«

Aiden lächelte sie an. »Nein, aber du hast tief und fest geschlafen. Ich hätte dich vom Flughafen aus angerufen.« Er trat auf sie zu und umarmte sie schnell. »Ciao«, flüsterte er ihr ins Ohr und ließ sie los. »Wir können uns ja mal treffen, wenn ich aus Zürich zurück bin.«

»Ich werde dann sicher nicht mehr in London sein«, antwortete Georgia.

»Aber wir werden uns doch noch mal wiedersehen? Irgendwann?«

»Lassen wir es auf uns zukommen«, sagte Georgia leise. »Ich glaube, dein Taxi ist da.« Sie sahen sich stumm an, dann umarmte Aiden Georgia noch einmal.

»Pass auf dich auf, und wir telefonieren, ja?«

Georgia nickte und löste sich aus der Umarmung. Sie blieb an der Treppe stehen und sah schweigend zu, wie Aiden das Haus verließ und die Tür hinter sich zuzog. Sie hörte ihn mit dem Fahrer sprechen, das Taxi fuhr an, und Georgia blieb noch in der Diele stehen, fast als erwarte sie, Aiden käme zurück. Tränen schossen ihr in die Augen, und sie tat nichts, um sie zurückzuhalten.

Vierundzwanzig

In den nächsten Tagen regnete es fast ununterbrochen. Georgia blieb zu Hause und schaute sich Sir Flythes Bildbände an.

Sie freute sich jeden Tag darüber, denn ein persönlicheres Geschenk hätte Alistair ihr nicht machen können. Sie wurde nicht müde, die zehn Bände durchzublättern und seine Anmerkungen auf den vielen Zetteln zu lesen, die sie zwischen den Abbildungen und den Texten entdeckte.

Als sich das Wetter besserte, nahm Georgia ihre Streifzüge durch London wieder auf. An den Wochenenden, die sie mit Aiden hier verbracht hatte, hatte sie nur wenig von der Stadt kennengelernt. Vom Bahnhof St. Pancras, an dem sie mit dem Eurostar angekommen war, abgesehen, nur ein paar angesagte Restaurants, in die Aiden sie führte, die Bond Street, in der er immer seine Schuhe und die Kaschmirschals kaufte, die er in jeder Farbe besaß. Dann waren sie noch ein paarmal im Kaufhaus Harrods gewesen.

Aiden hatte sie kurz angerufen, dass er gut in Zürich angekommen sei. Seitdem hatte sie nichts mehr von ihm gehört, und Georgia fand, es war besser so.

Es machte ihr Spaß, in einem Doppeldeckerbus eine Sightseeing-Tour zu erleben. Einmal saß sie im Hydepark und hielt ihr Gesicht in die Sonne. Aber immer wieder zog es sie in die Museen, und je mehr sie sich mit Malerei beschäftigte, desto größer war die Faszination, die von den Bildern ausging. Abends kam sie erschöpft nach Hause. Meist fiel sie sofort in der Bibliothek auf Jessicas Designersofa und legte die Füße hoch.

Eine Woche war seit Aidens Abreise vergangen, als Georgias Handy klingelte und David Ryder sie anrief.

»Ich bin auf dem Weg zum Flughafen und muss Sie dringend sprechen. Kann ich schnell bei Ihnen vorbeikommen?«

»Wann?« Schon lief Georgia die Treppe hinauf, um zu duschen, sich die Haare zu waschen und schnell ein Kleid anzuziehen.

»Ich stehe vor Ihrer Tür.«

Georgia wusste nicht, ob sie sich ärgern oder lachen sollte. Sie entschloss sich fürs Lachen, lief die Treppe wieder hinunter und öffnete die Haustür.

David trug einen dunklen Anzug mit eleganter Krawatte, und wieder stand sie ihm nur in Jeans und einer durchgeschwitzten Bluse gegenüber.

»Ein schönes Haus«, bemerkte er nach der Begrüßung, als er sich in der Diele umsah.

»Ja, aber wie ich schon sagte, leider nicht meines.«

Für einen Moment standen sie sich gegenüber, bis Davids Blick durch die offene Tür ins Esszimmer fiel.

»Darf ich?«, wandte er sich Georgia zu.

»Natürlich.«

Er ging in den Raum und direkt auf das Gemälde *Frau mit Spitzenschleier* zu.

»Wunderschön«, sagte er leise, »einfach wunderschön. Ich verstehe, dass Sie es nicht verkaufen wollen.«

»Aus finanzieller Sicht müsste ich es tun«, stellte Georgia fest, »aber ich kann es einfach nicht.« Jetzt wandte sich David ihr zu. Was hatte Alistair noch über ihn gesagt? Dass er ihn mochte und ihm vertraute wie einem Sohn. Dass er seit vier Jahren geschieden sei und sehr anspruchsvoll in der Wahl einer Partnerin. Dabei hatte Sir Flythe ihr zugezwinkert mit diesem Charme, den Georgia so sehr an dem alten Mann gemocht hatte.

»Sie lächeln?«, fragte David. »Sie ahnen doch hoffentlich nicht, warum ich hier bin, denn dann bringen Sie mich um meine Überraschung.«

»Nein, ich habe gerade an Sir Flythe gedacht«, antwortete sie, »er konnte so liebenswürdig zwinkern.«

David lachte. »Davon weiß ich nichts, wahrscheinlich war das Zwinkern Frauen vorbehalten.«

»Das kann schon sein«, antwortete Georgia amüsiert. »Es war wirklich bezaubernd.«

»Sir Flythe war in seiner Jugend ein sehr gutaussehender Mann, das hat mein Vater oft erzählt. Er war ja nicht nur Sir Flythes Anwalt, sondern auch dessen bester Freund.«

»Ach ja? Dann wissen Sie sicher auch einiges über das Gemälde und Sir Flythes jahrelange Suche danach?«

»Nicht allzu viel. Seine Suche nach dem Bild hat er ja erst vor drei Monaten durch den Artikel öffentlich gemacht.«

»Wollen Sie nicht Platz nehmen?«, bot ihm Georgia jetzt an.

»Nur kurz, danke.« David setzte sich in einen der Sessel vor dem Kamin und holte ein paar Akten aus seiner Tasche, während Georgia ihm gegenüber Platz nahm. Sie beobachtete ihn. Er wirkte ausgeglichen, höflich, und ihr kam der Gedanke, dass er sicher der Typ Mann war, auf den eine Frau sich verlassen konnte.

»Also, sind Sie bereit?«, fragte er und sah sie an. »Sie haben keine Ahnung, stimmt's?«, ergänzte er lächelnd.

»Nein, absolut nicht.«

»Sir Flythe hat kurz vor seinem Tod noch eine schriftliche Verfügung getroffen, die er durch einen Boten in unsere

Kanzlei bringen ließ. Ein Mitarbeiter von mir nahm das Kuvert in Empfang und legte es in unseren Safe, leider ohne mich sofort zu verständigen. Erst heute Morgen habe ich davon erfahren. Bitte entschuldigen Sie die Verzögerung.«

»Um was geht es denn?« Georgia wurde immer unruhiger.

»Nun, ich will Sie natürlich nicht länger auf die Folter spannen, also: Sir Flythe hat verfügt, dass Sie in den Vorstand seines Museums berufen werden. Er besteht aus drei Leuten, nämlich mir, einem sehr bekannten Kunsthistoriker, und als Dritte im Bunde hat er Sie bestimmt.«

»Aber das … Wollte er das wirklich? Ich habe doch so wenig Ahnung, weder in geschäftlicher Hinsicht noch in kunsthistorischer.«

Jetzt fiel ihr plötzlich der Satz aus Sir Flythes Brief ein: *Lernen Sie, Sie werden es brauchen.*

»Es kommt noch besser.« David überhörte ihren Einwand und sprach weiter, während er einen besorgten Blick auf seine Armbanduhr warf. »Sir Flythe hat Sie zur Leiterin seines Museums bestimmt.«

Georgia brauchte einen Moment, bis sie die Tragweite seiner Aussage begriff.

»Und?«, fragte David gespannt. »Sie nehmen doch an, oder?«

»Natürlich.« Georgia atmete tief ein. »Natürlich, aber … das kommt so plötzlich, ich kann es noch gar nicht begreifen. Wieso ich? Wir kannten uns doch kaum.«

»Offenbar kannte er Sie gut genug. Dieses Museum war sein Lebenstraum, er muss Sie sehr geschätzt haben, um Ihnen diese wichtige Aufgabe zu übertragen.« David erhob sich. »Es tut mir leid, ich will nicht unhöflich sein, aber ich muss mich beeilen. Ich verpasse sonst mein Flugzeug.«

Georgia war so überwältigt, dass sie kaum hörte, was er sagte. Doch als David aufstand, sie erwartungsvoll ansah und sich zur Tür wandte, kam wieder Leben in sie.

»Ich weiß nicht, ob ich dieser Aufgabe gewachsen bin«, meinte sie zweifelnd, während sie David zur Haustür begleitete. »Ich habe doch gar keine Qualifikationen dazu?«

»Sir Flythe hat es Ihnen zugetraut.«

Georgias Unsicherheit wuchs. »Wieso ich?« Sie konnte es einfach nicht verstehen. »Ich weiß nicht, ob ich das kann.«

»Sie bekommen jede Hilfe, die Sie brauchen. Sie werden sich einarbeiten, das ist kein Problem.«

»Versprochen?« Ganz allmählich gewöhnte sich Georgia an den Gedanken.

»Versprochen.« Lächelnd sah David sie an und drückte fest ihre Hand. »Sir Flythe sagte mir, Sie seien eine ganz besondere Frau.«

»Hat er das wirklich gesagt? Oder haben Sie es gerade erst erfunden?«, erwiderte Georgia lachend.

»Flirten Sie etwa mit mir?«, wollte David wissen und zwinkerte ihr zu. »Ich kann das auch«, sagte er dann, »nicht nur Sir Flythe.«

Damit verabschiedete er sich, und schon fiel die Tür hinter ihm zu.

Georgia konnte sich nicht aufraffen, sich auch nur einen Meter zu bewegen. Was sie gerade erfahren hatte, war zu überwältigend. Ihre Zukunft war gesichert, sie würde Geld verdienen, und das auch noch mit einem außergewöhnlichen Job.

Ganz allmählich wurde sie von einem tiefen Gefühl des Glücks und der Dankbarkeit erfasst.

»Danke, Alistair«, flüsterte sie, »vielen, vielen Dank.«

Sie stand immer noch an der gleichen Stelle, als David sie anrief.

»Ich habe etwas vergessen. Wir haben einen Vertragsentwurf aufgesetzt, den wir nach meiner Rückkehr besprechen sollten, er enthält im Prinzip nur die Fakten, die in Sir Flythes Verfügung stehen. Ich habe meine Kanzlei angewiesen, Ihnen diesen Entwurf vorab per Mail zuzusenden. Ich denke, er wird schon bei Ihnen eingegangen sein.«

»Woher haben Sie meine Mail-Adresse?«, fragte Georgia verwundert.

»Sie steht in den Unterlagen der Galerie, da haben Sie sie hinterlegt.«

»Ach ja, damals, als ich das Gemälde hinbrachte«, erinnerte sich Georgia.

»Übrigens ...« David zögerte. »Ich wollte Ihnen noch etwas sagen.«

»Was denn?«

»Sie haben Ähnlichkeit mit der Frau auf dem Gemälde. Vielleicht sind es die grauen Augen oder einfach nur ein gewisser Ausdruck im Gesicht, das Lächeln.«

»Das muss Zufall sein«, erklärte Georgia mit Bestimmtheit.

»Wahrscheinlich. Aber die Ähnlichkeit ist da, glauben Sie mir.«

Georgia lief ins Esszimmer, nahm das kleine Bild vom Kaminsims und sah es lange an.

Es gab viele Frauen mit grauen Augen. Und ihr Lächeln?

Sie selbst konnte die Ähnlichkeit nicht erkennen, doch auch für Sir Flythe schien sie offensichtlich gewesen zu sein. Schon als sie damals mit dem Bild in die Galerie kam, hatte er sie scharf taxiert. Und rückblickend fiel ihr ein, dass sein Blick sie bei ihren Besuchen oft nicht losgelassen hatte, auch wenn er versuchte, es zu verbergen. Hatte diese Ähnlichkeit Sir Flythe dazu gebracht, ihr die Leitung seines Museums zu übertragen?

In den nächsten Tagen fand Georgia keine Ruhe. Der neue Job, die berufliche Herausforderung, das Gemälde mit der Frau, der sie angeblich ähnlich sah … Ihr Leben würde sich mächtig verändern.

Die Wohnung in Paris musste sie aufgeben. Sie hatte jetzt hier in London einen festen Job und würde also auch hier leben.

Immer wieder befiel sie Unsicherheit. War sie solch einer verantwortungsvollen Arbeit überhaupt gewachsen? Was hatte sich Alistair Flythe nur dabei gedacht?

Unruhig lief Georgia durch die Räume und dann in die Küche. Hier nahm sie sich ein Stück von dem Apfel-Brombeer-Kuchen, den Jessicas Haushälterin am Morgen gebacken hatte, und biss hinein. Wenn sie unruhig war, fing Georgia immer an zu essen. So legte sie noch ein zweites Stück auf einen Teller und ging damit ins Esszimmer. Dort stand ihr Laptop auf dem Tisch. Sie öffnete ihn und rief ihren Maileingang auf, doch der Vertragsentwurf war noch nicht eingegangen. Es gab so viele Fragen. Ab wann war der Vertrag gültig, wann sollte sie anfangen?

Lange saß sie vor ihrem Laptop und dachte nach. Dann griff sie nach ihrem Handy, um Jessica anzurufen. Doch sie wusste nicht genau, wie spät es in Dubai war. Oder sollte sie es bei Germaine versuchen?

Während Georgia das zweite Stück Kuchen aß, fiel ihr Blick auf den Laptop ihrer Mutter. Bis jetzt hatte sie es immer wieder aufgeschoben, ihn zu öffnen, um die letzten Mails ihrer Mutter zu lesen. Sie fürchtete, dass es sie nur unendlich traurig machen würde. Jetzt aber, beinahe dankbar für die Ablenkung von ihren anderen Themen, schob sie den eigenen Laptop zur Seite und öffnete den von Hannah. Sie gab das Passwort ein und klickte sich durch bis zum Posteingang. Sie würde die Lektüre hinter sich bringen und dann alles löschen.

Wie sie vermutet hatte, hatten sich im Posteingang ihrer Mutter viele Newsletter der Online-Verkaufsshops angesammelt, bei denen Hannah Atwell regelmäßig bestellt hatte.

Doch da gab es noch eine weitere ungelesene Nachricht, eingegangen am Tag zuvor. Sie kam von Elisabeth Gorman. Georgias Atem setzte aus, als sie den Namen las. Sie konnte nichts fühlen, nichts denken, kaum atmen. Elisabeth Gorman, konnte das sein? Oder war das ein Irrtum? Ihre Mutter hatte doch erklärt, sie sei tot. Georgia versuchte, tief einzuatmen. Ihr Herz raste, und sie musste sich an den Lehnen ihres Stuhles festhalten. Elisabeth Gorman hatte gestern erst eine Nachricht geschickt, also hatte sie keine Ahnung, dass ihre Tochter Hannah vor zwei Monaten gestorben war. Endlich beruhigte sich Georgia ein wenig und konnte mit zittriger Hand auf »Öffnen« drücken.

Liebe Hannah,

Du wirst befremdet sein, wenn Du meine E-Mail öffnest, irritiert, vielleicht voller Ablehnung. Ich weiß nicht einmal, ob Du Kontakt zu Deinem Vater hast, ob er Dir erzählt hat, dass wir uns bereits vor vielen Jahren getrennt haben. Vielleicht kennst Du längst die Wahrheit, und er hatte den Mut, mit Dir über den Betrug zu reden, den wir an Dir begangen haben.

Doch mich belastet die Vergangenheit immer noch so sehr, dass ich endlich darüber schreiben muss.
Du bist erstaunt, dass ich Deine E-Mail-Adresse kenne? Vor einiger Zeit habe ich jemanden beauftragt, Nachforschungen über Dich einzuholen. Daher kenne ich einige Fakten, mehr jedoch nicht.
Ich weiß nicht, wie weit Deine Erinnerung zurückgeht, welche Eindrücke aus der Kindheit Du in Dein Leben als Erwachsene mitgenommen hast. Du hast viel geweint, schon auf dem Schiff, das uns beide nach Hongkong brachte. Wir wollten dem Krieg entfliehen und erlebten ihn dort auf umso grausamere Weise, als die Japaner die Stadt bombardierten und vier Jahre besetzt hielten.
Wir wohnten in dieser Zeit in Macao, dann in Singapur, Shanghai und wieder in Hongkong.
Die stärkste, die schockierendste Erinnerung an Dich, an uns beide, war, als Du mich zum ersten Mal von Dir gestoßen hast. »Du bist nicht meine Mama«, hast Du geschrien. »Wo ist sie, warum kommt sie nicht?« Damals warst Du vier Jahre alt. Die Zeit davor warst Du ständig traurig und hast mich immer schon abgelehnt. Doch von diesem Moment an konnte ich nicht mehr mit Dir umgehen. Ich ertrug Deine Nähe nicht mehr, die mir mein Verbrechen vor Augen führte. Wie konnte es sein, dass Du die Erinnerung an Deine ersten beiden Lebensjahre bewahrt hast? An eine Zeit, die Du in London mit einer zärtlichen Mutter verbrachtest?
Dein Vater gab mir damals die Schuld. Er warf mir Versagen vor und übertrug die Verantwortung für Dich einem Kindermädchen und einem Privatlehrer, die uns auf allen Reisen begleiteten. Vielleicht erinnerst Du Dich an einige der Hotels, in denen wir wohnten, an Länder, in denen Du aufgewachsen

bist. Nur eine Konstante blieb: Asien. Hier fühlte Dein Vater sich sicher, hier wickelte er seine Geschäfte ab.
Dann kamen wir nach Hongkong zurück, damals warst Du gerade neun Jahre alt. Dort traf Dein Vater die Entscheidung, Dich in ein Internat nach Amerika zu schicken.
Ich wusste, dass Du das Gefühl hattest, er ließe Dich im Stich, doch er hat es aus Liebe getan. Er wollte Dir eine »saubere« Basis für Dein Leben geben, Kontinuität und eine gewisse Geborgenheit.
Die Liebe zu Dir war das einzig Beständige in seinem Leben, das Wichtigste für ihn. Auch das war für mich ein Schmerz, von dem ich mich nie erholen konnte. Hatte ich für ihn nicht alles getan?
Ich ließ mich auf eine Beziehung mit ihm ein, obwohl er verheiratet war und ich zuerst die Freundin seiner Frau Isla geworden war. Eines Nachmittags, als sie und ich in der Bond Street einkauften, begegneten wir ihm zufällig, er kam aus einer Galerie. Als er mich ansah, traf es mich wie der berühmte Blitz. Niemals hätte ich geglaubt, dass es die Liebe auf den ersten Blick tatsächlich gibt. Warum aber fand ich sie ausgerechnet in ihm, einem Mann, der verheiratet war?
Er verstand es schnell, meine Skrupel zu zerstreuen. Er liebe mich, nur mich, und er wollte mit mir ein neues Leben beginnen. Nur seine geliebte Tochter wollte er aus dem alten Leben mitnehmen.
Als Dein Vater Dich in ein Internat gab, tat er es aus den besten Motiven. Es war ihm wichtig, dass Du unter Gleichaltrigen aufwächst und gute Chancen für die Zukunft hast. Nach der Schule schickte er Dich ans berühmte Vassar College und war zutiefst enttäuscht, als Du es nach kurzer Zeit wieder verlassen hast, um zu heiraten. Es war Deine erste eigene Ent-

scheidung, und Du hast sie getroffen, ohne ihn auch nur zu informieren.
Er wollte Dir damals zur Hochzeit ein Haus kaufen, Dir etwas Großes für die Zukunft schenken, Dir etwas für Dein Leben mitgeben. Doch Du hast Dir nur eines gewünscht: das Bild Frau mit Spitzenschleier, *das Dein Vater aus England mitgenommen hatte.*
Manchmal glaube ich, dass es Erinnerungen gibt, die so weit zurückliegen, dass wir sie nicht einmal wirklich beschreiben können, doch sie haften tief in unserem Gedächtnis, nur erfassbar durch unbestimmte Gefühle. Und so denke ich, dass Du Dich unbewusst an die Zeit in London erinnert hast und deshalb dieses Bild haben wolltest. Als Erinnerung an eine Zeit der Geborgenheit, mit einer Mutter, die Dich über alles liebte.
Nachdem er Dich nach New York gebracht hatte und wieder nach Hongkong kam, trennte ich mich von ihm. Ich ließ ihn gehen, so schmerzvoll es auch für mich war. Acht Jahre hat unsere »ewig« währende Verbindung gehalten.

Aber ich will nicht sterben, bevor ich Dir die Wahrheit geschrieben habe, und ich stelle betroffen fest, wie schwer es ist. Wo soll ich anfangen? Wie es formulieren?
Damit, dass ich 1938 in der Parfümabteilung des Kaufhauses Harrods mit Isla Jones ins Gespräch kam und wir uns sofort mochten? Wir gingen zusammen ins Ritz zum Tee, und Isla lud mich ein. Sie wusste nicht, dass ich nicht viel Geld hatte, dass meine kümmerlichen Ersparnisse in dem Kleid und den Schuhen steckten, die ich trug. Meine Eltern waren tot, und ich war auf Arbeitssuche. Isla verkörperte die Art Frau, die ich sein wollte, schön, selbstsicher, charmant und elegant, sie wirkte sorglos, hatte ein einjähriges Kind und verkehrte in der Londo-

ner Gesellschaft. So erzählte ich ihr, ich sei aus reichem Hause. Als sie mich mit ihrer kleinen Tochter Lilly zum ersten Mal besuchte, waren zwei Monate vergangen, und ich war zu diesem Zeitpunkt bereits die Geliebte ihres Mannes, der eine Wohnung für mich gemietet hatte und mich aushielt. Nach ihrem Besuch fühlte ich mich schrecklich, wie eine Hure. Ich wollte die Affäre beenden, mir eine Arbeit suchen und lieber wieder in mein Zimmer in der kleinen Pension zurückkehren. Doch als Sebastian an jenem Abend zu mir kam, waren all meine guten Vorsätze dahin. Er umarmte mich und flüsterte mir ins Ohr, ich sei die Liebe seines Lebens und er habe schon einen Plan, wie wir für alle Zeit zusammen sein könnten. Ich müsse nur Ruhe bewahren. Und vor allem sollte ich dafür sorgen, dass ich oft mit Lilly allein war. Die Kleine müsse mich mögen, das sei ihm das Wichtigste. Denn seine Tochter gehöre ebenfalls für immer zu seinem Leben. Wenn ich das nicht akzeptieren könne, gäbe es keine Zukunft für uns, denn er liebe niemanden auf der Welt so sehr wie seine Lilly.

Ich will jetzt nichts über die Leidenschaft erzählen, die ich für Sebastian empfand und die mich gegen jede Vernunft handeln ließ. Ich wusste, wie sehr auch Isla ihn liebte, und von Tag zu Tag wurde es für mich schwerer, sie zu hintergehen. Mehr als einmal war ich nahe daran, mit Sebastian Schluss zu machen. Doch er besaß eine Macht über mich, die mich alles tun ließ, was er verlangte. Ich war verblendet, und ich muss Dir sagen, wenn er heute zurückkäme, alt und müde, würde ich mich in seine Arme werfen und für einen Moment vergessen, dass auch ich alt geworden bin. Und müde. Ich würde ihm alles verzeihen. Ich wollte auch damals nur eines: seine Liebe, gleichgültig, um welchen Preis. Und ich bezahlte einen hohen Preis, als ich auf seinen Plan einging und für ihn sein Kind entführte.

Hannah, ahnst Du, was jetzt kommt?
Dein Vater verließ England im November 1940, und ich sollte am 29. Dezember mit dem Schiff direkt nach Hongkong fahren, er würde mich dort erwarten. Er selbst hatte Zwischenhalt in Aden gemacht, um Spuren zu verwischen, und fuhr von dort aus mit neuem Pass und neuer Identität nach Hongkong. Er fand, es sei ein glücklicher Zufall von geradezu schicksalhafter Bedeutung, dass mein Schiff am Abend des 29. Dezember auslief, dem Tag, an dem die Mutter seiner Frau Geburtstag hatte. Isla fuhr an Weihnachten mit Lilly zu ihren Eltern. Eigentlich wollte sie bis zum 29. Dezember bleiben, das hatte sie ihm erzählt. Um das zu verhindern, bat er einen Komplizen, sich als Interessent für das Haus auszugeben, das dieser sich angeblich am 28. Dezember ansehen wollte. Es funktionierte. Isla kam mit dem Kind zurück nach London und brachte es mir am frühen Nachmittag des 29., dann fuhr sie allein weiter nach Surrey.
Es war knapp, aber der Plan ging auf.
Zwei Stunden nach ihrer Abfahrt fuhr ich von London mit einem Mietwagen und wenig Gepäck nach Tilbury. Ich hatte neue Papiere und ging als Mrs Elisabeth Gorman mit meiner kleinen Tochter Hannah an Bord des Schiffes, das noch am selben Abend auslief.
Hätte dieser Plan nicht funktioniert, gab es noch zwei andere Optionen, doch das ist jetzt nicht mehr wichtig.
Am nächsten Morgen, als wir bereits auf hoher See waren, erfuhren wir von dem verheerenden nächtlichen Angriff auf London. Saint Paul's Cathedral war zum Teil zerstört und die Gegend ringsum schwer getroffen worden.
Ich war entsetzt, denn ich hatte einen Brief Deines Vaters beim Portier hinterlegt, in dem er Isla alles erklärte. Dass er sie ver-

ließ, doch sein Kind mitnahm. Wenn aber das Haus zerbombt worden war, erhielt sie den Brief nicht und musste glauben, ihr Kind sei tot.

Meine Schuldgefühle wuchsen, als ich mir den Schmerz meiner Freundin vorstellte. Doch dann verdrängte ich alles, ich wollte nichts mehr wissen von London, meinem alten Leben, meinem alten Namen. Ich wollte nur noch Elisabeth Gorman sein, Ehefrau von Lionel Gorman.

Aber die Schuldgefühle ließen sich nicht lange verdrängen. Ich dachte immer wieder an Isla, an ihren Verlust der Tochter. Würde sie ihn jemals verwinden können? Wie musste es gewesen sein, als sie ins zerstörte London zurückkam? Oder stand das Wohnhaus noch, und sie hatte den Brief erhalten?

Wieder und wieder versuchte ich, mich auf mein Glück zu konzentrieren, doch dann erkannte ich, dass es in Wahrheit kein Glück für mich gab.

Ich liebte Dich, denn Du warst seine Tochter, aber ich hatte nicht mit Deiner Ablehnung gerechnet. Du warst immer gern bei mir gewesen, warst ein fröhliches Kind, aber in Hongkong hast Du nach mir geschlagen, geweint und nach Deiner Mama gerufen. Ich scheiterte in dem Bemühen, Dir eine gute Mutter zu sein.

Was war passiert? War Hongkong daran schuld? Auch die vielen Reisen taten uns nicht gut. Es waren keine schönen Jahre, die wir zusammen verlebten.

Ich war erleichtert, als Dein Vater Dich ins Internat brachte, und hoffte, dass sich dadurch die Spannungen zwischen ihm und mir auflösten und wir uns endlich würden lieben können. Aber die Liebe war längst verloren, und als ich das erkannte, traf ich eine Entscheidung. Es war der einzige Moment in meinem Leben, in dem ich Würde bewies und einen Funken Stolz über mein eigenes Handeln empfand: Ich ließ ihn gehen.

Liebe Hannah, ich habe Dich kennengelernt als Tochter von Isla Jones, die meine beste Freundin wurde. Doch ich, Penelope Fox, nahm ihr das Kind im Auftrag seines Vaters.
Gibt es etwas, das ich zu meiner Verteidigung sagen könnte?
Ich habe Dich geliebt, Hannah-Lilly.
Ich habe Deinen Vater geliebt und habe für ihn mein Leben aufgegeben, alles riskiert. Es gab kein Zurück mehr.
Doch ich bin gescheitert, in allem, was ich versucht habe. Und das ist das Bitterste.
Ich habe jetzt alles gesagt, und so werde ich meine E-Mail-Adresse löschen. Ich will keine Antwort von Dir, ich will nicht mehr verstrickt werden in Gedanken an die Vergangenheit, in Vorwürfe oder kummervolle Überlegungen. Ich will nicht mehr reden, nicht mehr schreiben, auf Fragen nicht mehr antworten müssen.
Für mich bleibst Du immer die kleine, süße Lilly mit den dunklen Locken und den großen, dunklen Augen, den Augen Deines Vaters, den ich so sehr geliebt habe, dass ich für ihn log und betrog und zu einer Verbrecherin wurde.
Einen letzten Gruß schickt Dir, Hannah-Lilly,
Penelope Fox

Georgia konnte nicht denken, nichts fühlen. Noch einmal las sie die Mail, und ein drittes Mal. Dann schloss sie die Augen und ließ sich in ihrem Stuhl zurückfallen. Nur langsam, ganz langsam begriff sie, was sie da las.

Lilly … Lilly auf dem großen Schiff …

Ihre Mutter hatte sich kurz vor ihrem Tod an die Überfahrt von Tilbury nach Hongkong erinnert, jene qualvolle Schiffsreise, die die Zweijährige stündlich weiter fort von ihrer geliebten Mama brachte.

David hatte gesagt, sie sähe der Frau auf dem Gemälde ähnlich. Georgia hatte darüber gelächelt und es als Zufall, eine Laune der Natur angesehen. Nun wusste sie, Isla Jones war ihre Großmutter und die Frau auf dem Gemälde also ihre Ururgroßmutter. Diese Ähnlichkeit hatte auch Sir Flythe gesehen und David ebenso. Auch Georgias Mutter – einmal nur, ganz flüchtig, hatte sie es erwähnt. Georgia habe die gleichen Augen wie die Frau auf dem Bild. Doch da hatte John gelacht und ihr erklärt, sie säße zu oft vor dem Gemälde und starre es an, da würde wohl die Phantasie mit ihr durchgehen.

Georgia konnte sich nicht beruhigen. Noch einmal ging sie die E-Mail durch, Wort für Wort, sie wollte nichts übersehen, nichts falsch deuten oder auslegen. Und sie atmete tief durch, bevor sie auf »Antworten« drückte. Sie schrieb nur ein paar Worte an Penelope Fox, dass Hannah Atwell, also Lilly Jones, gestorben sei und dass sie, ihre Tochter Georgia, Enkelin von Isla Jones, die Mail gelesen habe.

Aber als sie auf »Senden« gedrückt hatte, erhielt sie die automatisch generierte Nachricht, dass die Adresse ungültig sei.

Doch Penelope lebte offenbar noch in Hongkong. Vielleicht konnte sie ihre Adresse oder eine Telefonnummer herausfinden? Georgia war zuerst wie besessen von dem Gedanken. Aber dann lehnte sie sich in ihrem Stuhl zurück.

Warum?, fragte sie sich. Warum wollte sie mit Penelope Fox sprechen? War nicht alles gesagt?

Trotzdem suchte Georgia im Internet nach einer Adresse oder Telefonnummer. Sie rief die Auslandsauskunft an und erkundigte sich nach einer Elisabeth Gorman in Hongkong, dann nach Penelope Fox, doch es gab keine Einträge.

Penelope hatte alle Spuren gelöscht. Sie wollte keinen Kontakt, keine Fragen, keine Rechtfertigung und sicher auch keine Vorwürfe. Und sie, Georgia, musste diese Entscheidung akzeptieren. Und war es nicht richtig so? Es gab nichts mehr zu sagen, nichts mehr zu fragen.

Fünfundzwanzig

Nur einen Tag hielt es Georgia in London, dann stieg sie erneut in den Zug nach Penham. Dort lief sie geradewegs die Anhöhe hoch zum Pfarrhaus. Der Vikar arbeitete nicht im Garten, und auch die Haustür und Fenster waren verschlossen. Heute betrachtete Georgia alles hier mit einem ganz anderen Blick. Isla Jones war gestorben, ohne jemals zu erfahren, dass ihr Kind noch lebte. Wie konnte Sebastian seiner Frau diesen Schmerz bloß antun? Was für ein Schuft, ein Verbrecher, ein elender Egoist! In Gedanken belegte Georgia ihren Großvater mit allen Schimpfwörtern, die ihr gerade einfielen.

Nachdem es im Haus still blieb, löste sich Georgia von dem Anblick des Hauses, ging die Anhöhe hinunter und blieb am Weiher stehen. Vorsichtig ließ sie sich auf der Kante der alten Holzbank nieder, deren Ecken morsch waren und die ganz offensichtlich kurz vor dem Einsturz stand. Die Umgebung des Weihers wirkte verlassen, das Wasser sumpfig grün, und die verwilderten Sträucher und hohen Gräser gaben dem Ufer einen verwunschenen Reiz.

Es war erst Anfang August, doch es lag bereits ein Hauch von Herbst in der Luft. Einige braune Blätter mischten sich zwischen das Grün an den Bäumen und Sträuchern, und als Georgia in den Himmel hochsah, zogen Wolken auf. Sie erhob sich und ging in den Ort zum Tea-Room. Ein Schild wies darauf hin, dass dieses Haus denkmalgeschützt und im Jahr 1709 erbaut worden war.

Drinnen war es ziemlich dunkel, und Georgia setzte sich

an einen Tisch am Fenster und bestellte bei der jungen Kellnerin einen Darjeeling mit dem Namen Prince of Wales.

»Ich hätte gern die Besitzerin gesprochen, ist sie da?«, fragte sie, als ihr der Tee gebracht wurde.

»Ja, Mrs Hurley ist in der Backstube. Ich sehe nach, ob sie Zeit hat.«

Georgias Blick folgte dem rothaarigen Mädchen, das über ihrer Jeans eine lange weiße Schürze trug und durch die Tür hinter der Theke verschwand. Während sie wartete, sah sie sich in dem mit Holz getäfelten Raum um. Die Decke war niedrig, die Möbel waren einfach, doch es roch verlockend nach frischem Kuchen. Georgia goss ihren Tee ab und bewunderte das zarte Porzellan, das aus einer berühmten englischen Manufaktur stammte.

Es dauerte nicht lange, und eine ältere Frau kam mit dem rothaarigen Mädchen zurück und trat zu ihr an den Tisch.

»Ich bin Mrs Hurley. Sie wollten mich sprechen?« Neugierig musterte sie Georgia, die sich ebenfalls vorstellte und erklärte, sie habe einige Fragen zu Isla Jones, ob sie ihr vielleicht helfen könne?

»Isla Jones?« Schon saß Mrs Hurley bei Georgia am Tisch. »Was wollen Sie wissen?«

»Möglichst alles, was Sie mir sagen können.«

»Puh«, war Mrs Hurleys erste Antwort. »Wissen Sie, ich bin die Enkelin von Mrs Cobb, die Isla Jones sehr gut gekannt hat.« Nachdenklich strich sie sich die graumelierten Haare aus der erhitzten Stirn. Dann erzählte sie, dass sie schon als Kind für Isla Jones geschwärmt habe, vor allem weil sie als eine der ersten Frauen Auto fuhr, was man zuvor in Penham, wahrscheinlich sogar in ganz Surrey, noch nie erlebt hatte.

»Sie war so schön, so elegant. Dann aber kam sie jahrelang

nicht mehr hierher. Wir wussten nur, dass ihre süße kleine Tochter, die wir ja auch alle kannten, bei einem Bombenangriff in London ums Leben gekommen war. Und ihr Mann wurde in der Kronkolonie Aden ermordet, seine Leiche aber nie gefunden. Schrecklich, nicht?«

Georgia nickte. »Ja, das habe ich gehört.«

Mrs Hurley achtete nicht auf ihre Antwort, sondern erzählte weiter: »Wir sahen sie erst nach dem Krieg wieder, da kam sie oft hierher, um mittags ein Sandwich zu essen. Sie arbeitete drüben bei ihrem Schwager in der Kanzlei. Plötzlich aber hieß es, sie habe Penham praktisch über Nacht verlassen. Im Ort wurde getuschelt, der Vikar habe seine Tochter aus dem Haus gejagt. Den Grund kannte niemand. Aber«, fuhr Mrs Hurley fort und beugte sich vertraulich über den Tisch, »niemand wusste, wohin Isla Jones gegangen war. Nur meine Großmutter.«

»Wieso?«

»Weil meine Großtante irgendwann anrief und erzählte, Isla Jones habe in der Nähe von Sissinghurst Castle ein Waisenhaus übernommen.«

»Woher wusste sie das denn?«

»Weil meine Großtante in Kent lebt.«

»Also kam Isla nie mehr zurück?«

»Doch einmal noch, Ende November 1947. Aber es war ein trauriger Anlass, der sie hierherführte.«

*

Isla war mit dem Zug gekommen. Es war ein regnerischer, grauer Tag, und unwillkürlich schoss ihr die Frage durch den Kopf, warum es bei Beerdigungen eigentlich immer regnete.

Sie war sehr früh losgefahren, mehrmals umgestiegen, und jetzt stand sie vor dem Bahnhof, an dem sie neun Monate zuvor abgefahren war. Nie mehr hatte sie zurückkommen wollen.

Mit schleppenden Schritten ging sie die Hauptstraße entlang bis zum Tea-Room. Mrs Cobb wartete bereits auf sie, sprach Isla ihr Beileid aus und bot ihr einen heißen Tee an. Isla setzte sich an den Tisch am Fenster, an dem sie so oft mit Vicky gesessen hatte.

Vic … liebste Vic …

Isla ballte eine Hand zur Faust und presste sie vor den Mund, um nicht laut aufzuschreien. Nur zögernd kam Mrs Cobb an ihren Tisch, um ihr einen weiteren Tee zu bringen.

»Danke!« Isla sah zu ihr hoch, während ihr die Tränen über die Wangen liefen. Sie konnte sie nicht mehr zurückhalten. »Danke, dass Sie mich angerufen haben, sonst wüsste ich nicht einmal, dass …«

Mrs Cobb setzte sich ihr gegenüber und griff mitfühlend nach ihrer Hand.

»Es tut mir so leid. Wir mochten Ihre Schwester sehr gern, es war ein Schock für uns alle.«

»Wie … wie genau ist es denn passiert? Sie haben nur gesagt, sie sei mit dem Bentley verunglückt und sofort tot gewesen.«

»Es hatte stark geregnet, und auf der Straße von Guildford hierher kam sie ins Schleudern. Ihre Schwester verlor die Kontrolle über den Wagen und raste gegen einen Baum. Wir waren alle fassungslos über dieses schreckliche Unglück.«

Isla nickte nur und nahm ein paar Schlucke von dem heißen Tee.

»Wann ist die Trauerfeier in der Kirche?«, wollte sie dann wissen.

»In einer Stunde, Pfarrer McFadden aus Hillham hält sie, er übernimmt auch die Beerdigung. Haben Sie nicht mit Ihren Eltern gesprochen?«, fragte Mrs Cobb vorsichtig. Isla schüttelte den Kopf, trank den Tee aus und erhob sich. Sie flüchtete geradezu aus dem Tea-Room.

Langsam machte sie sich auf den Weg, doch mehrmals blieb sie stehen. Sollte sie wirklich hinaufgehen, bis zum Friedhof?

Vic … liebste Vic …

Sie war an dem kleinen Weg angekommen, und nach einem Zögern bog Isla ein, schnell, nur schnell am Weiher vorbei und bis oben zu den letzten Sträuchern. Dort blieb sie im Verborgenen stehen und sah zum Rose Hill Garden House hinauf. Isla erschrak. Die Rosen, die sich um Fenster und Haustür rankten, waren vertrocknet, die Blätter abgefallen, und das Haus, das darunter hervorkam, war grau und von beunruhigender Trostlosigkeit. War das früher im Herbst auch so gewesen? Isla erinnerte sich, dass die Rosen fast bis in den Winter hinein geblüht hatten und die letzten Blüten oft noch im Advent zwischen Tannenzweige gebunden wurden.

Mutter hat nicht mehr gewollt, sie hat aufgegeben, schoss es Isla durch den Kopf. Sie hat keine Kraft mehr, keinen Lebenswillen, und deshalb gingen auch die Rosen ein. Lydia hatte sie über Jahrzehnte gepflegt, gedüngt und geschnitten und sogar mit ihnen gesprochen.

Nachdem Mrs Cobb Isla die schreckliche Nachricht am Telefon überbracht hatte, hatte sie versucht, ihre Mutter anzurufen. Doch Lydia hängte sofort wieder ein. Sie könne nicht mit ihr sprechen, hatte sie in den Hörer gewispert, Isla wisse doch, warum.

Isla hatte es nicht glauben wollen. Benjamin war im Krieg über Deutschland abgeschossen worden, Vicky starb durch einen Verkehrsunfall, und ihre Eltern wollten nicht mit ihr sprechen, ihrem einzigen Kind, das noch lebte?

Isla beobachtete das Haus, doch es blieb still. So ging sie auf die Kirche zu, zog die schwere Tür auf und sah hinein. In einer Stunde würde hier ein Trauergottesdienst für Victoria Hathaway, geborene Duncker, gefeiert werden. Langsam ging Isla vor zum Altar. Wie immer war es in der Kirche eiskalt, und ihre Schritte hallten laut in dem stillen, hohen Raum. Vorn blieb Isla vor dem geschlossenen Sarg stehen. Ein großes Gesteck aus weißen Lilien lag darauf.

Vic … liebste Vic …

»Was hast du hier zu suchen?«

Erschrocken drehte Isla den Kopf. Ihr Vater stand in der Tür zur Sakristei, drohend aufrecht, doch er hielt sich am Türrahmen fest, um sein Schwanken zu verbergen.

»Ich bin hier, um meine Schwester auf ihrem letzten Weg zu begleiten«, sagte Isla ruhig. Doch sie war erschrocken über das Aussehen ihres Vaters. Sein Gesicht war ausgemergelt, der schwarze Anzug schlotterte um seinen Körper, die wenigen Haare hingen ihm unfrisiert um den Kopf.

»Vater.« Isla machte ein paar Schritte auf ihn zu. Er wirkte in diesem Moment einsam, verlassen, fast verwirrt. Doch als Isla näher kam, richtete der Vikar sich auf.

»Geh! Ich habe keine Töchter mehr. Gott hat Vicky zu sich geholt, du aber wirst keine Gnade finden.«

Einen Moment verharrte Isla schweigend. »Du kannst nicht meinen, was du sagst«, flüsterte sie dann. »Vater, du und Mutter habt nur noch ein Kind, und das bin ich. Mutter möchte mich bestimmt sehen.«

»Nein, deine Mutter ist derselben Meinung wie ich. Also, geh, du hast hier nichts mehr verloren.« Das Gesicht des Vikars blieb hart, seine Augen unerbittlich.

Da wandte sich Isla stumm ab und ging durch den Mittelgang zurück. An der Tür drehte sie sich noch einmal um. »Du tust mir leid!«, rief sie durch die stille Kirche. »Aber weißt du was? Ich habe auch keine Eltern mehr.«

Dann rannte sie aus der Kirche.

»Vic … liebste Vic …«, schluchzte sie.

Der Regen ließ nach und hörte schließlich ganz auf, nur noch ein paar Tropfen fielen vom grauen Himmel. Isla lief zum Friedhof, rannte fast den Kiesweg hinauf bis zu dem offenen Grab, in das man Vicky nach dem Gottesdienst hinunterlassen würde. Sie sah sich um. Sie wollte die Trauergemeinde nicht hier erwarten, wollte nicht, dass an Vickys Grab Familienstreitereien ausgetragen wurden. Ihre Schwester sollte eine friedliche Beerdigung haben.

Also setzte sich Isla ein wenig abseits, im Schutz von hohen Thujen, auf die Mauer. Sie wusste nicht, wie lange es gedauert hatte, als die Kirchenglocken läuteten und der Trauerzug langsam den Kiesweg heraufkam. Aus ihrem Versteck sah Isla ihre verhärmte Mutter, klein und schmächtig, mit einem Hütchen auf dem Kopf, dessen Schleier ihr Gesicht verbarg. Sie hob ihn hoch, als sie ihr Spitzentüchlein an die Lippen presste und sich an den Arm ihres Mannes klammerte.

Paul und Robert folgten ernst und blass dem Sarg ihrer Mutter, mühsam um Fassung bemüht. Walter hatte zugenommen. Er wischte sich mit einem Taschentuch immer wieder die Stirn und sah sich nervös um. Sein Schwiegervater hatte ihm sicher erzählt, dass Isla gekommen war.

Es gruppierten sich viele Menschen um das Grab, Bekannte des Ehepaars Hathaway, Mandanten von Walter und auch ein paar ehemalige Freundinnen von Vicky. In der hintersten Reihe entdeckte Isla Jon Markham.

Sie zog sich noch mehr hinter die Thujen zurück. Sie hörte ein paar salbungsvolle Sätze ihres Vaters, und auch Walter meldete sich zu Wort. Er habe seine Frau so sehr geliebt, und er hoffe, dass sie ihren Frieden gefunden habe. Dann sah Isla aus dem Verborgenen zu, wie der Sarg ihrer Schwester in das Grab gesenkt wurde.

»Asche zu Asche, Staub zu Staub«, sprach Pfarrer McFadden.

Vic … liebste Vic …

Isla blieb auf der Mauer sitzen, während Walter eine Rose ins offene Grab warf, während man ihm und den Eltern kondolierte und die Trauergäste nach und nach den Friedhof verließen. Erst dann erhob sie sich, ging zum Grab und blieb davor stehen.

Vic … liebste Vic, mehr konnte sie nicht denken.

Da legte sich eine Hand leicht auf ihre Schulter. Mit einem Schrei fuhr Isla herum. Sie sah in das Gesicht von Jon Markham, der sie mit seinen dunklen Augen ernst ansah und fragte, ob er etwas für sie tun könne.

Isla zitterte vor Kälte. Sie hatte nur ihr dünnes schwarzes Kostüm an, sie fror, und ihre Zähne schlugen aufeinander. »Ich möchte nach Hause«, flüsterte sie, »einfach nur nach Hause.«

Da nahm Jon Markham sie in die Arme, und Isla legte den Kopf an seine Schulter. »Sie leben nicht mehr hier, nicht wahr? Wo wohnen Sie denn jetzt?«

»In Kent«, murmelte sie leise.

»Dann bringe ich Sie eben nach Kent.«

Sie verharrten noch eine Weile lang still in ihrer Umarmung, dann löste sich Isla, und zusammen gingen sie den Kiesweg hinunter und verließen den Friedhof.

»Mein Wagen steht vor meiner Kanzlei, ich bin zu Fuß gekommen. Möchten Sie hier warten?«

»Nein, ich komme mit«, antwortete sie. Zusammen gingen sie weiter, doch am oberen Ende des kleinen Wegs blieb Isla noch einmal stehen und sah zu ihrem Elternhaus.

Rose Hill Garden House. Das Haus, in dem es an Weihnachten immer nach Tannen und Lydias Gewürzkuchen duftete, das Haus mit den vielen Rosen, seinen gebohnerten Holzböden, dem alten Kamin und dem Klavier, auf dem Vicky gespielt hatte.

Es war nicht mehr ihr Zuhause, es war Vergangenheit. Das Haus ihrer Kindheit gab es nicht mehr.

Isla dachte an »ihre Kinder« und die Freude, die sich mit ihnen und dem Waisenhaus verband.

Vicky hätte es gefallen.

*

Mrs Hurley machte eine lange Pause, dann kicherte sie in sich hinein. »Ganz Penham wusste, dass Jon Markham von dem Tag der Beerdigung an sehr oft nach Kent fuhr. Doch meine Großmutter erzählte, dass es noch zwei Jahre dauerte, bis Isla mit ihm eine Beziehung einging. Er muss sie sehr geliebt haben, denn er gab seine Kanzlei hier auf und zog nach Kent, in ihre Nähe. Eine Lehrerin im Waisenhaus erzählte meiner Großtante, dass die beiden sich sehr liebten und eine sehr harmonische Beziehung führten. Irgendwann haben sie geheiratet, ich glaube, das war an ihrem vierzigsten Geburtstag.«

»Und das alles wusste Ihre Großmutter?«

»Ja, ich sagte Ihnen doch, die Schwester meiner Großmutter lebte ganz in der Nähe des Waisenhauses.« Mrs Hurley erhob sich jetzt. »Leider muss ich in die Backstube zurück«, sagte sie bedauernd. »Ich hoffe, ich konnte Ihnen weiterhelfen.«

»Ja, vielen Dank.«

»Übrigens ist Isla hier auf unserem Friedhof begraben, Jon Markham hat das veranlasst. Ihr Grab liegt direkt neben dem ihrer Schwester. Sie starb bereits vor zwanzig Jahren, und seit dieser Zeit wird jeden Freitag ein Bukett roter Rosen auf ihr Grab gelegt, ein Händler aus London fährt extra hierher. Aber die Rosen kommen nicht von ihrem Ehemann, das ist allgemein bekannt. Aber jetzt muss ich wirklich gehen. War nett, mit Ihnen zu plaudern.«

Dann zögerte Mrs Hurley doch noch. »Darf ich Sie fragen, warum Sie sich für Isla Jones interessieren? Sind Sie mit ihr verwandt?«

»So ungefähr, ja.« Georgia blieb einsilbig. Sie hatte keine Lust, Mrs Hurley zu erklären, dass sie die Enkelin sei, es bis gestern aber nicht gewusst habe. Sie musste sich selbst erst einmal daran gewöhnen, bevor sie darüber sprechen konnte. So bezahlte sie ihren Tee, verabschiedete sich von Mrs Hurley und verließ den Tea-Room.

Als sie bereits auf dem kleinen Weg war, rief Izzy sie an. »Ein alter Mann war hier und hat nach Ihnen gefragt. Ich habe ihm gesagt, dass Sie heute nach Penham gefahren sind, vielleicht dort auf den Friedhof gehen. Hoffentlich ist Ihnen das recht?«

»Um Himmel willen, wann war das, Izzy?«

»Vor drei Stunden ungefähr. Aber jetzt plötzlich dachte ich, es ist Ihnen doch nicht recht, also wollte ich Sie warnen.«

»Ist schon gut, Izzy, danke, dass Sie es mir gesagt haben.« Georgia lief weiter, am Weiher entlang, dann an der Kirche vorbei, und schließlich bog sie in den von hohem Gras überwucherten Weg zum Friedhof ab. Sie ging an den Gräbern entlang. Viele waren verwittert und ungepflegt. Ihr Herz schlug laut, sie versuchte, sich zu beruhigen, noch war es ja nicht sicher, dass es sich um Sebastian Jones handelte, der in der Fulham Road aufgetaucht, dem Izzy Auskünfte über sie gegeben hatte. Aber wer sollte es denn sonst sein?

Ihr Herzklopfen wurde noch stärker. Wie sollte sie ihm gegenübertreten? Was ihm sagen? Ihm ihre Wut, ihre Ablehnung ins Gesicht schreien?

Georgia blieb stehen und sah sich um. Doch niemand folgte ihr. Die Stille hatte etwas Bedrückendes, und ihre Schritte auf dem Kies waren das einzige Geräusch, das sie durchbrach.

Sie ging weiter, bis sie das Grab von Isla Markham-Jones fand. Isla hatte also den Namen Jones nie abgelegt.

Als sie sich zu dem Grab hinunterbeugte, hörte sie, wie jemand den Kiesweg heraufkam. Sofort drehte Georgia sich um und sah, dass sich ein großer, schlanker Mann näherte. Als Erstes stach seine Eleganz ins Auge. Er war alt, er …

Ruhig, ganz ruhig, schärfte sie sich ein. Mach ihm nicht gleich Vorwürfe, lass ihn reden, hör zu, was er zu sagen hat! Jetzt war er bei ihr angekommen, und stumm sahen sie sich an.

»Sebastian Jones?« Georgia versuchte, das Zittern in ihrer Stimme zu unterdrücken. »Wieso sind Sie mir gefolgt?«

»Du kennst meinen Namen?«, antwortete der Mann mit einer Gegenfrage und überging ihre förmliche Anrede. Sein Gesicht war gebräunt, sein Haar schneeweiß, und seine tiefe Stimme hatte einen festen Klang. Seine dunklen wachen Augen beobachteten sie scharf.

Georgia verglich ihn in Gedanken mit Sir Flythe. Alistairs distinguiertes Wesen, sein verhaltener Charme – er war ein Gentleman gewesen. Sebastian aber wirkte trotz seiner Eleganz wie ein alter Pirat, ein Abenteurer.

»Ja, ich bin dir hinterhergereist.« Jetzt blitzte ein spöttisches Lächeln in seinem Gesicht auf, und mit Betroffenheit erkannte Georgia, dass sein Charme sie sofort einnahm. Vorsicht!, schärfte sie sich ein.

»Deine erste E-Mail ans Mamounia kam zu spät, leider. Ich flog wieder zurück, doch als deine zweite Mail eintraf, nahm ich erneut das nächste Flugzeug. Ich wollte dich sehen, ich war neugierig. Schließlich bist du meine Enkelin.«

Georgia schwieg. Niemals hatte sie ernstlich daran geglaubt, ihrem Großvater jemals gegenüberzustehen. Vor dem Tod ihrer Mutter hatte sie ihm geschrieben und so sehr gehofft, er würde noch rechtzeitig an ihr Sterbebett kommen. Doch jetzt? War es nicht für jede Art Verbindung zu spät?

»Ja, ich bin Ihre Enkelin«, antwortete sie schließlich und sah ihm fest in die Augen. »Auf einmal besinnen Sie sich auf Ihre Familie?«

Sebastian zuckte nur mit den Schultern, doch sein scharfer, wacher Blick ließ sie nicht los.

»Also hat man Ihnen im Mamounia die E-Mails doch gegeben?«, sprach sie weiter, da Sebastian schwieg. Doch dann antwortete er:

»Ich habe nie im Mamounia gewohnt, ich gehe nur seit Jahren dort öfter zum Essen, treffe mich zu Verabredungen. Es gibt dort einen Angestellten, der meinen Namen Lionel Gorman kennt. Seine Diskretion und seine kleinen Dienste kosten mich eine Stange Geld. Denn wenn ich dort essen gehe, habe ich natürlich einen anderen Namen.«

»Natürlich«, antwortete Georgia mit ironischer Stimme. »Und weiter?«

»Durch deine Mieterin in Paris erfuhr ich, dass du im Moment in London lebst, und sie gab mir die Adresse. Und als ich heute Morgen dort ankam, erfuhr ich von einer Filipina, du seist nach Penham gefahren und würdest vielleicht auf den Friedhof gehen.«

»Sie hätten mich anrufen können.«

»Hättest du mich dann sehen wollen?«, fragte Sebastian zurück.

»Ich weiß nicht, vielleicht, vielleicht auch nicht. Doch«, erklärte sie dann mit Entschiedenheit. Sie wollte ihm ins Gesicht sagen, was sie von ihm hielt, wollte ihm erzählen, wie sehr ihre Mutter gelitten hatte. Sebastian beugte sich mit einiger Mühe zum Grab hinunter und rückte die frischen Rosen ein wenig zurecht.

»Sie mochte Rosen«, erklärte er und richtete sich langsam wieder auf.

Georgias Ablehnung wurde beim Anblick seiner Gebrechlichkeit ein wenig schwächer.

»Wollen wir uns setzen?«, schlug Sebastian vor, da sie ihn nur schweigend beobachtete.

»Ich bin etwas erschöpft von dem Marsch hier herauf.« Zusammen gingen sie die paar Schritte zu der baufälligen Mauer und ließen sich vorsichtig darauf nieder. Der leichte Wind hatte sich verstärkt und zerrte an den Rosen auf dem Grab.

Sebastian schob mit seinem Schuh ein paar Steine auf dem Weg hin und her und hielt den Blick gesenkt, auch noch, als er Georgias Frage beantwortete.

»Ich wollte dich sehen, du bist meine Enkelin, das ist doch ein Grund, oder?«

Georgia blieb misstrauisch. War das wirklich der Grund, um ihr bis hierher auf den Friedhof von Penham zu folgen?

»Wo leben Sie jetzt?« Plötzlich wollte Georgia doch so vieles wissen …

»Immer noch in Marokko, aber nicht in Marrakesch. Ich lebe sehr einsam, und das gefällt mir.«

»Sie wollten Ihre Tochter vor ihrem Tod noch einmal sehen, richtig? Sind Sie deswegen nach Paris gekommen?«

»Ja, natürlich. Ich hatte es so gehofft.«

»Ihre letzten Worte waren: Lilly … Lilly auf dem großen Schiff … ich habe so viel geweint.«

Auf Sebastians Gesicht zeigte sich keine Regung. Doch jetzt brach es aus Georgia heraus: »Ihre Tochter hat ihr Leben lang gelitten, weil Sie sie abgeschoben haben, und auch Isla haben Sie …«

»Willst du mir Vorwürfe machen? Ich weiß, dass ich Isla großes Leid zugefügt habe, ich weiß auch, was Penelope für mich getan hat, also lass es gut sein, Georgia. Es ist vorbei, längst vorbei.«

»Für mich nicht«, entgegnete Georgia heftig, »für mich fängt das alles gerade erst an.«

»Vielleicht beruhigt es dich zu wissen, dass ich meine Tochter geliebt habe. Ich wollte sie aus Europa hinausbringen. Ich war jung, ein Draufgänger, einer, der wenig nachdachte. Mir wuchsen die Schulden über den Kopf, ich wollte nur noch weg. Und diese Entscheidung konnte ich nie mehr revidieren. Unsere neue Identität, das neue Leben – es gab kein Zurück.«

Doch Georgia genügte das nicht. »Sie haben ein Kind entführen lassen!«

»Es war auch mein Kind«, antwortete Sebastian ruhig.

Georgia sah ihren Großvater von der Seite an. Er hatte ein schönes Profil, und sie erkannte in dem alten Mann noch seine frühere Attraktivität und konnte sich seiner Ausstrahlung von Mut, Energie und einem Rest Draufgängertum nicht entziehen.

»Warum haben Sie Isla nicht mehr geliebt?«, fragte sie leise.

Sebastian zuckte mit den Schultern. »Das ist so lange her … Sie war meine erste große Liebe, und es gefiel mir, dass sie sehr emanzipiert war, trotz ihrer Erziehung. Außerdem war sie sehr schön. Ich liebte immer nur schöne Frauen, musst du wissen.«

»Meine Mutter«, sagte Georgia, »konnte Ihnen nicht verzeihen, dass Sie sie abgeschoben und nie im Internat besuchten. Warum?«

»Ich konnte nicht. Ich war in einen Deal verwickelt und wurde gesucht.«

»Was für ein Deal?«

»Unwichtig. Danach konnte ich nicht mehr in die USA einreisen, es war zu riskant. Eine Kanzlei in New York regelte alle finanziellen Angelegenheiten für meine Tochter, ihr sollte es an nichts fehlen. In deren Safe lag auch das Gemälde *Frau mit Spitzenschleier*. Das wünschte sich Lilly zur Hochzeit, also bekam sie es.« Sebastian erhob sich. »Es fängt an zu regnen, und es wird stürmisch. Ich bin müde und will nach London zurück. Mein Taxi wartet unten, soll ich dich mitnehmen?« Georgia schüttelte stumm den Kopf. War das alles? Wo blieben die Entschuldigungen, die Reue, die Erklärungen?

»Wie …? Wie geht es Ihnen? Wie leben Sie heute?«, fragte sie. Sie wollte ihn halten, ihn nicht gehen lassen, sie wollte ihm alles sagen, was sie durch Sir Flythe wusste, über das Leiden von Isla, ihr Leben, einfach alles.

»Ich bin alt und einsam«, antwortete er auf ihre Frage und fügte mit einem spöttischen Lachen hinzu: »Einsamkeit ist das Vorrecht des Alters. Mein ganzes Leben bin ich von einem Kontinent zum anderen gehetzt. Jetzt ist mein Weg bald zu Ende.« Er stand auf und streckte Georgia die Hand entgegen.

»Was wollen Sie? Dass ich Ihnen verzeihe?«, fragte Georgia unsicher.

Wieder lachte Sebastian auf. »Du hast mir nichts zu verzeihen, denn was habe ich dir schon angetan? Du kennst mich nicht einmal. Vielleicht hasst du mich, vielleicht entscheidest du dich in diesem Moment, mich bei der Polizei anzuzeigen. Ich glaube, ich werde immer noch gesucht. Also, mach, was du für richtig hältst. Adieu, Georgia.« Doch nach ein paar Schritten blieb er stehen und sah sie noch einmal an. Seine Stimme hatte zynisch geklungen, doch in seinem Blick erkannte sie tiefe Traurigkeit. Er war nach London gekommen, um seine Enkelin zu sehen, er wollte sie wiedertreffen, doch er vermochte diese Bitte nicht auszusprechen.

»Ich muss zu den Dingen stehen, die ich in meinem Leben getan habe. Aber ich werde nicht dafür um Entschuldigung bitten«, sagte er ruhig.

Georgia spürte, wie sich ihr Hals zusammenzog, während sie an ihre Mutter dachte. Immer wieder gingen ihr deren letzte Worte durch den Kopf: *Ich war doch noch so klein … wo bist du … Lilly auf dem großen Schiff.*

»Also noch mal, Georgia, adieu.« Sebastian zögerte, dann aber wandte er sich endgültig ab und ging mit vorsichtigen Schritten den Kiesweg hinunter, an den überwucherten Gräbern, den verwitterten Grabsteinen und den alten Holzkreuzen vorbei.

Der Wind war stärker geworden und zerrte an Georgias Haaren, die ihr ins Gesicht wehten und ihr fast die Sicht nahmen.

Sie ging ein paar zögernde Schritte, dann blieb sie wieder stehen und sah ihm nach, einem gebrechlichen alten Mann, der sich dazu bekannte, schuldig zu sein, aber keine Reue zeigte.

»Ihre Tochter hat Ihnen nie verzeihen können, dass Sie sie nach New York abgeschoben und nie dort besucht haben. Ihr ganzes Leben hat sie darunter gelitten!«, schrie sie Sebastian nach, um den Wind zu übertönen. Langsam drehte er sich um. »Sie wollte das Gemälde, weil es von Ihnen kam, sie wollte etwas, das sie an Sie erinnert!«, schrie sie noch lauter.

Doch da lächelte Sebastian, er schüttelte den Kopf und sah sie mit großer Verwunderung an. »Weißt du wirklich nicht, warum sie das Bild haben wollte?«

»Nein.« Georgia war verunsichert.

Sebastian kam ihr wieder ein paar Schritte entgegen. »Als sie nach Paris ging, habe ich ihr viele Briefe geschrieben, ich suchte den Kontakt zu ihr, sie war doch meine geliebte Tochter. Aber ich erkannte …«

»Was? Was?«

»Ich erkannte, dass sie längst mit mir abgeschlossen hatte. Dass sie mich nicht mehr sehen wollte. Nicht, weil sie noch litt, nicht, weil sie mir nicht verzeihen konnte. Sie hatte einfach mit dem Thema abgeschlossen.«

»Das glaube ich nicht.« Georgias Stimme bebte, und sie schüttelte heftig den Kopf. »Nein, nein. Das kann ich nicht glauben. Sie hat so oft vor dem Bild gesessen und es angesehen. Warum, wenn es sie nicht an Sie erinnert hat?«

»Nein, Georgia, sie sah in dem Bild keine Verbindung zu mir. Sie erkannte die Ähnlichkeit der Frau auf dem Gemälde mit ihrer eigenen Mutter, mit Isla. Sie wusste es nur nicht, dass es eine Erinnerung an ihre ganz frühe Kindheit war. Sie konnte es nicht definieren, sondern nur fühlen. Darum wollte sie das Bild, es ging nicht um mich, es ging nur um ihre Mutter, um Isla.«

»Woher wollen Sie das wissen?«

»Weil sie es gesagt hat, als sie das Bild haben wollte, darum.«

Sebastian drehte sich um und ging vorsichtig den Kiesweg weiter hinunter. Jetzt kam Leben in Georgia.

»Und warum haben Sie ihr nie die Wahrheit erzählt?«, rief sie. Abermals drehte sich Sebastian um.

»Es war zu spät. Es gibt Dinge im Leben, die kann man nicht revidieren, auch wenn man es möchte.« Er verharrte kurz, doch als sie schwieg, ging er bis zum Tor des Friedhofs.

»Sebastian Jones«, flüsterte Georgia, »Sebastian Jones.« Mehr konnte sie nicht formulieren. Sie würde ihn nie mehr sehen, nie mehr sprechen, nie mehr erfahren, wie Isla als junge Frau gewesen war. Niemand würde sie benachrichtigen, wenn ihr Großvater starb. Wollte sie das so?

»Sebastian!«, schrie sie und dann noch einmal und lief ihm nach.

»Du … du kannst nicht einfach gehen, dich wieder aus dem Staub machen. Das geht nicht. Irgendwann muss man bleiben.« Atemlos stand sie vor ihm, und zum ersten Mal lächelte Sebastian.

»Wir könnten uns sehen«, sagte er vorsichtig. »Aber überlege es dir in Ruhe, mach jetzt keine Zusagen, die du vielleicht später nicht halten willst.« Seine dunklen Augen beobachteten sie scharf. Mit Betroffenheit erkannte Georgia, dass ihre Mutter diese Augen von ihm geerbt hatte.

Bereute sie ihren Entschluss, ihm gefolgt zu sein? Sie wusste es nicht.

Wollte sie ihn wiedersehen, wirklich mit ihm sprechen, Dinge hören, die sie womöglich schmerzten?

Sebastians Blick blieb auf sie gerichtet, stumm sah er sie an. Keine Regung war auf seinem Gesicht zu erkennen. Er überließ ihr die Entscheidung, ihr allein.

»Ich möchte es«, antwortete Georgia mit ruhiger, fester Stimme, »ich denke, wir sollten uns wiedersehen.«

Georgia blieb stehen, wartete noch, bis Sebastian aus ihrem Blickfeld verschwunden war. Dann sah sie auf die Visitenkarte in ihrer Hand, die er ihr überreicht hatte. Er lebte in Marokko in der Nähe der Stadt Ouarzazate. Georgia steckte die Karte in ihre Handtasche und verließ den Friedhof. Sebastians Taxi war schon abgefahren. Als Georgia die Anhöhe hinunterging, fielen erste Tropfen vom Himmel, doch sie achtete nicht darauf.

Am Weiher setzte sie sich wieder auf die morsche Bank. Viele Gedanken schwirrten ihr durch den Kopf. Sie dachte an ihren Großvater, an Isla, an Alistair Flythe und an seinen größten Wunsch, die *Frau mit Spitzenschleier* in seinem Museum hängen zu sehen.

Sie strich sich die zerzausten Haare aus dem Gesicht und erinnerte sich an seine Worte, sie könne sich das Bild doch jeden Tag im Museum ansehen. Hatte er damals schon vorgehabt, ihr die Leitung zu übertragen?

In diesem Moment traf sie eine Entscheidung. Du hast gewonnen, lieber Alistair!, dachte sie lächelnd. Doch ihre Entscheidung musste sie jemandem mitteilen, und sie wusste auch schon, wem. Rasch griff sie in ihre Handtasche und holte das Handy heraus.

»Georgia!« David Ryders Stimme klang erstaunt, doch auch sehr erfreut.

»Ich möchte Ihnen etwas sagen«, begann sie, »ich habe eine sehr wichtige Entscheidung getroffen, und ich denke, Ihnen möchte ich sie als Erstem erzählen.«

Sie konnte sein Lächeln beinahe sehen, als er ihr antwortete: »Das ist sehr schön, Georgia, worum geht es denn?«

»Ich werde die *Frau mit Spitzenschleier* dem Museum schenken.«

»Ist das wahr? Haben Sie sich das wirklich gut überlegt?«

»Ja, David, und ich muss sagen, ich habe mich schon lange nicht mehr so glücklich gefühlt.«

Der Wind hatte sich gelegt, und auch der Regen hörte wieder auf.

Georgia sah den Schwänen zu, die aus dem Schilf am Ufer herausschwammen. Elegant und gleichmütig glitten die Tiere auf dem Wasser an ihr vorbei, die Hälse anmutig in ihre Richtung gereckt. Und mit einem Lächeln sah Georgia ihnen nach, wie sie am anderen Ufer des Weihers langsam unter tiefhängenden Zweigen verschwanden.

Epilog

Endlich ist die Nacht zu Ende. Der Himmel ist dunstig, und die Sonne hat keine Kraft, doch es ist Tag, und die Ängste der Nacht sind vorbei.

Wenn ich die Augen schließe, denke ich an England. Ich sehne mich nach der kühlen, reinen Luft, die meine Lungen füllt, ich sehe die grünen Wiesen und Hügel vor mir, ich spüre die Frische auf meiner Haut, und ich drehe mich zu Sebastian um, dessen Haare vom leichten Wind ein wenig zerzaust sind. Er lächelt mich an. Mit geschlossenen Augen genieße ich den imaginären Moment des Glücks, des Friedens, denn in diesem Augenblick bin ich wieder jung, und das Leben liegt noch vor mir, unbelastet von einem Verbrechen, das ich aus Liebe beging.

Ich höre jetzt Chang aufstehen und mit schweren Schritten in ihr Badezimmer gehen. Bald wird sie zu mir kommen, um mir beim Ankleiden zu helfen und mir die Haare zu bürsten.

Aus einem plötzlichen Impuls heraus gehe ich in mein Schlafzimmer und setze mich vor den Toilettentisch mit dem großen Spiegel. Ich hasse mein altes Gesicht mit den vielen kleinen Falten und das dünn gewordene graue Haar, das es umrahmt.

Doch dann stecke ich es schnell hoch, greife in meinen Schmuckkasten und hole die Ohrringe hervor. Sie sind beide aus kostbarem Jade geschnitzt, doch unterschiedlich, der eine Ohrring hat die Form eines Drachens, Symbol für das Yang, das Männliche, der andere ist ein Phönix, Symbol für das Yin, das Weibliche.

Sebastian hat sie mir geschenkt. Er kaufte sie einem alten Mann auf dem Markt unten in Hongkong ab. Das war einige Tage nach unserer Ankunft, als ich noch an ein glückliches Leben mit ihm glaubte.

Ich habe sie seit Jahren nicht mehr getragen, und es macht mir Freude, sie anzulegen, obwohl sie meine Ohrläppchen schwer nach unten ziehen.

Dann kleide ich mich allein an. Ich ziehe meine mit Drachen bestickte Jacke und die schwarze Seidenhose an, schlüpfe in die zierlichen Pantoffeln, ebenfalls mit Perlen bestickt. Ich male meine Augenbrauen mit einem dunklen Stift nach und lege Rouge auf meine Wangen. Ich tupfe ein paar Tropfen meines Parfüms hinter die Ohrläppchen, und in dem Duft nach Sandelholz und Yasmin verlasse ich über die Terrasse das Haus.

Ich gehe hinunter zum Tempel, um mit der Göttin Kuang-Yin zu sprechen. Ist sie nicht längst meine Freundin geworden?

Kuang-Yin, werde ich sagen, wirst du mir heute Barmherzigkeit und Mitleid schenken, nachdem ich die Wahrheit gebeichtet habe?

Kuang-Yin, wirst du mir endlich erlauben, diese Welt zu verlassen und in Ruhe zu meinen Ahnen zu gehen? Ich bin bereit dazu.

Kuang-Yin, erfülle mir diesen Wunsch, Kuang-Yin, Göttin … Freundin …

Dank

Auch dieses Mal gilt mein ganz besonderer Dank meiner Lektorin, Frau Dr. Andrea Müller. Ihre engagierte, außergewöhnliche Mitarbeit, ihr Einsatz »rund um die Uhr« und ihre Bereitschaft, meinen ständigen Änderungen am Manuskript mit gleichbleibendem Interesse und bewundernswerter Geduld gegenüberzustehen, macht sie für mich als Lektorin besonders wertvoll.

Mein Dank gilt auch meiner Tochter Mirjam und ihrer Unterstützung beim Entstehen meiner Romane.

Meiner Freundin Eva Burbach für ihr Interesse, sich stundenlang meine Ideen zu neuen Romanen anzuhören.

Meinem Sohn David für seine generelle optimistische Unterstützung.

Ein bewegender Familienroman um ein dunkles Geheimnis, das die Jahrzehnte überdauert

Katja Maybach

Die Stunde der Schwestern

Roman

Warum ist sie dem in den 50er Jahren berühmten Mannequin Fleur wie aus dem Gesicht geschnitten? Dieser Gedanke lässt Bérénice keine Ruhe mehr, seit sie Fotos dieser Frau zum ersten Mal gesehen hat. Sie beginnt, Fragen zu stellen – und deckt die Geschichte zweier Schwestern auf, miteinander verbunden durch Liebe, Neid und Verrat …

Katja Maybach schreibt farbenprächtige große Romane: aufwühlend, unvergesslich, voller Gefühl!

KNAUR

Katja Maybach

Das Haus unter den Zypressen

Roman

1940: Erst nach dem Tod ihres Großvaters erfährt Giuliana etwas über jene skandalöse Affäre, die ihre Großmutter Sophia einst zum schwarzen Schaf der Familie machte. Als Giuliana sie nun in einem toskanischen Dorf aufspürt, entsteht zwischen den beiden Frauen sofort ein intensives Band. In Maria, einer jungen Frau aus dem Dorf, findet Giuliana zudem eine enge Freundin. Doch als die beiden einen deutschen Deserteur verstecken, werden aus den Freundinnen Rivalinnen – eine Feindschaft, die ein blutiges Opfer fordern wird …

KNAUR